KB153625

모두의 연수

모두의 연수

김 려 령 장 편 소 설

비룡소

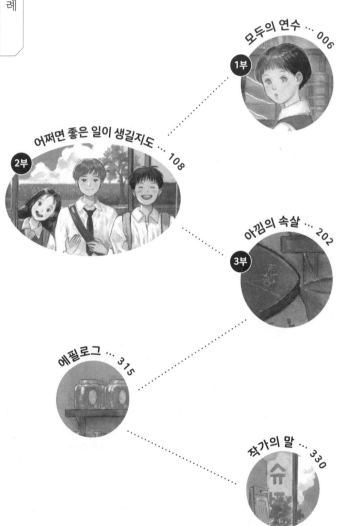

1부

모두의 연수

1

"배달이요!"

나는 사이다 두 상자를 포개어 한꺼번에 든 채 등으로 만화방 문을 밀면서 들어갔다.

"연수가 왔구나. 어머, 그걸 한 번에 다 들고 왔니? 계단 괜찮았어?"

만화방 이모가 계산대에서 나오며 물었다.

"무거워서 뒤로 구를 뻔했어요. 어디, 어디! 어디다 놔요?"

"저기 냉장고 옆에. 가만히 있어 봐, 내가 하나 들어 줄게."

이모가 도와줄 요량으로 내게 바짝 다가왔다.

"아이, 괜찮아! 이모는 이거나 봐, 별빛 이모가 갖다주랬어요."

만화방 이모는 지금 임신 3개월 차였다. 그 때문에 아직은 잘 티가 나지 않지만, 명도단 사람들은 이모의 임신 소식을 다 알고 있었다. 그런 몸으로 사이다 상자를 들겠다니, 세상에. 나는 턱으로 사이다 위에 올려서 함께 가져온 검은 비닐봉지를 가리켰다. 먼저 다녀온 별빛 주점에서 받은 극세사 행주였다. 이모가 얼른 비닐봉지를 들고 옆으로 비켜섰다. 나는 곧장 만화방 구석으로 가서 냉장고 옆에 상자를 내려놓았다. 24개들이 캔 사이다였다. 아무리 이 층이어도 한꺼번에 두 상자를 들고 올라오는 건 역시 무리였다. 팔이 부들부들 떨렸다. 나는 팔을 주무르며 이모에게로 갔다. 이모가 봉지에서 행주를 꺼내 살피고 있었다.

"별빛 이모가 더 필요하면 말하래요."

"이것도 많아. 좋다길래 한번 써 보겠다고 했더니 많이도 보냈다. 너 몇 장 줄까?"

"나도 받았어요. 별빛 이모가 잔뜩 사서 다 나눠 주고 있어요."

"하여간 이 언니 손 큰 건 알아줘야 해. 연수 고생했다."

"네. 근데 유진이는 어디 갔어요?"

"머리가 너무 길어서 삼촌하고 이발하러 갔어."

"네에. 필요한 거 있으면 힘들게 오지 말고 또 전화 주세요."

"그래, 고맙다."

"그럼 저 가요. 안녕히 계세요!"

나는 만화방을 나왔다. 짐 없이 내려가는 계단은 무척 가뿐했다. 계단을 내려와서는 입구에 둔 카트를 납작하게 접었다. 배달 끝! 나는 한 손으로는 카트를 끌고, 또 한 손으로는 별빛 이모가 행주를 담아 준 검은 비닐봉지를 들고 기분 좋게 명도단 골목을 걸어갔다. 눈 감고도 갈 수 있는 길. 나만큼 명도단을 속속들이 아는 사람도 드물 것이다. 부작용이라면, 명도단 사람들도 나를 모르는 이가 거의 없다는 것. 골목골목을 조용히 통과할 수가 없었다.

"연수 오늘 바쁘네, 배달 많니?"

"네, 오늘은 좀 많았어요. 필요한 거 있으세요?"

"아니, 계속 왔다 갔다 하길래."

"연수야, 그거 뭐야? 순대야? 여태 저녁 안 먹었어?"

"별빛 주점 이모가 행주 챙겨 줬어요, 저녁 이따 먹을 거고요."

"연수야, 김장용 채칼 굵은 거 있니?"

"네, 있어요. 가져다드릴까요?"

"그래, 우리 쓰는 멸치 액젓하고 좀 가져다줘라."

"바로 가서 가져올게요!"

사각지대가 없는 이웃이라는 CCTV였다. 모니터링이 얼마나 잘되는지 명도단에서 나를 찾고자 들면, 아무 가게나 들어가서 이름만 대면 됐다. 연수 어디 있어? 방금 이발소 골목으로 들어갔어요. 다들 일은 안 하고 나만 지켜보는 것만 같았다. 이제는 걸어가면서 인사하는 법을 터득해 전보다는 잡혀 있는 시간이 덜했지만, 그래도 몇 번의 인사를 하고 나서야 겨우 대로로 나올 수 있었다. 하지만 대로에서도 누가 또 부를까 봐 바삐 슈퍼로 걸어갔다.

나는 출입문 옆에 카트를 세워 두고 슈퍼로 들어갔다. 할아버지가 슈퍼 중앙에 있는 탁자에 냅킨을 쌓아 두고 있었다.

"어디야?"

"영식이네."

"미도 매운탕 채칼 3호하고 멸치 액젓 한 통. 내가 얼른 챙겨서 같이 가지고 갈게."

"됐어, 이따가 약속 있다며. 할머니 금방 온다니까 기다리고 있어."

"시간이 벌써 이렇게 됐네. 채칼하고 액젓 가져올게."

내가 채칼과 액젓을 챙겨와 비닐봉지에 담았다. 그러고는 두 툼한 냅킨을 쿠션처럼 안고 있는 할아버지에게 건네주었다.

"카트 안 가져가?"

"그냥 들고 가도 돼. 다녀오마."

"……알바비는."

"다녀와서 줄게. 혹시 할애비 늦으면 할머니한테 받아서 가. 어쨌든, 내가 고용한 건 아니지만, 수고했다."

"감사합니다. 고용하신 건 아니지만 열심히 하겠습니다!"

"누굴 닮아서 이리도 뻔뻔하신지."

할아버지가 배달 물건들을 챙겨 슈퍼를 나갔다. 나는 별빛 이모가 준 극세사 행주를 계산대 아래에 넣어 두고 의자에 앉 았다. 6시 20분. 친구들과 만나기로 한 7시까지는 아직 여유가 있었다. 나는 얼른 휴대전화를 켜고 아이패드를 검색했다. 혹시 모를 할인 행사를 기대하며 시간 날 때마다 틈틈이 검색하는 것이었다. 원체 비싼 제품이어서 제값 다 주고 사기에는 부담이 컸다. 게다가 패드만 산다고 될 일이 아니었다. 함께 사용할 아 이펜슬과 키보드도 사야 했다. 하지만 이런 주변기기까지 정품 으로 사려면 아르바이트 목표 금액이 지금보다 훌쩍 뛰었다. 그래서 모양은 좀 빠지지만 어쩔 수 없이 아이펜슬과 키보드는 짝퉁으로 살 생각이었다. 일주일에 겨우 두 번 하는 아르바이트로는 감당이 안 되는 탓이었다.

내가 자처한 아르바이트인 까닭에 일당도 내가 눈치껏 정했다. 내가 조금 뻔뻔할지언정 염치까지 없지는 않았으므로 이만 원이면 서로 괜찮겠다 해서 부른 금액이었다. 나는 적어도 갖고 싶다고 무조건 사 달라고 조르는 애는 아닌 까닭에, 슈퍼의 부족한 일손을 도우면서 받은 용돈으로 스스로 마련할 생각이었다. 그런데 이렇게 아이패드를 보고 있자면, 만 원쯤 더 부를 걸 하는 아쉬움이 남는다. 하지만 여기서 더 욕심을 부리면 안 됐다. 내 시간에 맞춰 일할 곳은 우리 슈퍼밖에 없는데, 욕심내다 잘리면 아이패드를 영영 못 살 수도 있었다.

"갑자기 웬 아르바이트?"

"나 태블릿 PC 사야 한단 말이야."

"왜?"

"동영상 수업도 들어야 하고…… 필기하면서 참고 자료도 바로 불러오고……."

"인제는 학교에서 거기에 필기해도 된대?"

"아니, 학교가 아니라 학원……. 내가 열심히 모아서 살게."

솔직히 그냥 갖고 싶은 물건이었다. 모든 물건이 꼭 쓸모를 따지면서 사는 건 아니지 않나. 그런데 어른들은 꼭 쓸모를 따진다. 저렇게 비싼 물건이면 더욱 그렇다. 심지어 그럴듯한 이유를 대지 않으면 쓸데없는 물건으로 간주한다. 그냥 갖고 싶은 소망은 이유가 될 수 없는 거였다. 그래서 어쩔 수 없이 아르바이트를 해야 했다. 어른들은 무조건 사 달라고 조르는 것보다 자신이 모아서 사려고 하는 태도에 더 관대했다. 그 때문에 할아버지도 고용은 하지 않았지만, 내 아르바이트를 눈감아 주는 것일 터였다.

"하이고, 언제까지 하나 보자……."

언제까지, 하…… 정말 언제까지 해야 하나. 그래도 박차를 가하면 2학기 전에는 살 수 있지 않을까. 내 이름이 각인된 아이패드. 나는 요즘 이것을 갖는 상상만으로도 살맛이 났다.

내가 한참 아이패드에 정신이 빠져 있을 때, 검은색 뉴욕 양키스 야구모자를 눌러쓴 남자가 슈퍼 문을 열었다. 그러고는 잠시 멈칫했다. 안 그래도 좁은 슈퍼 한가운데에 놓인 커다란 원탁 때문이었다. 슈퍼 같은, 식당 같은, 가정집 같은 분위기에 잠시 고민했을 터였다. 이럴 때는 재빠르게 인사해야 했다.

"어서 오세요. 뭐 찾으시는 거 있으세요?"

이렇게 내가 먼저 슈퍼임을 알려 줘야 하는 것이었다. 내 인사에 야구모자 손님이 슈퍼로 들어왔다. 그러고는 어색한 걸음으로 탁자를 피해 음료수 냉장고 앞에 섰다. 냉장고 유리문에 흰 실로 깔끔하게 박힌 뉴욕 양키스 로고가 선명하게 보였다. 나도 저거 빨간색 갖고 싶었는데. 손님이 챙을 너무 둥글게 말아 버린 건 조금 아쉬웠지만, 검은색도 꽤 괜찮아 보였다. 내가 모자를 잠깐 훔쳐보는 사이에 손님이 생수 하나를 꺼냈다. 그러고는 천천히 걸어와 계산대에 내려놓았다.

"생수 오백 미리, 구백오십 원입니다."

손님이 천 원짜리를 내밀었다.

"천 원 받았습니다."

나는 금고를 열어 오십 원짜리 동전을 꺼냈다.

"잔돈 오십 원이요."

손님이 잔돈을 받고 생수를 들었다. 그리고 또다시 천천히 걸어 슈퍼를 나갔다. 밖을 내다보니 야구모자 손님이 우리 슈퍼 옆 주차장 사거리 건널목에서 생수를 마시며 신호를 기다리고 있었다. 8차선 넓은 도로 너머로 바다가 보였다. 나도 곧 친구들을 만나기 위해 저 건널목을 건너야 했다. 저분도 혹시 해양 공원 가나. 나는 휴대전화로 시간을 확인했다. 약속 시간이 다 되어 가는데 할머니는 왜 안 오는지 몰랐다. 세탁기가 고장 나서 AS 기사를 맞이하러 잠깐 집에 다녀온다고 하고는 여태 오지 않았다. 할아버지도 배달 간 어느 집에 잡혔는지 역시 감감무소식이었다. 그래도 나는 슬슬 나갈 준비를 했다. 약속 있다고 미리 말했는데 설마 둘 다 안 올까. 나는 과자 진열대에서 커다란 강냉이 한 봉지를 미리 챙겨 탁자에 내려놓았다.

문제의 이 원탁. 족히 일고여덟은 둘러앉을 수 있을 만큼 큰 탁자였다. 슈퍼임에도 탁자가 먼저 눈길을 사로잡는 이유였다. 그 바람에 조금 전 야구모자 손님처럼 당황하는 사람도 꽤 있었다. 이렇게 손님들을 당황케 만드는 탁자가 슈퍼 중심에 놓인 데에는 사연이 좀 있다. 아주 오래전에는 접이식 간이 탁자가 슈퍼 구석에 초라하게 있었다. 가볍게 컵라면이나 먹는 용도였다. 그런데 이게 뭐라고 명도단 사람들이 자꾸 탁자 주위에 모였다. 가게마다 더 넓고 좋은 탁자가 넘치는데, 굳이 좁은 탁자 주위에 모여 무언가를 나눠 먹고, 무언가를 얘기하는 것이었다.

우리 슈퍼는 명도단의 사랑방이나 다름없었다. 슈퍼가 워낙 좁다 보니 탁자 옆 진열대에 기대서서 이야기를 나누는 일도 다반사였다. 그러던 어느 날 할아버지가 큰 결심을 했다. 슈퍼의 구조를 싹 바꾼 것이다. 우선 진열대들을 모두 입구를 뺀 나머지 벽 쪽으로 바짝 붙였다. 입구 기준 n자 모양의 배치였다. 그리고 그 가운데 빈 곳에는 할아버지가 특별히 주문 제작한 원목 원탁을 떡 놓았다. 이왕 사랑방으로 쓸 테면 제대로 쓰라는 것이었다. 장사가 전 같지 않아 한번은 품목 정리가 필요한 때이기도 했다. 그 때문에 마침 핑계 삼아 통 큰 결정을 한 것이었다. 품목을 많이 줄인 덕에 복작복작했던 슈퍼가 깔끔해졌고, 커다란 원탁 덕에 이웃들도 한결 편하게 모여 앉을 수 있었다. 우리 슈퍼를 제집처럼 드나드는 이웃들. 바닷가 변두리 지역의 작고 허름한 슈퍼가 늘 밤늦도록 불을 밝히고 있는 이유였다.

이 탁자 상판에는 내 이름이 새겨 있다. 내가 어렸을 때 샤프로 박박 긁어서 쓴 글씨였다. 연수 꺼. 심심할 때마다 괜히 긁어대서 조각칼로 새긴 것처럼 선명하게 파였다. 이런 장난을 치고도 혼나지 않은 게 용했다. 나는 내 이름을 손톱으로 살살 긁었다. 할머니를 기다리는 게 심심해서.

2

"너 아직 안 갔어?"

할머니가 약속 시간 십 분을 남겨 놓고 슈퍼로 왔다.

"슈퍼에 아무도 없는데 어떻게 가. 왜 인제 왔어?"

"세탁기 고치고 시험 삼아 빨래도 해 놓고 쉬엄쉬엄 왔지. 할아버지는?"

"배달. 그게 고쳐졌어? 통만 겨우겨우 돌아가는 거 아냐?"

"아냐, 통 빼고 뭐 갈았더니 잘된다. 한참 더 쓰겠어."

"새걸로 하나 사라. 요즘 예쁘고 좋은 게 얼마나 많아. 세탁실 귀신 되겠어."

"말하는 거 봐라. 너 안 늦었어? 저기 공원에 간다며."

"알바비. 할아버지가 할머니한테 받으랬어."

"내가 아니라 돈을 기다렸구먼. 오늘은 반쪽이니까 만 원이면 되지?"

"그냥 이만 원 주면 안 돼? 나 학교 끝나자마자 와서 세 시간도 더 했다."

"강냉이는 뭐야? 보너스야?"

"이건 이따가 영화 볼 때 애들하고 같이 먹으려고……."

"먼젓번에 걔들?"

"어. 늦었어. 빨리 알바비 줘."

"일은 반밖에 안 해 놓고 일당 챙겨, 강냉이 챙겨. 그냥 네가 사장해라."

할머니가 금고에서 이만 원을 꺼내서 내게 주었다.

"사장님, 감사합니다! 아, 계산대 밑에 행주 있어. 별빛 이모가 줬어, 봐 봐. 다녀올게!"

나는 서둘러 슈퍼를 나왔다. 걸으면서 일당 이만 원을 지갑에 넣었다. 에이, 귀찮아. 꼭 현금으로 줘야 하나. 나는 금요일 아침마다 한 주 동안 모은 알바비를 은행 ATM 기계를 통해 저금하고 학교로 간다. 마침 은행이 학교 가는 길에 있어서 다행이지만, 아침에 바빠 죽겠는데 어떤 지폐는 자꾸 도로 나온다.

그렇다고 학교 끝나고 저금하려면 종일 돈을 가지고 있어야 해서 불안했다. 돈을 가지고 있으면 뭔가가 자꾸 사고 싶어졌다. 아까 본 뉴욕 양키스 모자 같은. 그런데 나는 지금 모자 따위는 문제가 아니었다. 목표는 아이패드였다. 그래서 꼭 아침에 저금한다. 물론 저금하고 은행 문을 나서면 뿌듯하기는 하다. 하지만 귀찮은 건 어쩔 수 없었다. 언제 분위기 봐서 계좌 이체로 달라고 해 봐야겠다. 그래도 오늘은 다른 때보다 적게 일하고도 일당은 다 받아서 기분이 좋았다.

나는 강냉이를 들고 주차장 앞에서 건널목을 건넜다. 이대로 쭉 구백여 미터를 걸어가면 해양 공원 정문이 나온다. 사실은 그래서 반쪽짜리 아르바이트라도 한 거였다. 어차피 슈퍼 쪽으로 와야 하는데 괜히 집에 있다가 나올 필요가 없었다. 이시영, 정우상, 박차민. 해양 공원에서 만나 영화를 보기로 한 애들이다. 우리는 조별 과제의 한 팀이었다. 과제를 하면서 가까워졌고, 그 과제가 일 등이라는 뜻밖의 성적을 거둬 기념 삼아 영화를 보기로 한 것이다. 그런데 학원이 문제였다. 시영이와 우상이는 같은 학원이었지만, 나와 차민이는 각각 다른 학원에 다녔다. 학원에 가는 날도 다르고 끝나는 시간도 달랐다. 그래서 겨우 오늘로 날짜를 잡았는데, 나는 학원에 가지 않고 나머지 셋은 끝나는 시간이 비슷했기 때문이었다. 가면서 휴대전화를 보니 7시 5분 전이었다. 나는 조금 더 빠르게 걸으며 버스가 지나갈 때마다 안을 살폈다. 혹시 누가 버스에 탔을지도 몰랐다. 그러면서 단톡방에 메시지를 올렸다.

연수 나는 곧 공원 정문에 도착함. 다들 어디?

시영 정우상하고 내가 탄 버스 지금 막 슈퍼 지나침.

차민 나는 공원 안 포토존.

연수 너 벌써 왔다고?

차민 ○○

우상 우리 도착할 때까지 심심하면 둘이 사진이나 찍고 있어라.

연수 기다렸다가 너희 오면 단체 사진 찍을게.

시영 난 사양하겠어.

우상 나도 정중히 사양하겠음.

차민 사진 찍든 말든 빨리 좀 와라. 혼자 심심하다.

연수 나 지금 공원에 진입. 너 보인다.

공원 입구로 들어서자마자 조잡한 조명이 반짝이는 포토존

이 한눈에 보였다. 언제 봐도 촌스러운 포토존. 그 포토존 가운데 놓인 벤치에 차민이가 앉아 있었다. 포토존에서 만나자고 했다고 저렇게 정직하게 벤치에 앉아 있을 건 또 뭐야. 공원에 사람이 없길 망정이지, 아니 저기는 누가 없어도 스스로 부끄러운 자리였다. 그러고 보면 쟤도 참 무던했다. 사실 우리가 조별 과제 한 팀이 된 것도 차민이 때문이었다. 중간고사를 마치고 얼마 안 됐을 때였다. 우리 담임은 사회 선생님인데 중간고사 때는 수행평가를 논술형으로 봤었다. 그런데 기말에는 그룹 탐구 과제로 평가하겠다며 벌써 조를 짜라는 거였다. 중간고사 성적표가 나온 지 얼마 안 됐을 때라 여기저기에서 짜증 내는 소리가 들렸었다.

"기말까지 겨우 두 달 남았어. 그런데 너희가 좀 바쁘시냐? 시간 짧게 주면 서로 시간을 못 맞추네, 뭐네 할 거 아냐. 그래서 넉넉하게 한 달 준다. 이런 거라도 빨리 끝내 둬야 지필에 집중하지. 자기들 생각해 주는 것도 모르고. 반장, 오늘 며칠이야?"

"5월 13일이요."

"5번, 15번, 3번, 13번, 23번. 하나 모자라네. 그럼, 반장. 부른 사람 다 나와."

이렇게 날짜에 걸린 다섯 명과 반장이 교실 앞으로 나갔다.

"너희가 조장. 가위바위보 해서 이긴 사람부터 세 명씩 조원 뽑아."

그 바람에 13번 차민이가 조장이 되어 우리 셋을 뽑은 것이었다. 차민이는 다른 조장들처럼 잘 부탁한다, 꼭 함께 해 줬으면 좋겠다, 는 인사 한마디 없이 우리를 툭툭툭 지목했다.

"저는 정우상, 이시영, 임연수로 하겠습니다."

담임이 곧 우리에게 반대 의견이 있는지 물었고, 우리는 왜 뽑혔는지 몰라서 다른 의견을 말할 수가 없었다. 그러니까 우리는 차민이가 무작정 하겠다고 한 바람에 팀이 돼 버린 거였다. 조별 과제 주제는 우리 지역 활성화 방안이었다. 우리는 그래도 차민이가 자신 있게 뽑았을 때는 무슨 생각이 있었겠거니 했더랬다. 하지만 아무 생각이 없었다.

"좋은 의견 있으면 말해 봐. 나는 아무거라도 좋아."

권위적이지 않은 조장인지, 무능력한 조장인지 애매했다. 우리도 조장이라고 마구 밀어붙일 수 없었던 것이, 차민이도 재수 없게 날짜에 걸려 조장이 된 터였다. 얼결에 조장이 된 차민이나, 그런 차민이에게 얼떨결에 지목돼 팀원이 된 우리나 피차일반인 거였다.

"너 우리 왜 뽑았냐?"

"너희가 빤히 보길래."

"……."

3

그런 과정으로 한 팀이 된 우리는 과제에 엄청난 포부도 없
었다. 결과적으로 선택한 장소가 여기 바다 전망대 해양 공원이
었지, 처음부터 이곳을 과제 지역으로 꼽은 건 아니었다. 어쨌
든 한 조가 되었으니 어디에 모여 회의쯤은 해야 했다. 마땅한
장소를 찾다가 차민이가 이 공원을 추천했다. 볼 것도 없고 재
미도 없어서 사람들이 잘 찾지 않는 이 공원이 회의 장소로는
적격이라는 것이었다. 마침 각자의 학원에서 바로 오는 버스가
있었고, 사는 동네와도 멀지 않다는 장점도 있었다. 일주일에
한 번쯤 모였다. 과제가 우리 지역 활성화 방안이었는데, 이 공
원은 이미 활성화가 된 바람에 여기에서는 딱히 얻을 아이디어

도 없었다. 첫날은 첫날이어서 흐지부지 끝났고, 두 번째 날은 고민만 하다가 끝났다. 세 번째 날은 벌써 일주일밖에 남지 않았다고 걱정만 하다가 끝날 뻔했다. 우리는 말로만 걱정했지 틈만 나면 장난이었다.

"산책로에 물고기 사진 몇 개 늘어놓고 해양 공원이라고 하는 건 좀 심했어."

"저 망원경에 오백 원 넣고 보는 게 잘 보일까, 그냥 보는 게 잘 보일까?"

"이거 안 틀리고 한 번에 할 수 있는 사람. 바! 다정망대해양……."

"정망대, 땡! 바! 다전망대해양공원. 바다! 전망대공원……."

"전망대공원 땡! 바! 다! 정망대……."

"뭐야, 넌 그냥 다 땡! 바! 다전망대공원해양, 바다! 전망대……."

"공원해양은 뭐냐, 땡! 하하하!"

그날도 이렇게 놀다가 흐지부지 끝날 뻔한 것이었다. 그런데 내가 무심코 슈퍼에서 주워들은 얘기를 했던 게 우리 과제의 시작이 되고 말았다. 그러니까 여기가 아직 야시장일 때를 추억하며 사람들이 슈퍼 탁자에 모여 나눈 이야기들이었다.

여기는 오늘 내가 걸어온 것처럼 우리 슈퍼 옆 노상 주차장 사거리에서 구백여 미터쯤 떨어진 곳에 있다. 몇 년 전에 해안 도로와 해안가 사이로 난 길쭉하고 넓찍한 빈터를 시민 공원으로 재정비한 것이었다. 원래 이 빈터에는 꽤 오래된 야시장이 있었다. 먹거리를 파는 천막 점포들이 줄지어 있었고, 그 밖에도 잡상인들이 잡다한 물건들을 팔았더랬다. 할아버지 말로는 언제는 그곳에서 몇몇 사람들이 낚시나 하더니, 또 언제는 포장마차가 하나둘 들어서고, 그러고도 빈자리가 있다 싶으니 다른 상인들까지 속속 나타났다는 것이다. 이게 제법 볼거리가 됐는지 해 질 녘이면 구경 삼아 다녀오는 사람들이 점점 늘었고, 그러면서 점차 해안가 야시장으로 자리를 잡았다고. 내가 본래 시장인 줄 알고 컸을 만큼 오래된 야시장이었다. 그러니까 나도 그곳에서 튀김 좀 먹고 큰 아이였던 것이다.

그런데 삼 년 전에 야시장이 사라지고 그냥 봐도 다 보이는 바닷가에 전망대라는 이름을 단 해양 공원이 들어섰다. 그동안 불법 노점들과 쓰레기, 도로에 늘어선 차들로 민원이 끊이지 않았다. 그래도 나는 설마 시장이 없어지겠나 했는데 굴착기가 와서 싹 밀어 버렸다. 그리고 그 자리에 문제의 이 공원이 들어선 것이었다. 전망 좋은 공원으로 주민의 복지도 올리고 더불어 관광객도 유치하겠다는 시의 야심 찬 계획이었다. 바다 전망대 해양 공원. 한 번에 부르기도 힘든 긴 이름이 입구 아치형 기둥에 무늬처럼 쓰여 있는, 자칭 선진화 공원이었다.

명도단에서 야시장 덕을 가장 많이 본 가게가 아마 자스민 찻집일 거였다. 우리 슈퍼 바로 왼쪽 가게로, 그때는 찻집이 아니라 다방 간판을 달고 있었다. 여하튼, 다방 앞 스쿠터들의 시동이 꺼지지 않을 정도로 야시장으로 가는 배달이 많았다. 여름에는 시원한 차를, 겨울에는 따뜻한 차를, 혹은 음식을 먹고 난 뒤의 후식용 차를 열심히 배달했다. 야시장 초기에는 주로 점포들에서 들어오는 주문이었다고 한다. 그런데 다방 이모들이 배달을 갈 때마다 전단을 뿌렸고, 급기야 사장님이 점포들 사이에 다방 입간판을 떡 세우면서, 놀러 온 사람들까지 주문하기 시작한 것이었다. 야시장에도 커피 장사꾼이 있었지만, 메뉴가 다양한 다방을 이용하는 사람들도 꽤 많았다. 나는 스쿠터 타는 재미로 다방 이모 앞에 앉아 함께 배달을 간 적도 더러 있었다. 위치를 대충 말해도 이모들은 귀신처럼 찾아갔다. 심지어 그때는 지금처럼 둘레에 숲이 없어서 어느 위치에서든 시장으로 들어가 씽씽 달렸다. 커피 시키신 분! 하지만 이제는 긴 숲을 타고

빙 돌아 꼭 정문으로만 들어가야 했다. 마치 다른 세계로 입장하듯 커다란 아치형 기둥을 통과해서. 그런데 정작 문제는 따로 있었다.

"주문만 들어와 봐, 그런 수고는 백번도 하지. 시장 따라 우리 손님들도 사라졌다고. 썰렁해. 내가 시장 쪽 장사를 못 해서 하는 말이 아니야. 사람 보는 맛이 싹 사라졌잖아. 도로 넓히고 공원 들어서면 뭐 해. 누가 다녀야 말이지. 저긴 이제 말 그대로 해안도로일 뿐이야. 사람은 없고 차만 다녀."

"누구 머리에서 나온 발상인가 몰라. 저딴 공원으로 관광객을 끌어들인다고? 대한민국 삼면이 바다네. 가다 보면 보이는 게 바다인데 겨우 저 공원 때문에 여길 온다고? 와서 뭘 할 건데? 보기만 좋은 애물단지야."

"차라리 캠핑장이나 짓지, 공원은 얼어 죽을. 아니, 뭐 한다고 저길 다 공원으로 만들어. 요즘 캠핑족이 얼마나 많은데. 멀리서 와서 잠이라도 자고 가게 해야 할 것 아냐. 바닷가에서 텐트 치고 야영하면 운치도 있고 얼마나 좋아. 커피 마시고 싶으면 내가 또 딱 가져다주고."

"이 누님 결국 배달 얘기였네……."

대략 그런 내용이었다. 나는 그저 명도단 사람들이 그러더라, 하고 말한 것뿐이었는데, 차민이가 옳다구나 반색했다.

"좋은데? 그 내용들 대충 정리해서 넘겨줘. 내가 파일로 만들게."

"그럼 발표는 나랑 우상이가 하면 되겠네."

"좋아. 여기 홍보용 사진하고 손 지도 나란히 올려서 비교하면 그럴듯해 보일 거야."

도무지 계획도 없고 추진력도 없어 보였던 차민이가 그제야 조장처럼 보이는 순간이었다. 전문가처럼 가방에서 아이패드와 아이펜슬을 꺼내 주변 지도를 슥슥 그렸다. 캠핑장을 추가한 공원 내부 지도도 꽤 그럴듯했다. 자스민 찻집 사장님의 말을 응용해 공원 양쪽 끝의 일정 공간을 캠핑장으로 분배했다. 한쪽은 차량 전용, 한쪽은 텐트 전용 구역이었다.

"숲이 둘러 있어서 바다를 가린 게 아쉬웠는데, 캠핑장이 들어서면 얘기가 달라져. 캠핑장을 가려 주는 역할을 하니까 썩 괜찮고 유용한 담이 되는 거야. 난 솔직히 여기에 숲을 만들 줄은 상상도 못 했다. 스케일은 대박이다, 진짜."

"이제는 해안 경관도 관광 상품이라고, 시장이 야시장 싹 갈아엎고 멀리에서도 찾아오는 해안도로 만들겠다고 이를 갈았었대. 너희 저 소나무 한 그루에 얼만 줄 아나? 몇 백만 원이래."

"너는 그런 얘기들을 어디서 듣는 거야?"

"슈퍼. 어른들이 모여서 맨날 그런 얘기만 해. 이따 집에서 정리해서 너한테 보낼게."

"좋아. 나는 파일로 완성되는 대로 카톡방에 먼저 올릴게. 이정도면 중간은 간다."

다들 과제에 욕심이 없었던 터라 중간 점수 정도로라도 마치는 것에 만족했다.

"그럼 과제는 해결됐고, 우리 이제 뭐 하나?"

우상이가 갑자기 무료해진 듯 말했다. 그동안은 시시한 공원이름을 가지고도 재밌게 놀았었다. 그런데 과제가 얼추 해결되고 나니 그런 게 싹 시시해졌다. 역시 놀이는 숙제를 안 하고 놀때가 가장 재밌었다.

늦은 저녁, 파란 바다가 까맣게 물들었다. 더는 할 것도 없던우리는 벤치에 앉아 그저 까만 바다만 바라볼 뿐이었다. 그때우상이가 불쑥 빔프로젝터 얘기를 했다.

"그거 저 바다로 쏘면 여기 앉아서도 영화 볼 수 있겠지?"

"진짜 그렇게 되면 끝내주겠다. 바다 영화관, 멋지다."

"저 끝에까지 영상을 쐈는데, 화면 안으로 배들 지나가면 웃기겠다."

하하하! 우리는 금세 야외 영화관에 대해 떠들었다. 혹시 자동차 극장 가 본 사람 있냐? 어디에 있어야 가지. 있어도 우리가 볼 수 있는 영화는 안 틀걸? 왜 안 틀어? 자동차 극장이 성인 전용이냐? 얘가 좀 순진하네, 그런 데는 보통 연인들이 데이트하러 가는 장소 아니냐. 분위기 맞춰서 틀어 주겠지. 무슨, 자동차 극장도 상영 일정표 있고, 등급 표시도 다 돼 있어. 그러니까 그 사람들이 공감하는 등급의 영화들로 일정을 짜는 거라고. 너 자동차 극장에서 피카츄 한다는 말 들어 봤냐? 우리는 가 본 적도 없는 자동차 극장에 대해 시시콜콜 떠들었다. 그러자 가만히 듣고만 있던 차민이가 대수롭지 않다는 듯 말했다.

"자동차 극장이 중요한 게 아니라, 너희도 이런 야외에서 영화 보고 싶다는 거 아냐?"

"그렇지. 왜, 너희 집에 빔 있어?"

우상이가 물었다.

"그건 없는데, 야외에서 보고 싶으면 내 아이패드로 봐. 나 아빠 넷플릭스 계정 같이 써서 보고 싶은 건 다 볼 수 있어. 집에 급히 갈 사람 없으면 지금 봐도 돼."

없지, 없지! 우리가 그런 기회를 놓칠 리가 없었다. 차민이가 가방에 아이패드를 기대어 벤치에 세우고, 우리는 벤치 앞 길가에 조르륵 앉아서 영화를 보았다. 처음에는 화면이 좀 작은가 싶었지만, 눈이 금세 적응해서 우리는 곧 영화에 푹 빠졌다. 차민이가 추천한 공포 영화였다. 16세 이상 관람가. 우리가 열다섯인 바람에 겨우 한 살 차이로 영화관에서는 볼 수 없었던 영화였다. 그런 영화를 공원에서 대놓고 본다는 묘한 전율도 있었다.

"방금 뭐냐?"

"뭐?"

"쟤 어깨 뒤에…… 저거!"

"엄마!"

벤치 뒤에 있는 소나무들이 유령들만 같아서 무서웠던 밤. 등 뒤의 검은 바다가 몰려오는 유령 떼인 것만 같아 등덜미가 서늘했던 밤. 우리는 영화가 끝나자마자 공원을 탈출하듯 빠져나왔더랬다. 공원 길을 힘껏 달려 주차장 사거리 건널목에 다다랐을 때, 내가 물었다.

"너희 우리 슈퍼에서 라면 먹고 갈래?"

"오늘 무슨 날이냐? 대박이다. 무조건 가지!"

아마, 우상이가 그랬던 듯싶다. 그날 우리는 그대로 슈퍼로 달려가 할머니가 끓여 준 라면 여섯 봉지를 순식간에 먹어 치우고, 떠들썩하게 떠들며 집으로 돌아갔었다.

4

그렇게 우연히 선택한 과제로 우리 조가 당당하게 일 등을 했다. 우리는 그저 과제를 마친 것에 의미를 두었을 뿐이었는데, 뜻밖의 성과를 거둔 것이다. 그리고 그것이 오늘 공원에 다시 모여서 영화를 보기로 한 이유였다. 어쨌든 일 등이라는 과업을 달성했으니 그냥 지나갈 수는 없었다. 때마침 괜찮은 공포 영화가 넷플릭스에 떴는데, 이것 역시 16세 이상 관람가였다. 어쩔 수 없이 또 차민이의 아이패드를 이용해야 했다. 무적의 아이패드. 나를 슈퍼에서 아르바이트하게 만든 기기였다. 과제 하는 내내 차민이가 얼마나 부러웠던지, 나도 꼭 갖고 말겠다는 의지를 불태웠더랬다. 오늘 또 보면 내 의지가 더 활활 타오를 것이다. 나는 강냉이를 옆구리에 끼고 차민이에게로 갔다.

"네가 쟤네보다 늦을 줄 알았더니 더 일찍 왔네?"

번쩍번쩍한 조명이 민망했지만, 나도 포토존 벤치에 함께 앉으며 물었다.

"진도가 좀 빨랐는데 다음 장 넘어가기에는 애매하다고 일찍 끝냈어. 대신 진도 잘 안 나갈 때는 훨씬 늦게도 끝나."

"비싼 학원은 다르네. 되게 탄력적이다."

차민이는 소수만 수업받는 과외식 집중 학원에 다녔다. 차민이의 진로를 경찰대학으로 정한 차민이네 아빠가 억지로 집어넣은 학원이라고 했다.

"왜 꼭 경찰대야?"

"몰라, 집안에 경찰 하나쯤은 있어야 한대."

"경찰은 꼭 경찰대 안 가도 될 수 있어. 너 우리 이모부 형사인 거 알지? 근데 경찰대 안 가고 고시로 됐어. 아 맞다, 유도 선수였다. 무도특채인가 그렇대."

"그게 아니라, 어차피 갈 대학이니까 경찰대로 가라는 거지. 거기 못 가면 고등학교 졸업하고 바로 특전사로 입대하란다. 그러면 경찰특공대 지원할 수 있대. 경찰대나 유도 선수나 특전사나 다 가망 없다. 머리 안 되고 체력 안 돼서 다 불가능해."

"……그렇구나. 어? 쟤네 온다."

시영이와 우상이가 정문 아치형 입구를 통과해 이쪽으로 달려왔다.

시영이가 오자마자 벤치에 털썩 앉아 자기 휴대전화를 번쩍 들었다.

"너희 강냉이 사이에 두고 앉아 있는 거 되게 웃겨. 야, 정우상 너도 빨리 앉아. 이거 진짜 단체 사진감이다."

"난 됐으니까, 너희나 찍으셔."

"빨리 앉아! 찍는다? 누가 누가 못생겼나, 다 같이 전망대!"

전망대! 우리는 최선을 다해 얼굴을 일그러뜨리며 전망대를 외쳤다. 안 찍겠다고 뻗대던 우상이가 눈의 흰자위만 보이며 명품 못난이 표정을 지어 우리는 공원이 떠나가라 웃어 댔다.

"이제부터 너를 못난이 챔피언으로 인정한다. 완전 소장용이다. 하하하."

"실력도 없는 것들이 챔피언 옆에서 까불어. 사진 그만 보고 빨리 가서 영화나 보자."

우리는 포토존을 나와 전에 영화를 봤던 벤치로 갔다. 벤치 주변에 가로등이 없어 영화 보기에 더없이 좋은 장소였다. 차민이가 그때처럼 벤치에 아이패드를 세웠다. 이번에는 알루미늄 거치대까지 가져와 각도와 높이까지 완벽하게 조절했다. 순간 나는 거치대까지 탐났다. 저것도 사야 하나. 처음에는 아이패드만 갖고 싶었는데 점점 소품들까지 눈에 들어왔다. 도대체 아르바이트를 언제까지 해야 할지 몰랐다. 내가 거치대에 눈독을 들이고 있을 때, 차민이가 드디어 영화를 틀었다. 7시가 넘어가면서 주위가 어스름했는데, 이상하게 아주 깜깜했던 지난번보다도 더 무서웠다. 어스름한 공원과 스산한 영화 속 배경이 닮아 더 실감 났다. 숲속에 외따로 있는 하얀 집. 왠지 우리가 저 숲속에 앉아 있는 것만 같았다.

"우리 뭔가 3D로 보는 것 같지 않냐?"

"하필 숲이 영화 배경이냐. 우리가 저 집으로 들어가는 것 같다."

시영이와 우상이가 화면에 눈을 딱 고정하고 말을 주고받았다. 그 바람에 나도 공원 숲을 보지 않으려고 노력했다. 도무지 무서워서 주위로 눈도 못 돌리고, 그래서 화면만 보고 있자니 영화는 더 무서웠다. 우리는 어느새 바짝 붙어 앉아 겨우겨우 강냉이를 집어 먹었다.

"방금 창가에 누구 있었지?"

"쟤네는 꼭 뻔히 이상한 집으로 이사 와서 저러더라."

"저렇게 꼭 밤에 혼자서 지하실 내려가지…… 엄마!"

지하실에서 쓸 만한 물건을 찾는 엄마 뒤로 웬 아이가 슥 나타났다가 사라졌다. 잠자는 아이 옆에 서 있는 또 다른 아이. 가족이 식사하는 식탁에 함께 앉아 있는 또 다른 아이. 아이 눈에만 보이는 또 다른 아이. 영화는 결국 아이를 잃은 부모가 그 집을 떠나는 모습을, 죽은 아이들이 창가에서 보는 장면으로 끝났다. 차민이가 아이패드 전원을 껐다. 시작할 때와는 다르게 주위가 아주 깜깜해졌다. 나는 먹다 남은 강냉이를 챙겼고, 셋은 가방을 챙겼다. 그러고는 누가 먼저랄 것도 없이 산책로 바닥에 박힌 LED 조명을 따라 달렸다. 바닥에 띄엄띄엄 박힌 LED 조명만 빛나는 까만 길이었다. 공원을 나와서도 모두 쉬지 않고 달렸다. 내가 겨우 따라가며 물었다.

"어디까지 달리는 거야!"

"슈퍼까지!"

"왜!"

"라면 먹어야지!"

"너희 짰지!"

"라면까지가 코스인 거 몰랐냐?"

우리는 노상 주차장 사거리 건널목을 힘차게 달려서 건넜다.
할아버지가 그 모습을 봤는지 슈퍼 문을 활짝 열어 놓고 기다
렸다. 우리가 슈퍼로 들어왔을 때는, 할머니가 이미 가스레인지
에 라면 물을 올려 둔 상태였다. 탁자에도 역시 김치는 물론 덜
어 먹을 대접들도 다 차려 있었다. 내가 할아버지에게 물었다.

"우리 라면 먹을 거 어떻게 알았어?"

"저기 서서 여기만 보고 있는데 딴 이유가 있겠냐? 어서들 앉
아."

우리가 탁자에 둘러앉자마자 할머니가 라면 냄비를 가운데
에 내려놓았다.

"많이들 먹어라. 배고플 때 밥 달라는 거는 창피한 게 아녀.
배고프면 언제든 달려와."

"네, 잘 먹겠습니다!"

우리는 재빨리 자기 대접에 라면을 덜기 시작했다.

"임연수, 넌 여기서 맨날 먹으면서 왜 그렇게 많이 덜어!"

"너는 밥 맨날 먹는다고 배 안 고프냐?"

"우리는 학원 갔다 와서 아무것도 못 먹었잖아."

"나도 알바 하느라 아무것도 못 먹었어."

"넌, 양심 있으면 그만 퍼라. 한 젓가락이 라면 한 개야."

"우리 아빠가 음식은 크게 크게 먹으라고 하셨다."

"혼자 크게 크게 먹다가 세게 세게 맞을 수도 있다는 말씀은 안 하셨냐?"

"알았어. 대신 밥은 반만 만다. 됐지?"

"되긴 뭐가 돼! 넷이 먹는데 왜 네가 반이나 말아!"

어둠 짙은 고요한 명도단에서 우리만 신나게 라면을 먹으며 까랑까랑 떠들고 있었다. 대충 급조한 과제가 일 등을 한 게 우리도 황당스러웠지만, 결과적으로는 일 등이니 이제 와 서로 자기 덕이라며 목소리를 높였다. 나는 내가 모은 정보들 덕에 과제를 할 수 있었다고 큰소리쳤다. 그랬더니 차민이가 정리되지 않은 정보는 무용지물이라며, 주제에 맞게 파일로 정리한 자신 덕이라고 했다. 시영이는 아무리 잘 정리된 정보도 전달이 제대로 되지 않으면 역시 무용지물이라며, 발표를 맡은 자신의 덕이라고 했다. 그 말에 함께 발표를 맡은 우상이가 가만있을 리 없었다. 재미없는 발표는 귀에 들어오지도 않아 그 또한 무용지물이라며, 유머로 발표를 이끌고 간 자기 덕이라고 했다.

"그런 너희를 전체적으로 관리한 게 나야. 조장 괜히 있는 줄 아냐?"

우상이가 순간적으로 뭐라고 하려다가 멈칫했다. 그러고는 갑자기 말을 돌렸다.

"그렇지, 조장하고 임연수 덕이지. 야, 이시영, 앞으로 계속 영화 보고 라면 먹고 싶으면 빨리 얘들 덕이라고 해."

"……아! 맞아, 연수가 마침 얘기 잘했고, 조장이 그걸 잘 잡아냈지. 다 너희 덕이야."

시영이도 태세를 바꿔 차민이와 나를 치켜세웠다.

"역시 자본주의는 돈이지. 박차민, 하이 파이브!"

나는 차민이와 하이 파이브를 했다. 그리고 다들 크게 웃었다. 누구 덕이든 우리는 일 등을 했고, 그 덕에 재밌는 영화를 보고 맛있는 라면까지 배부르게 먹었으니까. 누가 뭐라고 하든 신나는 날이었다. 라면을 다 먹은 뒤에는 할아버지가 아이스크림이나 먹으면서 집에 가라고 해서 각자 취향껏 골랐다. 나는 아이스크림을 들고 낮에 계산대 밑에 둔 책가방을 꺼냈다. 그런데 별빛 주점 이모가 준 행주가 그대로 있었다.

"할머니, 여기 행주 못 봤어?"

"보고 다시 넣어 뒀지. 친구들 두 개씩 나눠 주고 남은 건 집에 가져가."

"그럼 나도 두 개만 가져갈게. 두 개는 할머니네 써."

나는 계산대 밑에서 행주 꾸러미를 꺼냈다. 얇은 비닐에 낱

개 포장된 행주였다. 내가 행주를 나눠 주자 각자 가방에 잘 챙겼다. 나도 두 개를 챙기고 남은 두 개는 다시 계산대 밑의 선반에 넣었다. 별빛 주점 이모가 명도단 사람들에게 나눠 준 걸 내가 또 친구들과 나눈 것이다. 우상이가 친구네 놀러 와서 행주를 선물받은 건 처음이라며, 할머니에게 인사했다.

"내가 아니라, 저 위에 손 큰 이가 주는 거야. 늦었다, 어서들 집에 가."

"네, 감사합니다. 안녕히 계세요."

우리는 가방에 행주를 넣고, 아이스크림을 하나씩 든 채로 슈퍼를 나왔다.

5

우리는 주차장 옆길을 타고 쭉 올라갔다. 그대로 올라가 주
유소 사거리에서 헤어져야 했다. 어둡고 깜깜한 길. 자동차가
지나갈 때만 헤드라이트 불빛에 잠깐 환했다. 이런 시간에 혼자
다니면 조금 무섭지만, 넷이서 떠들면서 가니 재밌기만 했다.

"나는 행주를 받은 게 너무 웃겨. 엄마, 행주 써! 하하하."

나는 그게 왜 웃긴 건지 모르겠는데, 우상이는 자꾸 행주가
웃기다고 했다.

"너희 집에 행주 가져가 본 적 있냐? 하하하."

"없지. 그래도 어른들은 이런 거 가져가면 좋아해."

"하긴 우리 아빠도 길에서 나눠 주면 얼른 받더라."

"야, 이건 길에서 나눠 주는 것하고 달라, 극세사야!"

"극세사래, 극세사 뭐냐고, 하하하!"

어쨌든 우리는 별빛 이모가 준 행주 덕에 밤길을 환하게 웃으며 갔다. 주유소 사거리에 도착해서는 우상이가 먼저 오른쪽 건널목을 건너 집으로 갔다. 남은 우리 셋은 정면의 건널목을 건너야 했다. 우리는 신호를 기다렸다가 건널목을 건넜다. 건넌 뒤에는 나는 왼쪽 길로, 시영이와 차민이는 윗길로 더 올라가야 했다.

"잘 가라."

"내일 보자."

나는 아이들과 헤어진 뒤, 우리 집이 있는 주택가로 쭉 걸어 갔다. 좁은 골목을 타고 지붕 낮은 집들이 쪼르르 있는 동네였다. 첫 번째 골목 끝에는 할머니네 집이 있고, 세 번째 골목 중간에는 우리 집이 있었다. 나는 할머니네 집이 있는 골목을 지나 우리 집이 있는 골목으로 들어갔다. 그러면서 이모에게 메시지를 보냈다.

-- 이모, 왔어?

-- 아니, 내일 생일잔치 준비하느라 좀 늦어. 너는?

-- 집에 가는 중. 골목이야. 집에 도착하기 일 분 전.

-- 이모도 11시 안에는 갈 거야. 문 잘 잠그고 있어.

-- 알았어. 천천히 와.

이모와 메시지를 주고받은 뒤, 나는 곧장 대문의 전자키를 누르고 안으로 들어갔다. 그런 뒤에는 코앞에 있는 현관 계단을 올라가 현관문 전자키를 또 한 번 눌렀다. 집으로 들어가기 위해 과정을 두 번이나 거치는 건 꽤 귀찮다. 비밀번호는 똑같지만, 대문은 앞의 번호부터 현관문은 뒤의 번호부터 거꾸로 눌러야 한다. 이모부가 보안 때문에 그래야 한다고 해서 어쩔 수 없다. 가끔은 멍하니 현관에서까지 앞 순서대로 눌러 문이 열리지 않을 때도 있다. 아주 가끔 있는 일이지만 그럴 때마다 짜증 난다. 대문 비밀번호를 알아낸 사람이 현관 비밀번호는 못 알아낼까. 그래서 똑같이 통일하자고 해 봤는데 씨알도 안 먹혔다. 그러면서 초기에 설정한 비밀번호를 아직 한 번도 안 바꿨다. 우리 가족 생일 뒷자리 숫자. 보안을 생각하는 사람치고는 조금 허술하지 않나. 여하튼, 나는 현관문까지 무사히 열고 안으로 들어왔다.

집 안은 내가 나갈 때와 똑같았다. 내가 벗은 슬리퍼까지 그 자리에 그대로 있었다. 우리 가족 중에 내가 제일 늦게 나가서 가장 빨리 들어온 탓이었다. 이모는 어린이집 선생님이고, 이모부는 형사다. 누가 더 힘들까 가늠이 안 될 정도로 모두 바쁘다. 이모네 어린이집은 차라리 행사의 집이라고 부르는 게 나을 것 같다. 매주, 매달, 매년 행사가 있다. 집에서도 행사용 물품들을 만드느라 밤을 새울 때가 많다. 그러고도 다음 날이면 이른 아침에 출근하는 것이다. 이모부는 정해진 출퇴근 시간마저 없었다. 가면 가는가 보다, 오면 오는가 보다 한다. 잠복근무 때는 며칠씩 못 오기도 하는데, 꼭 잠복근무가 아니어도 경찰서에서 밤을 새울 때가 많았다. 어제도 집에 오지 않았다. 오늘은 오려나. 혹시 잠복 중일까 봐 메시지를 보내는 것도 조심스러웠다. 빈집에서 나가 빈집으로 들어오는 일이 흔해서 대수로울 건 없다. 하지만 오늘처럼 늦은 밤의 빈집은 너무 적막했다. 깜깜한 집이 무서워서 밖에서 웃고 떠들며 들떴던 마음이 순식간에 사그라들었다.

나는 현관 센서 등이 꺼지기 전에 슬리퍼를 신고 재빨리 거실로 갔다. 일단 거실 등을 켜고 주방으로 가서 주방 등도 켰다.

그제야 집이 환해졌다. 나는 가방에서 별빛 이모가 준 행주를 꺼내 식탁에 놓았다. 극세사. 그 말이 뭐가 웃겨서 그렇게 떠나가라 웃었을까. 혼자 보는 극세사 행주는 전혀 웃기지 않았다. 나는 잠시 행주를 보고 내 방으로 갔다. 빨리 검색해 봐야 할 게 있었다. 아이패드 거치대. 어떻게 차민이는 없는 게 없을까. 부러웠다. 이모와 이모부가 들으면 서운하겠지만, 이럴 때는 나도 그런 걸 사 달라고 조를 수 있는 엄마 아빠가 있었으면 좋겠다, 는 생각이 들고는 한다.

나도 안다. 보통의 아이들이 엄마 아빠와 살지만 차민이처럼 그런 물건들을 다 가지고 있지는 않다는 것을. 시영이와 우상이부터 그렇지 않나. 그런데도 막연하게 그런 생각이 드는 것이었다. 내게는 부모님에게 무엇을 사 달라고 조를 기회조차 없기에 더 그럴지도 몰랐다. 그렇다고 내가 꼭 무언가를 얻고 싶어서 부모를 찾는 건 아니었다. 그런 모습, 아무 생각 없이 조르고 떼써도 되는 그런 모습이 가끔은 부럽다는 것이다.

6

"……아빠가 누군지 아니?"

"아뇨…… 우리끼리 키우자고 했어요."

두 살 터울의 엄마는 이모보다 먼저 보호 종료 대상이 되어 보육원을 떠났다. 이모를 데리고 나갈 처지가 아니었기에 우선 혼자 자립해야 했다. 그리고 2년 뒤, 보육원 규정대로 이모도 그곳을 나왔다. 그제야 엄마가 마련해 둔 작은 방에서 함께 지낸 것이다. 하지만 엄마가 홀로 그 방에서 나를 낳다가 세상을 떠났으므로 자립한 뒤 함께 지낸 시간은 고작 몇 개월이었다. 사실은 내가 이모 딸인데 조카라고 속인 것도 아니었다. 당시 순경이었던 이모부가 연락받고 급히 달려와 병원으로 이송했으니까. 아직 탯줄로 연결된 엄마와 나를.

"너 혼자 키우기 힘들 거야."

"알아요. 그래도 해 보려고요."

이모가 보육원을 나온 지 고작 넉 달 만이었다. 이제 막 자립한 어린 이모 혼자 나를 키운다는 건 짐짓 무모한 결정일 수도 있었다. 그러나 이모는 그때 닥친 상황의 충격으로 다른 걸 염려할 겨를이 없었다고 했다. 너무 몰라서 용감했다고 이모는 그때를 회상했는데, 사실은 아주 작은 나라도 함께 있는 게 덜 두려워서 그런 거였다고 슬쩍 고백하기도 했다.

"다시 돌아가서 하라면 또 할 수 있겠어?"

"모르는 채로 돌아가면 또 똑같이 하겠지."

"알고 가면?"

"……아니까, 알아 버려서 또 하겠지."

이모는 이모부가 알선해 준 아기 돌봄 서비스 같은 지역사회의 도움과 이모부 가족의 선의를 모두 받아들였다고 했다. 달리 방법도 없었고 우리가 유일하게 기댈 수 있는 손길이기 때문이었다. 이모가 야간 대학을 졸업한 뒤 취업하고, 내가 어린이집에 다닐 때까지는 무작정 기댈 수밖에 없었다고. 이모는 자신이

어리고 무지했던 게 다행이었다고 했다. 염치를 알아 적당히 사양하면서 눈치를 봤다면 불가능했을 거였다고. 당시 이모는 육아와 가사, 아르바이트로 눈코 뜰 새가 없었다. 이모부도 퇴근을 거의 우리 집으로 하다시피 했는데, 갓 태어난 나를 데리고 병원으로 달려가고, 병원에서 돌아와 첫 목욕을 시키면서 아빠 같은 부성애가 생겼기 때문이었다. 하지만 이모와 이모부는 육아에 미숙한 대모와 대부였다. 나는 목욕할 때마다 울었고, 분유를 먹으면 곧잘 토해 내기 일쑤였으며, 기저귀를 갈아 줘도 울고, 자라고 뉘어도 울었다. 내가 얼굴의 핏줄이 터질 정도로 울어 대던 날, 급기야 이모부의 어머니까지 출동했다.

"이게 무슨 일이야. 아니, 산모도 없는 집이 왜 이렇게 불가마야?"

바닥이 절절 끓도록 보일러를 튼 집에서, 나를 천 기저귀로 둘둘 싸맨 뒤 두툼한 솜이불을 덮어 준 탓에, 내가 더위와 무게를 견디지 못하고 울어 댄 것이었다.

"책에는 그렇게 쓰여 있던데……."

"애를 책 보고 키우냐? 엄마한테 진작 물어봤어야지! 보리차 가져와!"

나는 그냥 할머니라고 부르지만, 정식으로는 사돈어른인 이모부의 어머니도 내 육아에서 절대 빠질 수 없는 분이다. 그렇게 보고 간 내가 마음에 걸려 발길을 끊지 못한 것이다. 결국 나는 할머니네로 거처를 옮겼고, 이모와 이모부가 결혼을 승낙받으러 왔을 때는, 할머니와 할아버지 사이에 앉아 있었다.

"연수야, 이모하고 삼촌 결혼한대. 하라고 할까 하지 말라고 할까?"

"하라고 해."

"우리 연수가 하란다. 예쁘게 잘 살아라."

이모와 이모부는 조카의 허락을 받고 결혼한 특이한 커플이었다.

7

이모부와의 인연은 엄마가 먼저였다. 보육원에는 외부의 요구로 이뤄지는 행사가 종종 있었다. 보육원은 지역 유지들의 기부금이 중요한 운영자금이었고, 유지들은 주민들의 평판이 주요한 자산이었다. 그런 이유로 유지들은 주민들의 요구를 쉽게 거절할 수 없었으며, 보육원은 유지들의 요구를 어쩔 수 없이 수용해야만 했다. 주민들의 요구는 대개 선도 교육이었다. 보육원이 무슨 범죄의 온상이라고, 어딘가에서 청소년 범죄만 벌어지면 여지없이 이웃 주민들의 입방아에 올랐다. 그러면서 유지들을 부추겨 예방 교육을 강조했다. 말이 좋아 예방 교육이지, 특정 기관을 콕 집어 진행하는 교육은 억울한 단속일 뿐이었다.

그런데도 원장은 쉽게 거절하지 못했는데, 툭하면 시설 이전을 입에 올리는 주민들을 아주 무시할 수는 없었기 때문이었다.

엄마가 이모부를 만났을 당시에도 청소년들의 도 넘은 범법 행위가 꽤 화제였다고 한다. 그러나 이 지역에서 발생한 사건이 아니었고 보육원과도 무관했다. 하지만 주민들은 혹시 모를 염려로 또다시 강력한 교육을 요구했다. 사안이 사안인지라 한 유지가 이번에는 인근 파출소까지 찾아가 목소리를 높였다. 파출소 측도 난감했다. 억울한 교육은 결국 상처였다. 보육원 아이들에게는 자신들이 그런 사건에서 보호될 대상이 아니라, 그런 일을 저지를까 봐 미리 경고하는 윽박으로 느껴지는 것이다. 그야말로 생사람을 잡는 것이었다. 그나마 다행인 건 파출소 소장과 보육원 원장이 서로 가깝고, 이 바닥 꼴을 잘 안다는 거였다. 그래서 둘이 고안한 것이 간단한 요식 행위로 끝내자는 거였다. 파출소 측 경찰 한 명과 보육원생 한 명이 대화하는 모습을 사진으로 찍어, 마치 청소년 원생 전체가 일대일 심화 교육을 받은 것처럼 보여 주자고.

엄마가 어떻게 해서 그 한 명으로 선정됐는지는 모른다. 여하튼 엄마가 원생 대표로 이모부를 만났다. 당시 이모부는 파출소 막내 순경이어서 등 떠밀려 나왔는데, 만남의 취지가 너무 빨라서 서로 무안한 자리였다고 했다. 장소는 보육원 뒤뜰 간이 탁자였다. 간단한 소개만 주고받고 마주한 어색한 상황에서 매미들만 요란하게 울어 댔다고. 그러자 조금 떨어져서 사진을 찍던 원장이 재촉했다.

"아이, 너무 어색하다. 장 순경이 뭐라고 좀 해 봐."

"……예. 먼저 범죄를 사전적으로 정의하면, 법규를 어기고 저지른……."

찌리리— 우앵우앵우앵 찌리리—

"피해자가 느끼는 죄의 무게와 선고되는 형벌과는 괴리가……."

찌리리— 우앵우앵우앵 찌리리—

"내가 입은 심각한 피해를 고작 얼마의 벌금으로……."

찌리리— 찌리리— 우에앵—

"……매미들이 미쳤나 보다."

"네?"

"좋아! 자연스러웠어. 사진 빼서 보고서에 대충 끼워 넣으면 돼. 장 순경 수고했어. 효선이도 고생했다. 둘이 좀 얘기하고 끝내. 나 먼저 들어간다."

사진을 다 찍은 원장이 먼저 사라지고, 엄마와 이모부만 뻘쭘하게 남았다.

"혹시 뭐 궁금한 거라도 있니?"

"……별로."

"이런 자리 불쾌하지?"

"사람들은 여기가 시한폭탄처럼 느껴지나 봐요."

"무슨 일이 생기면 만만하게 탓할 대상이 필요한 거지."

"……우리가 욕받이네요."

"사람들이 다 그런 건 아냐. 알지? 넌 곧 보호 종료겠다?"

"네."

"나가면 하고 싶은 게 많아, 걱정되는 게 많아?"

"나가면 하고 싶은 걸 다 할 수 있을지 걱정이에요."

"하하하. 뭐가 제일 하고 싶은데?"

"하고 싶은 것보다는 꼭 해야 할 일이 있어요. 2년 뒤에는 동생도 나오거든요. 나는 고시원에서 시작해도, 걔는 월세방이라도 집에서 지내게 하고 싶어요. 진짜 집에 온 것처럼 꾸며 놓을 거예요. 그러려면 나가자마자 열심히 일해야죠……. 결국 그게 하고 싶은 일이죠, 뭐."

"기특하네. 좋은 사람 많이 만났으면 좋겠다."

"원장님은 나가면 나쁜 사람들을 가장 조심하라던데……."

"그렇지. 그거 정말 중요하지."

"근데 어떻게 구별해요? 무조건 의심하고 경계하다가 대인 기피증 생기겠어요."

"사람 참 어렵지. 달콤하게 다가오는 나쁜 인간도 많으니까. 그래도 일단은 돈, 성, 폭력, 이런 것들을 하나라도 강요한다 싶으면 멀리하는 게 좋아. 보통 진심에는 저런 게 들어가지 않거든. 이런 것으로 상처받으면 복구가 힘들어. 잘 판단해. 혹시 모르겠으면 나한테 전화해도 돼. 내 명함 줄 테니까 가지고 있어."

"아저씨 번호 내 폰에 저장해도 돼요?"

"당연하지. 그런데 군인하고 경찰은 왜 자동으로 아저씨가 되는 거냐?"

"그럼 삼촌이라고 불러요? 너무 친척 같잖아요."

"넌 마, 경찰 삼촌 있어도 돼. 이제부터는 삼촌이라고 불러."

"저기…… 제 동생한테도 삼촌 번호 알려 줘도 돼요?"

"몇 분 만에 조카가 둘이나 생겼네. 꼭 멋진 삼촌으로 저장하라고 해."

그렇게 이모부는 미래의 아내를 엄마를 통해 소개받은 것이었다. 엄마가 퇴소하고 야무지게 자립에 적응할 때, 이모부가 이모를 면회 가서 주말 오후를 함께 보낸 적도 있다고 했다. 언젠가 내가 왜 그랬느냐고 물었는데, 이모부는 문득 생각날 때만 그런 거였다고 얼버무렸다. 그처럼 이모부는 엄마와 이모, 그리고 나에게 불현듯 나타난 따뜻한 어른이었다.

8

나는 거의 태어나자마자 할머니네서 자랐다. 할머니 할아버지에게 업혀 집과 슈퍼를 오가다가, 어느새 손을 잡고 걷기 시작했으며, 곧 혼자서도 잘 걷고 뛸 만큼 자란 것이다. 우리 슈퍼는 주택가 건너편 명도단으로 불리는 상가 밀집 지역에 있다. 4차선 도로를 가운데 두고 주택가와 명도단으로 나뉜 것이다. 일단 명도단에 관해서는 다음 기회에 이야기하고, 여하튼 내가 집과 슈퍼를 오가면서 이 명도단에 내가 이모의 언니 딸이라는 게 알음알음 알려졌다. 난산으로 엄마가 죽어 이모부 식구들 손에 자라다가, 이모와 이모부가 결혼하면서 친손녀와 다름없는 손녀가 되었다, 는 복잡한 사연을 알 사람은 다 알게 된 것이었다. 이모와 이모부 사이에 아이가 없어 나를 입양했다는 소문도 잠깐 돌았다. 하지만 그런 걸 따지거나 신경 쓰는 사람은 없었다. 나는 그저 대흥슈퍼 손녀일 뿐이었다.

"우리 집에서 우리 손으로 키웠으면 우리 손녀지, 뭘 따져."

할아버지의 담백한 정리였다. 아주 어릴 적에는 할머니 할아버지 따라 나도 늘 슈퍼로 가야 했는데, 그러다 보니 명도단이 자연히 내 놀이터가 되고 말았다. 나는 온종일 명도단 곳곳을 돌아다니면서 놀았다. 그런데도 미로 같은 골목으로 유명한 명도단에서 길을 잃은 적이 단 한 번도 없었다. 내가 길을 잘 찾아서가 아니라 명도단 사람들이 나를 잘 데리고 있었기 때문이었다. 그 때문에 내가 안 보이면 당황해서 못 봤느냐고 찾는 게 아니라, 느긋하게 어디에 있는지를 물었다.

"우리 연수 어디 있어?"

"아까 성심당으로 들어가던데요."

"우리 연수 누가 데리고 있어?"

"자정이네서 밥 먹더만."

"우리 연수 왔네, 우유 줄까?"

"아이고 꼬질꼬질해라. 연수야, 세수하자."

그렇게 나는 명도단의 꼬마, 즉 모두의 연수로 자란 것이었다. 이모가 나를 잘 키워 준 할머니 할아버지에게 고맙다고 인사하면, 할머니 할아버지는 늘 이렇게 말했다.

"우리 연수는 명도단이 키웠지. 우리는 슈퍼 보느라 바빴어."

나를 키운 공을 늘 명도단 사람들에게 돌리는 것이었다. 명도단 사람들이 함께 봐 주지 않았다면 늙은 자신들이 어떻게 나를 키울 수 있었겠느냐고. 그 덕에 나는 이모와 삼촌을 세상에서 가장 많이 가진 아이가 되었다. 그런데 너무 많아서였을까. 이모와 삼촌이 그토록 많은 와중에 왜 남들은 다 있는 엄마 아빠는 없는 것인지, 그 빈자리가 유독 크게 보이기도 했었다.

한때는 왜 엄마 아빠가 아니라 이모 이모부일까 궁금했던 적이 있었다. 부모와 보호자의 개념을 몰랐던 어린 시절이었다. 내가 태어난 순간부터 함께한 이모와 이모부였다. 그리고 내가 세 살 때 둘이 결혼했다. 다른 아이들이 부모님을 엄마 아빠라고 말할 때 나는 이모와 이모부를 댔었는데, 문득 그것의 다름을 어렴풋이 느꼈던 것 같다.

"내일은 부모님들이 오실 거예요. 엄마 아빠가 보시는데, 우리 친구들 더 잘해야겠죠?"

"나는 이모랑 이모부가 온댔어요."

"그럼요, 친척분들도 오시면 아주 좋죠!"

다른 아이들은 부모님이었고, 나는 친척이었다. 뭔가 다르다는 걸 어렴풋이 느낀 것 같기는 한데, 그렇다고 그 뒤에 어떻게 됐는지는 잘 기억나지 않는다. 모두 우리 친구들의 고마운 보호자들이랍니다, 라는 말로 얼렁뚱땅 넘어갔던 듯싶다. 내가 보호자라는 말을 여러 번 되새긴 걸 보면 아마, 그랬던 듯싶다. 그러고도 석연치 않았었는지 막 초등학생이 됐을 때, 이모한테 다시 물었더랬다.

"보호자가 뭐야?"

"우리 연수 지켜 주는 사람들이지."

"그럼 부모님도 보호자야?"

"응. 부모님도 보호자야."

"근데 나는 왜 보호자가 부모님이 아니고 친척이야?"

"연수는 엄마랑 아빠가 아주 먼 곳에 있어서, 대신 이모랑 이모부가 보호자가 됐어."

"할머니 할아버지는?"

"당연히 할머니 할아버지도 연수 보호자지."

"명도단 이모들이랑 삼촌들은?"

"명도단 이모들이랑 삼촌들도 다 연수 보호자야. 우리 연수는 세상에서 보호자가 가장 많은 아이야. 최고지?"

　내 부모님은 아주 먼 곳이지만 어쨌든 있다고 했고, 보호자는 내가 세상에서 가장 많다고 했으니, 그때도 또 얼렁뚱땅 넘어간 것 같다. 뭔가가 되게 많아서 내가 최고라고 하니 그때의 나로서는 으쓱하며 그대로 받아들였을 것이다. 내가 그새 자란 곳의 의미를 깨닫기 전까지는. 더는 나의 가족사를 숨길 수 없을 때까지는. 나를 낳다가 죽은 엄마, 어디에 있는지 모르는 아빠, 그런 나를 돌봐 준 이모와 이모부, 그리고 할머니 할아버지, 명도단 사람들. 내가 내 탄생 비화로 소란을 피우지 못하는 이유였다. 나는 그 정도로 염치가 없지는 않았다. 부모와는 성격이 다른 보호자라는 내면의 벽은 좀 생겼지만, 누구도 눈치채지 못하도록 조심했다. 늘 그랬듯 태연하게 명도단을 누비는 모두의 연수로 지낸 것이었다.

9

만약에 이모 부부가 나를 입양해 친딸로 키웠으면 어땠을까. 그랬다면 다른 애들이 하지 않는 질문은 나도 하지 않았을 터였다. 질문을 한다는 건 의구심을 가졌다는 거였다. 내가 좀 다르다는. 하지만 우여곡절 끝에 지금에 이른 나는 조카인 지금의 상태로 만족한다. 그랬기에 친부모가 아님을 알고 난 뒤의 혼란을 겪지 않을 수 있었고, 내 부모의 정보를 똑같이 공유할 수 있었다. 엄마는 죽었고, 아빠의 존재는 아무도 몰랐다. 우리는 모든 걸 똑같이 알았고 똑같이 몰랐다. 어릴 적의 나는, 스무 살짜리 이모가 내 보호자였다는 의미를 크게 받아들이지 못했다. 그때는 스무 살이나 서른, 혹은 마흔이나 쉰, 모두 같은 어른들로 보인 까닭이었다. 초등학교 고학년이 되어서야 비로소 스무 살이 너무 어린 성인이라는 것을 깨달았다. 나처럼 책가방을 메고 학교에 가는 풋풋한 대학생일 뿐이었다.

"힘들었지?"

"힘들었겠지. 근데 그땐 힘들 경황도 없었다, 하하하. 너 할머니네 집에 오래 두는 게 죄송해서 빨리 데려오려고 했는데, 이모부가 그러는 거야. 죄송한 건 나중에 인사하고, 다른 사람 손 빌릴 수 있을 때 야간 대학이라도 다니라고. 그런 상황에서도 학교에 가라는데, 눈물 나게 고맙고 좋더라. 시설에 있을 때는 대개 기술을 권했거든. 기술이 있어야 자립하는 데 이롭다고. 맞는 말이긴 한데, 사춘기 때는 되게 고깝게 들리더라고. 네 주제에 무슨 대학? 그렇게 들리는 거야. 사실 내가 대학 갈 여유가 있었겠니? 그런데도 인문계 갔다. 나름 반항한 거지. 근데 이모부 말 듣고부터는 정말로 공부가 하고 싶더라니까. 할머니 할아버지도 그러라고 하고. 내 평생의 운을 그때 다 썼다."

"핑계 생긴 김에 나 더 맡긴 건 아니고?"

"솔직히 그런 마음도 조금 있었어. 널 혼자 볼 자신이 없었거든. 돌봄 도우미분이 도와주셔도 시간이 정해 있었어. 너 데려오면 저녁 일은 아예 못 하는 거야. 근데 내가 가진 게 있어야지. 너 데려올 때까지는 어떻게든 벌어서 모아 둘 생각이었어. 그런데 그때 마침 이모부가 졸업할 때까지는 집에서 봐 줄 테니까 학교 다니라잖아. 알바 열심히 해서 차라리 등록금을 내라고. 난 그때, 졸업할 때까지는 시간을 벌었다고 생각했어. 일단 대학에 붙으면 등록금은 장학금으로 내고, 알바한 돈은 다 모으려고 했지. 그리고 졸업하면 너 딱 데려오고."

"그래서? 그래서 많이 모았어?"

"……일하면서 장학금 받는 게 쉽지 않더라고. 등록금도 겨우 냈다."

"뭐야…… 말만 비장해."

"말만 비장한 게 아니라, 널 데려오기가 그만큼 어려웠다는 거야."

"그렇게 어려우면 할머니네 그냥 두지 왜 데려왔어?"

"……연수야, 사실은 우리가 친척이 되게 많았다. 할머니 할아버지 이모 고모 삼촌들. 그런데도 엄마랑 내가 보육원에서 자랐잖아. 나 친척들 욕 진짜 많이 했어. 학교에 가면 조부모나 삼촌, 아니면 이모네 집에 사는 애도 있었거든. 똑같이 부모가 없어도 걔들은 보육원에서 살지 않으니까 사람들이 대하는 게 다른 거야. 그러니 내가 친척들을 얼마나 원망하고 욕했겠니. 나는 내가 욕한 사람들처럼 되고 싶지 않았어. 그래서 빨리 데려오려고 했지. 나는 네 이모니까……. 그게 다야."

내가 아는 엄마의 정보는 많지 않다. 나의 외할머니 외할아버지가 사고로 동시에 돌아가셨다는 것, 빚을 많이 남긴 바람에 친척들이 엄마와 이모를 부담스러워했다는 것, 이모가 입양될 뻔했는데 엄마가 죽기 살기로 막았다는 것, 피자는 둘레의 빵을 좋아해서 맛있는 가운데 부분은 늘 이모가 다 먹었다는 것 등등. 엄마와 나, 그리고 이모. 굳이 우리가 다 함께 지낸 시간을 따져 보면 내가 아직 엄마 배 속에 있었던 4개월이 전부였다. 그때 엄마는 나중에 우리 셋이, 라는 말을 자주 했다고 한다. 나중에 우리 셋이 키즈 카페 같은 데 가자. 나중에 우리 셋이 찜질방 가면 되게 재밌겠다. 나중에 우리 셋이 똑같이 베이비펌 할까?

"근데 엄마는 왜 병원에 가지 않고 집에서 혼자 낳은 거야?"

"나도 엄마가 임신한 걸 배가 나온 뒤에 알았어. 아무한테도 말하지 않고 일하던 화장품 가게도 계속 다니다가, 티 나게 배가 나온 뒤에야 그만뒀거든. 내가 병원은 다니냐고 했더니, 괜찮다고 출산 예정일쯤에 진통이 오면 그때 가면 된다는 거야.

그때 같이 가 달라고. 내가 아무것도 모를 때여서, 언니가 그러니까 그래야 하는 줄 알았지. 그런데 계산한 예정일보다 진통이 더 빨랐어. 나는 그런 줄도 모르고 카페에서 아르바이트 중이었고. 그런데 생각해 보니까 처음부터 병원에 갈 생각이 없었던 것 같아. 그랬으면 진통이 오자마자 나한테 연락했었겠지. 그러면 내가 병원에 데리고 갔을 테고."

"왜 그렇게 병원을 피한 거야? 임신 사실 감추려고?"

"아니. 우리는 어떤 일에는 터무니없이 겁먹곤 해. 엄마가 병원에 가지 않은 건 미혼모라 부끄러워서가 아냐. 누가 널 강제로 데려갈까 봐서 그랬던 거야. 가끔 어떤 사람들은 우리를 위한답시고 막말할 때가 있었어. 엄마가 보육원에 있을 때 영아원으로 봉사 나간 적이 있었는데 그때 누가 그랬대. 너희도 함부로 임신하면 그 아기 이렇게 영아원에 보내진다. 나라에서 다 데려가. 말이 안 되지. 그런데 우리는 설마설마하면서도 믿고 말아. 어떤 경위로든 영아원으로 오는 아기들을 직접 보니까. 그중 어떤 아기들은 강제로 데려왔나 보다 하는 거야. 우리는 생활이 제한돼서 밖의 세상을 잘 몰랐어. 그러니까 어른들이 그러면 그런가 보다 하고 넘겼어. 반반 믿는 거지.

근데 있잖니, 그런 일이 막상 나한테 닥치면 이젠 정말로 믿게 된다. 아니, 혹시라도 진짜일까 봐 막 무서워져. 엄마도 그랬을 거야. 그래서 무모하게 혼자 낳았을 거야. 남들은 미련하게 보겠지만, 그게 엄마한테는 최선이었어. 그런 걸 의논할 사람이 없었으니까. 없었어, 아무도. 엄마가 전화해서 도와달라고 했는데, 그때 이미 목소리가 안 좋았어. 내가 도착하자마자 삼촌 좀…… 그러고 정신을 잃었을 정도로. 그게 마지막 말이었어. 내가 올 때까지 널 살리려고 버틴 거야. 그냥 죽으면 너까지 위험하니까.

이모부가 내 전화 받고 급하게 달려왔어. 나 그때 이모부 제복에 붙어 있는 경찰 패치 보고 펑펑 울었다. 경찰이라는 단어가 그렇게 든든하게 느껴진 적이 없었어. 엄마랑 네 상태 살피면서 무전하고, 구급대 오고……. 나는 사실 이모부하고 친하지도 않았어. 엄마 먼저 자립하고 보육원에 나 혼자 있을 때 이모부가 몇 번 찾아왔었는데, 되게 서먹서먹했었다. 엄마도 자주 전화하는 사이는 아니었을 거야. 보육원에 있으면 그런 일 자주 있어. 의례적으로 하는 말들. 전화하랬다고 진짜로 하면 원장실로 상담 가. 그래서 우리가 알아서 거리를 둬. 근데 이모부가 그러는 거야. 전화 잘했다고. 그때부터 이모부 말은 다 들었다. 이모부는 내가 처음으로 만난 진짜 어른이었어."

이모부. 탯줄이 끊어지기 전의 나를 본 사람. 어린 이모에게 갓 태어난 조카를 안겨 주고 등을 보이지 않은 사람. 그것은 경찰이어서가 아니었다. 이모부였기에 가능한 행동이었다. 나는 이런 이모와 이모부와 같이 산다. 내가 이 부부의 자식이 아니라 조카여도 좋은 이유였다.

10

내가 태어나기 전부터 엄마를 알고 있었던 이모부. 그런 이
모부도 아빠에 대해서는 아는 게 없었다. 엄마와 안부 차원의
연락은 가끔 했었지만, 엄마의 임신 사실은 전혀 몰랐었다고 했
다. 그도 그럴 것이 엄마가 말하지도 않았고, 배가 불러 오면서
부터는 이모하고만 지냈기에 알 턱이 없었다. 그런데 내가 중학
교에 입학하고 얼마 되지 않은 어느 날, 이모와 내게 어쩌면 아
빠일 수도 있는 사람에 관해 말한 적이 있다. 이모가 놀라서 물
었더랬다.

"만났어?"

"······잡았어."

잡았다. 내가 나의 아빠일지도 모를 사람에 대해 들은 첫 마디가 저 말이었다. 막 생기려던 설렘이 순식간에 불길한 마음으로 바뀌어 가슴이 쿵 내려앉았었다. 그렇게 내려앉은 가슴으로 들은 이야기들. 나는 그날 이모부가 그에 대해 최대한 솔직하게 말했다고 생각한다. 이모와 내가 이제는 꼭 알고 있어야 할 문제가 생겼기 때문이었다. 전혀 엉뚱한 상황에서 내 생부임을 스스로 밝힌 사람. 엄마와 이모의 보육원 선배. 이모와 나는 그의 이야기를 무너지는 심정으로 들어야만 했다.

그의 이야기를 하려면 우선 몇 년 전으로 돌아가야 한다. 그가 일하던 곳의 물품들을 빼돌리다가 이모부한테 처음 잡힌 게, 내가 초등학교 3학년 때였기 때문이다. 이때는 이모부도 이모와 같은 보육원 출신이라는 사실밖에 몰랐다. 파출소에서 근무할 당시 곧잘 방문했던 시설이었다. 지금은 이름을 바꾸고 다른 지역으로 옮겨 갔지만, 이모부로서는 여러모로 잊을 수 없는 곳이었다. 그 때문에 왠지 마음이 가서 밥도 사 먹이며 진심 어린 충고도 했다고 한다.

"친한 형님이라면서, 그런 사람 가게에서 이렇게 행동하면 돈 얼마에 좋은 인연을 잃는 거야. 내가 그 보육원도 잘 알고,

너도 동생 같아서 하는 말이야. 그러면 안 돼."

"인연 끊을 각오로 한 거예요. 친한 동생이라고 월급도 잘 안 줬거든요."

"그동안 월급 밀린 적 한 번도 없던데?"

"아니에요. 월급이 이백팔십만 원인데, 매달 백팔십만 원밖에 안 줬어요."

그가 일한 곳은 주류 매장이었다. 그리고 신고한 사장의 말에 의하면 그의 월급은 백팔십만 원이었고, 심지어 근로계약서에도 그렇게 쓰여 있었다. 그런데도 그는 다른 말을 했다.

"계약서에만 그렇게 쓰고, 구두로는 백만 원 더 준다고 했어요. 내가 보육원 출신에 혈혈단신이라 마음이 쓰여서 그런다고. 다른 직원한테는 미안하니까 계약서만 그렇게 쓰자고요. 저 원래는 주점에서 이백이십만 원 받고 있었는데, 그때 단골인 사장이 자기 가게에서는 이백팔십만 원 준다고 해서 옮긴 거예요. 대신 창고 관리도 하라면서. 그래 놓고 매달 백팔십만 원만 통장으로 보냈어요. 자기 못 믿느냐고, 나중에 다 줄 거라면서. 줄 생각이 전혀 없었어요. 말 그대로 혈혈단신이라고 얕본 거죠. 그래서 못 받은 월급만큼만 빼돌린 겁니다."

그런데 사장의 말은 또 달랐다.

"무슨 말도 안 되는 소리를 해요. 그 주점 우리 거래첩니다. 그래서 자주 갔다가 이놈하고 면을 튼 거예요. 조용하고 착실하니 괜찮았어요. 근데 맘고생을 좀 하더라고요. 거기 사장이 시설 출신이라고 얕보고 좀 험하게 다룹디다. 내가 봐도 심했어요. 그래서 언제 슬쩍 너 여기 힘들지 않냐? 그랬더니 갈 데가 없대요. 거기서 먹고 자고 한 겁니다. 그럼 백팔십에 우리 매장 올래? 마침 직원 하나가 나갔다. 창고 한쪽 치우고 지내도 돼, 그랬죠. 이놈이 그동안 월급을 제대로 받아 본 적이 없다면서, 고맙다고 넙죽 인사까지 했습니다. 이 자식이 창고 쓰면서 더 엉망이 됐는데, 무슨 관리를 해요? 어디 있냐? 그러면 행거 뒤에 있다고 하고, 어디 있냐? 그러면 소파 뒤에 있다고 하고. 그래도 지내기 불편할까 봐 잔소리 한번 안 했어요. 이 자식이 고마운 줄도 모르고…… 아니, 걔가 뭐라고 뒤로 백만 원씩이나 더 챙겨 줍니까? 창고까지 쓰게 해 줬는데? 그래서, 창고에서 빼돌린 술들이 못 받은 월급이래요? 천만 원이 넘어요! 이 자식을 그냥 확!"

어쨌든 그 일은 근로계약서에 의해 판정 났다. 그는 끝까지 억울하다고 했지만, 누구의 말이 진실인지는 모른다. 판결은 증거로 하니까. 게다가 훔친 물건을 팔다가 잡힌 전과가 이미 있

어서 그에게 더 불리했다. 그새 돈을 다 어디에 썼는지 변상할
능력도 없었고, 사장이 괘씸죄로 합의나 선처를 해 주지 않아
결국 얼마간의 형을 살아야 했다.

11

이모부가 그를 다시 만난 건, 2년 뒤 내가 초등학교 5학년 때였다. 어느 인력소개소에서 일하면서 그곳의 돈을 빼돌리다가 또 잡힌 것이었다. 이 소개소에서는 불법체류나 어떤 사정으로 인해 본국으로 돈을 보낼 수 없는 사람들을 대상으로, 일종의 송금 대행 업무를 겸하고 있었다. 통장 개설이 어려운 사람들에게는 사무실 통장을 이용하여 월급을 받을 수 있게 하고, 그렇게 받은 돈을 본국으로 바로 송금해 주는 등, 수수료를 떼기는 하나 사정 급한 사람들에게는 유용한 창구였다. 사무실 통장마저 사용할 수 없는 사람들은 현금으로 받은 임금을 직접 들고 오기도 했는데, 그런 돈도 잘 맡아 두었다가 원하는 곳으로 보내 주었다.

　그런데 그가 일하면서 본국으로 송금할 돈을 가로채고, 현금으로 가져온 돈을 착복했다. 그러고도 뻔뻔하게 일하다가 덜미를 잡힌 것이었다. 신기한 인물이었다. 그를 처음 본 사람들은 희한하게도 그에게 마음을 빼앗겼다. 뭔가 허술하고 착해서 차라리 내가 데리고 있자, 하는 마음이 든다는 것이다. 그러고 얼마간 일하다 보면 역시 착실해서 믿음을 갖게 된다고. 그런 믿음으로 인해 마음을 놓으면 여지없이 사고를 쳤다. 그 인력소개소를 찾아왔을 때도 그랬다. 그는 소장에게 밥 먹을 만큼만 벌면 되니 아무 일이라도 소개해 달라고 했다. 그러면서 이런저런 얘기를 했는데, 소장이 그럼 나하고 한번 일해 봅시다, 했다는 것이다.

　여하튼, 그가 이곳의 돈을 빼돌린 건, 업무상 불법이 많고 주로 불법체류자들을 상대하니, 양쪽 다 신고는 어렵다고 여긴 탓이었다. 그런데 한 목사님이 총대를 메고 신고한 바람에 또다시 경찰서 신세를 지고 말았다. 그리고 비로소 이때 이모부도 그가 나의 생부임을 알게 된 것이었다.

　"네가 가장 멍청한 건, 그나마 널 믿어 주는 사람들 뒤통수를 아주 부숴 놓는다는 거야. 너한테 기회 준 사람들 뒤통수를 대체 몇 명이나 후려친 거야. 빼돌린 돈 많아 보이지? 저 사람들을 잃지 않았으면, 앞으로 그 몇 배는 벌 수도 있었어. 하긴, 도둑놈이 그런 걸 신경 쓰겠냐. 또 훔치면 되니까, 그치? 나는 잡는 사람이라서 훈화 같은 건 관심 없어. 전과 데이터로 널 분석할 뿐이지. 넌 그냥 도둑놈이야. 불법체류, 불법 업무, 이건 그 사람들 사정이고, 넌 네가 한 행위로 처벌받는 거라고. 남의 걸 불법으로 가진 죄. 이 '남'에는 불법체류자든 불법으로 번 사람이든 상관없이 다 들어간다고. 너 말고 다른 모든 사람. 알았어!"

"……죄송합니다."

"나한테? 물론 나한테도 죄송하지. 바빠 죽겠는데 너까지 잡으러 가느라 고생했거든. 근데 나야 직업이니 그렇다 치고, 네가 가로챈 돈의 주인들한테 죄송해야지. 불법체류자. 그래, 이런 사람들이 싫을 순 있어. 그렇다고 돈을 빼앗을 자격은 없어. 저 중의 한 사람은 네가 빼돌린 돈을 받지 못해서 대학에 붙고도 입학을 못 했대. 오빠는 받은 줄 알고 안심하고, 여동생은 오빠가 돈이 없어서 못 보내는 줄 알고 포기하고. 동생 뒷바라지하겠다고 여기까지 온 오빠를 네가 무능한 사람으로 만들고, 오빠만 믿고 달려가던 동생을 좌절시켰다고!"

"……저도 천벌 받을까요?"

"저도? 누가 천벌 받는 거 보긴 했나 보네."

"……임효선."

"누구?"

"임연수 엄마, 임효선."

"지랄하네, 임효선이 왜 천벌을 받아?"

"나한테 수면제 먹이고…… 나쁜 짓 했으니까요."

12

"화장품 가게에서 우연히 만났어요. 임효선이 거기 직원으로 있었는데, 나를 알아본 거예요. 화장을 그렇게 하고 있으니까 저는 못 알아보겠더라고요. 걔가 보육원 동생이다, 그러니까 좀 알겠더라고요. 아, 네 동생도 있었지? 그러면서 반갑게 인사했습니다. 세 살이나 차이 나는 데다가 여자애들하고는 다른 층을 써서, 사실 걔하고 가깝게 지낼 일은 별로 없었어요. 걔 초등학생일 때는 내가 중학생이고, 중학생일 때는 내가 고등학생이잖아요. 보면 그냥 아는 거지, 그렇다고 같이 놀았겠어요? 그러고 자립하면 다 잊어요. 만나야 그래 너구나, 하는 거지.

그날 근처에서 밥 한 끼 사 주고 헤어졌습니다. 연락처 주고

받으면서 힘들거나 배고프면 전화해라, 그랬던 것 같아요. 전화는 주로 임효선이 했습니다. 보통은 자질구레한 부탁 때문이었는데, 어렵지 않은 일들이어서 도와줬습니다. 보일러를 봐 준다거나, 일이 늦게 끝나면 데려다준다거나, 같이 집을 보러 간다거나.

임효선이 아기 낳은 옥탑방도 나랑 같이 가서 얻은 거예요. 싼 집만 보고 다녔는데도 보증금이 모자라서, 내 백만 원 보태서 겨우 얻었죠. 안 그러면 그 집도 못 구했어요. 너무 싸니까 도배도 엉망이었어요. 월세인데도 주인이 안 해 줘요. 그래서 날 잡고 우리가 풀하고 벽지 사다가 직접 했습니다. 자잘한 꽃무늬 벽지였는데, 둘 다 그런 걸 해 본 적이 없어서 겨우겨우 끝냈습니다.

그날이었어요. 시간도 늦고 피곤해서 그냥 자고 가자 했다가 당한 거죠. 잠결에 몸이 이상해서 눈떴다가 다 봤습니다. 꼼짝도 못 했습니다. 모르겠어요, 그냥 꼼짝도 못 하겠더라고요. 서로 편한 오빠 동생 사이였거든요. 애가 기특했습니다. 낮에는 화장품 매장에서 일하고 밤에는 식당에서 일했어요. 식당에서 옥탑방까지 버스로 네 정거장쯤 됐는데, 아무리 늦어도 걸어 다녔어요. 동생 기다리면서 돈을 한 푼도 안 썼습니다. 그 식당이 손님 다 나가야 마감이라서 어떤 때는 새벽 두세 시에도 끝나고 그랬어요. 그러면 내가 스쿠터 타고 가서 집에 데려다주고, 간 김에 자고 온 적도 더러 있었습니다. 그런데 그날 다 알아 버린 거죠. 내가 왜 거기에서만 자면 세상 모르게 곯아떨어지는지를.

임효선한테 불면증이 있었습니다. 병원 처방용 수면제가 늘 서랍에 있었죠. 약국에서 그냥 사는 수면 유도제하고는 수준이 달라요. 여하튼, 그렇게 바래다주고 자고 가는 날에는, 애가 고맙다고 봉지 커피를 타 줬어요. 나는 거기에 수면제를 탔다고 생각합니다. 그것만 마시면 어느 순간 몽롱해지면서 스륵 잠들었거든요. 그게 참…… 늘 늦은 시간이었잖습니까. 그래서 그렇게 잠들어도 별생각이 없었습니다. 정신없이 잠들었네, 그러고 말았죠. 한 달에 한두 번 정도였나, 뭐 그랬습니다. 그런데 그날은 제가 도중에 깬 거죠. 왜 그랬는지는 모르겠지만, 어쨌든 그 덕에 알았습니다. 애가 처음이 아니구나.

그 뒤로는 안 봤어요. 보고 싶었겠습니까. 어린애한테 놀아난 것 같아서 자존심도 상했죠. 그런데 그쯤에 우리 보육원 출신끼리 만든 모임이 있었어요. 지금은 없습니다. 한참 전에 뿔뿔이 흩어졌어요. 저는 문자로 모임 안내가 와도 잘 안 나갔었어요. 성금을 모아서 매년 찾아가자는 둥, 서로 연락하면서 힘들 때

돕자는 등 취지는 그랬는데, 뭐 만나면 좋게 끝났겠어요? 이런 말은 좀 그렇지만, 어디 손 벌릴 사람 없나 하고 나오는 애들이 더 많았어요. 임효선처럼 힘들게 일하면서 돈 벌려고 하는 애들이 별로 없었다고요. 제가 그래서 그 일 있기 전까지는 나름 도와준 겁니다. 기특해서. 뭐 하여간 그렇다치고, 언제는 임효선 동기 몇이 나온다고 해서 일부러 나가 봤습니다. 슬쩍 물어봤죠. 왜 너희만 왔냐, 임효선이라고 또 있지 않냐. 애들이 학을 떼는 거예요. 쓰레기라고. 그러면서 사람들이 왜 그렇게 임효선한테 당하는지 당최 모르겠다는 겁니다. 자기들 눈에는 다 보이는데 멍청하게 꼭 당하는 사람이 있대요.

보육원에서부터 임효선 옆에는 늘 시종 같은 애가 있었대요. 별 사이도 아닌데 알아서 척척 수발을 들었다고요. 그런데요, 그게 또 나는 알 것도 같은 겁니다. 얘는 오로지 동생 생각뿐이었어요. 어른들이 시설로 보냈잖아요. 자기는 어쩔 수 없지만, 동생만은 버려진 애로 만들지 않을 거라고 했습니다. 어디에서 살든, 끝까지 책임져 주는 언니가 있으면 동생은 버려진 게 아니라고요. 그 말이 나한테 너무 아프게 꽂혔습니다. 나도 도와주고 싶었어요. 알아서 수발들었다는 사람들, 다 나 같은 심정 아니었을까요. 그런데…… 그게 임효선 수법이라는 겁니다. 얘가 자기 처지에 마음이 움직였다 싶으면 자기 동생을 탁 걸어 버린대요. 내 동생도 어쩌고저쩌고하면서.

진심일 수도 있죠. 그런데 걔가 그러는 바람에 어떤 애는 보육원에서 받은 용돈을 임효정한테 다 썼다잖아요. 자기가 마음이 아파서. 이상하지 않습니까? 거기에는 그런 언니마저 없는 애가 더 많은데 왜 임효정한테만 그랬을까요? 동기들 말로는 임효선이 선의를 터는 년이라서 그렇답니다. 년, 년이라고 했어요. 그 정도로 싫어했습니다. 수법은 늘 똑같습니다. 세상에 둘도 없는 언니죠. 저는 안중에도 없고 동생만 챙기니까 꽤 괜찮아 보이는 거예요. 괜찮은데 안쓰러운 애. 동요되면 자발적으로 수발드는 겁니다. 저처럼. 밥 사줘, 데려다줘, 집 얻는 데 돈 보태 줘.

보다 못한 몇몇 애가 원장한테 진지하게 말한 적도 있었는데 아무 소용 없었대요. 그러면서 의미심장한 말을 했습니다. 임효선이 고등학생 때, 얘한테 완전히 물린 중학생 남자애가 있었답니다. 근데 얘가 갑자기 보육원을 떠난 겁니다. 그때 소문이, 임효선이 걜 건드려서 그런 거였다고 하대요. 소문이 흐지부지 사라져서 확인할 수는 없지만, 그때 애들은 임효선을 가해자로 지목했다는 겁니다. 이유를 물어봤더니 원래 그런 애예요, 그러면서 얼버무리더라고요.

　그런데 나는, 그 소문이 사실이라고 확신합니다. 나도 당했으니까요. 나는 동기들이 말한 모든 걸 다 당했으니까요. 분해서 몇 달 동안 어떻게 지냈는지도 모르겠습니다. 그러다가 임효선이 임신했다는 말을 들었죠. 배가 잔뜩 나와서는 동생하고 유아용품을 사러 다닌다는 겁니다. 등골이 싸늘하더라고요. 그래서 전화했습니다. 한번 만나자고."

13

"벌써 9개월째인가 그랬습니다. 말 길게 하지 말자, 일 만들기 싫어서 모르는 척했을 뿐이다. 아기 아빠가 나냐, 하고 물었죠. 한동안 가만히 있대요. 그러고는 겨우 한 말이 정자를 기증한 셈 쳐줄 수 없냐는 거였어요. 멍했습니다. 설마 스물두 살짜리가 아이를 갖고 싶어서 그랬겠어요? 그렇게 돈을 밝히더니 혹시 아이 낳아서 어디에 팔려는 건가 싶었습니다. 하필 그때쯤에 그런 비슷한 뉴스가 있었거든요. 밤낮으로 일해도 먹고 살기 힘들 때였어요. 행정상 강제 자립이거든요. 동생한테 미쳐 있던 애라, 동생을 위해서는 그러고도 남을 애 같았어요. 안 그러면 큰돈 만지기 어렵잖아요. 그래도 차마, 그런 거냐고는 못 물어봤습니다. 불쌍한 것 같기도 하고, 열도 받고, 그냥 다 거지 같았습니다. 말로는 자기가 잘 키울 거라고 했어요. 그러면서 징징 우는데 얼마나 꼴 보기 싫던지. 꼭 건강하게 낳아라. 낳자마자 내가 영아원으로 보내 버린다, 그러고 나왔습니다. 그랬는데 아기 낳다가 죽었잖아요, 천벌 받아서."

"내가 동생하고 결혼하고 아이 키우는 건 어떻게 알았어? 계속 지켜봤나?"

"……형사님, 우리 사이에서 유명합니다. 안 지켜봐도 계속 들려요. 걔 장례식에 원장님하고 보육사님 몇 분만 간 것 같은데, 소문은 금세 퍼졌어요. 당연히 나도 들었죠. 아기 걱정을 좀 했는데 다른 분들이 잘 돌봐 준다고 하더라고요. 그게 아기 운명인가 보다 하고 돌아섰습니다. 잊고 싶었어요. 근데 형사님 소식이 계속 들리는 겁니다. 임효선이 동생한테 역대급 호구를 붙여 주고 죽었다고요. 대학 보내 줘, 조카 키워 줘, 그것도 모자라 맨몸으로 결혼까지. 언니가 성폭행범인데 남편이 경찰이야. 형사님, 내 심정이 어땠을 것 같습니까? 임효정 걔, 자기 언니가 어떤지 누구보다 잘 알 거예요. 혜택 보면서 살았잖아요. 언니 덕에 받아먹은 게 얼마나 많은데요. 임효정이 왜 조카를 끼고 있었을까요? 형사님이 조카를 예뻐하니까, 자기가 키우겠다는 기특한 사연 만들어서 형사님 잡은 거잖습니까. 얘들 수법이죠. 압니다. 홀려 있으면 저런 말이 안 들려요. 나도 그랬잖아요. 근데 형사님은 역대급으로 홀렸더라고요. 임효정도 참 대단하죠. 한번 슬쩍 물어보세요. 어릴 때 마당에서 자전거 잡아 준 오빠 기억하냐고. 아마, 하도 도와준 사람이 많아서 기억도 못할 겁니다. 좀 많이 받아먹었어야지요. 무슨 복인지, 언니 덕에 아직도 형사님한테 꿀떡꿀떡 받아먹으면서 살고 있지 않습니까. 나는 형사님이 좀 불쌍했습니다. 궁금했어요. 그래서, 행복하신지."

"행복하지. 나는 내가 홀린 것에 불만이 없거든. 그래서 어쩔 셈인데? 나를 처음부터 알고 있었으면서 지금 말을 꺼낸 이유가 뭐야? 네 말이 다 사실이라고 쳐도 당사자가 죽어서 공소권도 없잖아. 진짜 천벌 받을까 봐 그 벌 좀 깎자고 나도 억울한 사람이다, 항변하는 거야? 아니면, 갑자기 부성애라도 생기셨어?"

"아뇨. 물론 제가 잘못한 거지만, 어쨌든 나는 늘 잡혀 옵니다. 그리고 이렇게 혼나죠. 그런데 나한테 죄지은 애는 사과도 없이 처벌도 없이 사라졌잖습니까. 그게 천벌이든 아니든, 그렇게 죽었다고 해서 내 상처가 사라진 건 아닙니다. 억지로 묻어 둔 거죠. 그런데 형사님을 만나면 그 상처가 뚫고 나옵니다. 형사님을 볼 때마다 마음이 복잡해진다고요. 다 말하자니 언니의 복수를 동생한테 하는 것만 같고, 참자니 동생한테까지 당하는 것만 같고, 에라 모르겠다 그냥 다 밝히자 그러면, 형사님이 불쌍한 겁니다. 언니에 동생에 내 딸까지. 물론 저는 생물학적인 아빠일 뿐이지만요. 그동안 밝히지 못한 건 형사님 때문이었어요. 모르는 채 사는 게 나을 테니까요. 그래서 그동안은 잘 참았는데, 이번에는 왜 말했는지 저도 모르겠습니다. 아마, 그 목사님 때문인 것 같아요. 목사님한테 어린 양은 그 사람들뿐이었습니다. 그들도 엄연히 불법을 저질렀잖습니까. 그런데도 그들만 감싸더라고요. 나는 성직자한테도 외면당했어요. 원래 혼자였지만, 더 쓸쓸했습니다. 왜 내 편은 아무도 없는 건지. 문득 그런 생각이 들더라고요. 만약에 그때 바로 신고했더라면, 그때만큼은 형사님도 피해자인 내 편이었겠다 싶은. 그런데 나는 그 기회마저 놓쳤어요."

"……증거를 가져와. 그러면 그 건만큼은 네 편이 되어 줄 테니까."

"증거는 국과수에 있지 않습니까? 내 DNA는 저장돼 있을 테니까, 그 아이만 검사하면 될 텐데요."

"아니, 당했다는 증거. 당사자가 죽어서 억울할 수도 있지만, 당사자가 죽은 덕에 뒤집어씌운 걸 수도 있지. 물론 내가 지금 하는 말이 또 상처가 될 수도 있어. 하지만 나는…… 증거가 없는 한 중립이어야 해. 어쩔 수 없이."

"저한테 무슨 증거가 있겠어요. 몰래 녹음이라도 해야 했을까요. 증거는 아이밖에 없어요. 내가 범인으로 몰릴지라도. 성폭행 참…… 저는 일을 벌일 때, 안 걸릴 걸 생각하고 벌이지 않아요. 조금 새가슴이어서 늘 걸렸을 때를 생각하고 벌여요. 저런 일은 걸리면 되게 골치 아프거든요. 아시잖아요, 저런 짓 하는 애들은 따로 있는 거. 그리고…… 기록 보면 아시겠지만, 저 그 일 당하기 전까지는 전과 없었습니다. 핑계처럼 들리겠지만, 그런 일을 겪고 나니까 이번 생은 날 때부터 빌어먹은 운명인가 보다 싶더라고요. 그래서 그냥 막 살자 하고 산 것도 분명히 있습니다."

"애한테 감정은 있어?"

"……없습니다. 저한테는 그저, 그날의 증거물 같은 존재일 뿐입니다."

14

나의 생부라는 사람은 그렇게 나타났다. 내가 그저 그날의
증거물일 뿐이라고 하며. 내가 초등학교 3학년 때 이모부 앞에
나타났다가, 5학년 때에서야 비로소 생부임을 밝힌 사람이었
다. 하지만 그때까지도 이모와 나는 그런 사실을 모르고 있었
다. 이모부가 차마 밝히지 못했기 때문이었다. 그때 모든 것을
털어놓은 그는, 무언가를 다 내려놓은 사람처럼 잘못을 순순히
인정하고 내내 말없이 지냈다고 한다. 다행히 빼돌린 돈을 모두
탕진하지는 않아 일부분이라도 돌려준 것도 있고, 원망하던 목
사가 그를 위해 사장을 설득해 탄원서를 받은 것도 있고 해서
형은 그리 길지 않았다고 했다. 그런 일련의 과정을 거치면서

그도 꽤 변했다고, 이모부는 믿고 있었다. 그런데 제 버릇을 못 고치고 또다시 이모부를 마주하고 말았다. 이때는 내가 막 중학생이 된 때였다. 이번에는 매우 심각한 사건이었다. 쓰면 안 되는 약초를 넣고 달인 한약을 만병통치약으로 속여 팔았는데, 그 약을 먹은 노인이 사망했다.

"가지가지 한다. 어떡할래? 이제는 사람까지 죽었다고!"

"죄송합니다."

"전에 그랬지? 너는 걸렸을 때를 생각하고 일을 벌인다고. 그래, 사람이 죽었어. 그리고 걸렸지. 이제 생각한 걸 말해 봐."

"죄송합니다, 정말 죄송합니다. 저도 속아서 판 거예요."

"얼마나 대단하게 속았길래 이런 지옥 판을 벌이셨어?"

"……그 약초 소개해 준 애가 중국에서 한의대 나왔습니다. 저 아래 항구 쪽에서 우연히 만났는데, 얘가 무슨 약초를 보여 주더라고요. 저는 무식해서 처음 들어 봤지만, 중국에서는 꽤 유명한 약초랍니다. 근데 한국 한의사들이 수입에 반대해서 뒤로만 들어온다고요. 앉아 있던 노인도 벌떡 일어나게 하는 명약이랍니다. 뒤로는 다 알음알음 판매한대요. 그러면서 자기는 연구 목적으로 허가받고 반입하니까 필요하면 말하라고, 그래서 판 겁니다. 먹기 좋게 달여서."

"독초 먹고 놀라서 벌떡 일어났겠지. 언제까지 이런 식으로 먹고살래?"

"이번에는 아닙니다. 저도 이제는 나쁜 짓 안 하고 돈 벌려고 했습니다."

"이게 나쁜 짓이 아니면 도대체 어떤 게 나쁜 짓인데?"

"뒤로는 의사들도 다 먹는다길래…… 시중의 절반도 안 받았습니다."

"시중 어디? 도대체 어느 시중에서 얼마에 팔리는데?"

"그건 의사들 사이에서 몰래 팔리는 거라 저는 잘 모르겠고, 그놈이 그러길래……"

"어휴…… 생각 좀 하고 살아라, 생각 좀!"

"……그동안 생각 많이 했습니다. 그 애도 태어나고 싶어서 태어난 건 아니지만, 열심히 살고 있지 않습니까. 나도 원한 딸은 아니었지만, 어쨌든 아빠가 됐다는 건 인정해야 하지 않나 싶더라고요. 그래서 출소하고 나서 한번 찾아가 봤습니다."

"만났다고?"

"아뇨. 그냥 지나가는 척 슈퍼에 있는 모습만 잠깐 봤습니다. 뭘 챙겨서 슈퍼에서 나오는데, 말도 못 걸고 도망쳤습니다. 혹시 알아볼까 봐 미친 듯이 도망갔습니다."

"왜?"

"너무 잘 자라서…… 어린애가 부모 없이도 저렇게 자랐는데, 나는 왜 이 지경이 됐나 부끄러웠습니다. 너무 부끄러워서 내가 아빠라는 사실을 들키고 싶지 않았어요. 그래서 돈이라도 벌어 두자 했습니다. 언젠가 만나게 되면 나도 열심히 살았다고 보여 주고 싶었습니다. 염치없는 건 알지만, 정말 잘 키워 주셨더라고요……."

"증거물이라면서. 잘 보관했다고 감사 인사하는 거냐?"

"……그때는 흥분해서 너무 생각 없이 말했습니다. 내가 피해자라는 걸 강조하려다가 함부로 말하고 말았어요. 죄송합니다. 그러고 나서 계속 마음이 안 좋았습니다. ……형사님, 내가 그 애를 키우지 않은 게 잘못인 겁니까? 그래도 내가 키워야 했던 겁니까? 임효선이 병원도 안 가고 혼자 집에서 낳다가 죽었단 말입니다. 그런데 내가 어떻게 아빠다, 하고 나타납니까? 그렇게 당한 걸 무슨 수로 얘기하죠? 누가 믿기나 했을까요? 아이 데려가려고 그냥 헤어진 애인처럼 굴면, 그건 또 그것대로 욕먹을 상황이었잖습니까. 무엇보다 그때는 그 애조차 싫었단 말입니다. 임효선하고 관련된 건 다 끔찍했어요. 그래서 돌아선 겁니다. 그렇다고 아주 잊고 산 건 아니었어요. 내 핏줄이잖아요. 형사님 가족하고 잘 지낸다니까 다행이다, 하고 살았을 뿐입니다. 그러다가 형사님까지 직접 만났고, 이런저런 일을 겪다 보니까 한번 보고 싶더라고요. 그냥 살짝 보고 돌아섰습니다. 그런 뒤에 그놈을 만난 거고요. 진짜 중국 한의사 자격증도 있다니까요. 이번에는 제대로 돈 번다고 생각했습니다. 그런 생각으로 반값에 팔았단 말입니다. 그랬는데 돌아가신 거예요. 이제 어쩌면 좋죠? 그분께 너무 죄송하고, 무섭습니다."

"진짜 어쩌면 좋냐. 과실치사도…… 살인이야."

"……죄송합니다."

15

그때 내가 충격을 받았었나. 그렇다고 해도 이모만큼은 아닌 듯했다. 나는 그때 이모부가 조금 잔인하다고 느꼈는데, 그가 전한 엄마와 이모의 모습을 너무 가감 없이 들려줬기 때문이었다. 그래서 나는 이모부의 형사적 저의를 의심했더랬다. 어디 이제 당신이 말해 봐. 반론이든 뭐든 해 보라고. 어쩌면 이모가 그의 진술을 모조리 뒤집어 주길 바랐을지도 모르겠다. 내가 그 랬으니까. 나 또한 이모가 아니라고 해 주길 간절히 빌었으니까. 그런 기대감으로 이모의 긴 침묵을 견뎠다. 그리고 마침내 이모가 말을 하기 시작했을 때, 나는 소파에 다리를 올리고 무릎을 꼭 끌어안았다. 듣기도 전부터 다리가 부들부들 떨렸다.

"⋯⋯내가 무슨 말이라도 해야 하는 거지? 무엇부터 말해야 하나. 우선, 선배라는 그 사람. 이건 내가 뭐라고 해도 우스워지는데, 내가 자전거를 참 못 탔어. 그래서 혼자 연습하고 있으면 뒤에서 잡아 주는 언니나 오빠가 꼭 있었어. 그럼 나는 덜덜 떨면서 겨우 앞으로 가는 거야. 그런데 그게 몇 살 때야. 아주 어릴 때라고. 나한테는 지금 하나로 뭉뚱그려진 추억으로만 남았어. 한 명 한 명 또렷하게 기억할 수가 없다고. 나랑 다섯 살이나 차이 나잖아. 둘이 놀기를 했겠어, 뭘 했겠어. 심지어 내가 초등학교 때 그 사람은 자립해서 나갔다고. 난 정말 누군지 모르겠어. 절대로 나를 도와준 사람이 너무 많아서가 아냐. 그 사람이 한 말들도 그래. 어떤 건 알겠는데, 어떤 것들은 전혀 모르겠어. 그러니까 나는 내가 아는 사실들만 말할 수밖에 없어. 나도 기억이 왜곡됐을 수 있으니까 그건 감안해 줘.

먼저, 언니 옆에는 늘 수발드는 사람이 있었다는 거. 도대체 이게 무슨 말이야. 언니가 좀 착했어. 아니, 그냥 내가 해 버리자, 하는 스타일이었지. 그래서 누구 한 사람이 해야 할 일이 생기면 으레 언니한테 떠맡길 정도였다고. 이런 언니가 누굴 시종처럼 부렸다는 거 아냐. 그 혜택을 내가 다 봤고. 도대체 누가? 단체 생활하는 곳이야. 같이 가고 같이 오고, 같이 먹고 같이

자. 생일도 여럿이 함께 치러서 선물도 다 똑같아. 그런 곳에서 나한테만 특별하게 굴었던 사람이 있었다면, 내가 기억하지 못할 리가 없어. 내 기억은 그래. 그리고 중학생 사건. 이거, 말하기도 싫은 사건이야. 나도 걔 알지. 우리하고 비슷한 시기에 보육원으로 와서 꽤 오래 같이 지냈거든. 나랑 친해서 언니를 친누나처럼 따랐어. 그런데 얘가 정말 인사도 없이 떠난 거야. 학교도 빠지고 짐을 싹 정리해서 나갔어. 그리고 그런 소문이 난 거야. 나는 너무 놀라서 차마 언니한테는 물어보지도 못했어. 내가 좋아했던 보육사님한테 겨우 물어봤다고. 펄쩍펄쩍 뛰는 거야, 세상에 말도 안 된다고. 좋지 않은 개인 사정이라 말해 줄 순 없지만, 절대로 언니 때문에 나간 게 아니랬어.

보육원의 장점 중의 하나는, 그 안이 매우 좁아서 소문도 빠르지만 범인 색출도 쉽다는 거야. 우리 언니랑 같은 방 썼던 언니가 낸 소문이었어. 그래서 원장실로 불려 갔다고. 이 언니, 우리 용돈 받는 날 뒤로 불러서 돈 뜯고 그랬어. 나도 뺏겼었어. 언니가 가만히 있었겠어? 그때 싸우고부터는 못 잡아먹어서 안달이었다고. 그러면서 그런 소문까지 냈던 거야. 장난이었대. 그러고는 사과랍시고 언니를 비웃으면서 미안하다, 창녀야, 그러면서 가는 거야. 그래서 내가 달려가서 머리채를 잡고 싸웠

어. 나도 원장실로 불려 갔지. 언니한테 욕하고 싸웠다고 반성
문 썼어. 그런 곳이었어. 겉으로만 공평하고 속으로는 하나도
공평하지 않은 곳. 혹시 그 사람이 말한 동기가 그 언니라
면…… 나는 또 달려가서 머리채를 뜯어 놓을 거야. 그걸로도
부족하지…….

언니는 진짜 자립해서 우리 둘이 살 궁리만 했어. 그건 그 사
람 말이 맞아. 고시원에서 그 옥탑방으로 옮긴 것도 맞고. 주말
에 허락받고 종종 놀러 갔었어. 남자 친구 얘기는 못 들었어. 임
신한 거 알고 나도 놀랐으니까. 이게 진짜 큰 문젠데…… 나는
언니가 그런 짓을 했다고는 도저히 믿을 수가 없어. 그 사람이
거짓말했다는 뜻은 아냐. 단지 내가 믿을 수 없다는 거야. 언니
가 피해자라고 막 우기지도 않을게. 언니는 아주 행복하게 연수
를 기다렸거든. 어떤 상처를 받은 느낌은 전혀 없었어. 나는 당
장은 밝힐 수 없는 사람의 아이인 줄 알았어. 언젠가는 말해 주
겠지. 그런데 언니가 너무 급하게 떠난 거야. 내가 미처 연수 아
빠를 알기도 전에. 그래서 그 사람 말만 남은 셈이야. 불면증.
맞아, 있었어. 수면제도. 고2 때부터였을 거야. 지독하게 잠을
못 잤어. 내가 지금 속상한 건, 나는 그때 보육사님처럼 펄쩍펄
쩍 뛸 수가 없다는 거야. 아는 게 너무 없어. 나도 처음 듣는 얘

기라 앉아 있는데도 몸이 휘청이는 것 같아. 언니는 연수 가진
걸 정말 기뻐했어. 나까지 행복할 정도로. 우리 행복이 그 사람
한테는 불행이었다는 거지? 어쩌면 좋아…….”

16

느닷없이 날아온 돌에 맞으면 이런 기분일까. 너무 놀라서 아픈 줄도 몰랐다. 둘 중의 누가 피해자든 가해자든, 내 부모 중 한 사람은 가해자고, 한 사람은 피해자였다. 진실이 밝혀지면 둘 중 한 사람은 억울함이라도 벗겠지만, 나는 일이 어떻게 밝혀져도 결국 똑같은 거였다. 나는 피해자의 딸이면서, 동시에 가해자의 딸이었다. 피해와 가해의 교집합. 내가 무척 이성적이어서 그 상황에서도 도형이나 떠올리고 있었던 게 아니었다. 내가 그런 상태가 된 저간의 일들이 도무지 감당이 안 된 탓이었다.

그때 나는 중학교에 갓 입학한 열네 살이었다. 그러니까 겨우 작년 봄. 그때 나의 최대 고민은 품이 큰 교복을 어떻게 줄여야 학교에서 걸리지 않을까였다. 겨우 그깟 일을 두고 지상 최대의 난제처럼 고민하던 수준의 내가, 내 부모의 끔찍한 행위들을 줄줄이 들은 것이었다. 뭐야. 뭐라고? 내가 수용할 수 있는 범위를 넘어선 일들이어서 오히려 덤덤했다고 할까. 실제로 본 적이 없는 미지의 부모가 벌인 일련의 사건들. 그들의 교집합이면서 증거물인 나.

나는 그냥 내가 불쌍했었다. 도대체 누구를 원망하고 누구를 위로해야 하나. 드러난 사실로는 명백하게 엄마를 원망하고 생부를 위로해야 했다. 그런데 어쩐지 자꾸 엄마를 위로하고 생부를 원망하는 것이었다. 빌어먹을. 머리와 가슴이 따로 놀았다. 아마도 이 모든 끔찍한 사실을 밝힌 사람이 생부였기 때문일지도 몰랐다. 어쩌면 이모부가 아니라 내가 차라리 모르는 게 나았을 사실들을.

"나 유전자 검사할까? 그러면 정말 증명될까? 이모 생각은 어때?"

"생부인지 아닌지는 확실하게 알게 되겠지. 생부로 나오더라도 그 사람 말이 다 맞는다는 걸 증명하는 건 아냐. 일방적인 주장이니까……. 그래도 하고 싶다면 언제든지 말해."

"이모부는?"

"……나는 여지라도 남겨 두고 싶다. 아닐 수도 있다는 여지."

"그럼 거의 확신한다는 거네."

"확신이라기보다는 판단 보류라고 하자. 이 친구는 다른 것들을 먼저 해결해야 해."

"근데 왜 말한 거야? 지금까지는 아무 말 없었잖아."

"느낌이 좋지 않아서. 경찰이 이렇게 말하면 우습겠지만, 그 친구가 사고는 좀 쳐도 사람 자체는 썩 나쁘지 않아. 차라리 순진하다고 해야 하나. 아니, 좀 미숙하지. 남의 걸 훔치는 것의 심각성을 몰라. 안 잡히려고 무슨 수를 쓰지도 않아. 이상한데? 너지? 바로 걸려. 이번 일도 그래. 이거 좋은 거야. 그럼 나도 팔아야지. 그러다가 이 지경이 된 거라고.

너한테 괜찮은 사람으로 보이고 싶었대. 돈으로 그렇게 보이려고 한 자체가 미숙한 거야. 너를 보고 간 뒤에 뭔가를 자각한 것 같은데 좀 조급했던 것 같다. 널 보니까 나도 가족이 있었구나 싶더래. 미안하고 부끄럽고 초라해지고. 복잡하지. 이번 일, 굉장히 힘들어한다. 널 보기 전에 생긴 일들하고, 보고 난 뒤에 생긴 일이 자기한테는 의미가 달랐던 거야. 전까지는 고의로 저지른 일이라면, 이번 일은 무지에서 나온 사고 같다. 그러니까 자꾸 너한테 해명하고 싶어 해. 너한테 부끄럽지 않은 일을 하고 싶었는데 더 나쁜 결과가 났으니까. 스스로 미치겠는지 안절부절못한다. 그래서 얘기한 거야. 구속된 게 아니어서 재판 끝나고 수감될 때까지는 자유롭게 다닐 수 있어. 나는 왠지 그 안에 널 다시 보러 오지 않을까 싶다. 물론 말은 해 뒀지. 허튼 생각 말고 이 사건부터 마무리하라고. 그랬는데도 찾아오면 당황하지 말라고 얘기한 거야. 이번에도 보기만 하고 갈 거라는 보장이 없으니까.

나는 이 친구 말이 사실이든 거짓이든 판단은 섣불리 하지 않을 거야. 증거가 없으니까. 정반대 상황의 가능성도 열어 둘 거고. 그러니까 확정된 건 아무것도 없어. 이모 말처럼 일방적인 주장이야. 그런데 돌연 나타나서 널 힘들게 할까 봐 최대한 숨김없이 말한 거야. 감정 조절이 안 되면 막 쏟아 내는 타입이거든. 그런 친구한테 듣는 것보다 차라리 나한테 미리 들어 두는 게 나아. 뿌리쳐도 돼. 신고한다고, 꺼지라고 해도 돼. 어느 경우에라도 넌 그럴 자격이 있어.”

“……”

“사진 보여 줄까?”

“……아니. 난 영원히 그 사람 모르고 살 거야.”

17

아닐지도 모를 여지가 있는 생부. 혹시 또 몰래 보고 갔는지는 모르겠으나, 내 앞에 직접 나타난 적은 없었다. 재판이 끝나고 수감됐다는 소식을 들을 때까지 내가 의심할 만한 정황은 없었다. 실제로 이모부에게도 나를 찾지 않았다고 했단다. 볼 낯이 없어서. 단지 가짜 약 사건 때문에? 그래서 그 뒤로 그렇게 산 건 잘하신 겁니까? 그때 나는 매우 담담하게 무너졌다. 그리고 나를 무너뜨린 건 놀랍게도 생부가 아니었다. 엄마였다. 나를 살리고 죽은 엄마. 엄마는 그동안 내가 상상할 수 있는 가장 좋은 모습들만 갖춘, 나의 판타지 같은 존재였다. 그랬던 엄마가 민낯의 현실로 추락했다. 나는 이모부가 경찰인 까닭에 조금 현실적이었다. 내 가족이라고 해서 무작정 부정하는 사람은 아니라는 것이다. 물론 이모부가 그에게 여지를 남긴 것처럼, 나도 엄마에게 일말의 여지는 남겨 두었다. 아니었으면 하는 내 나름의 바람이었다. 속상해서 잠깐 목이 메었었다. 비록 죽었대도, 비록 몰랐대도, 그때만큼 힘들지는 않았었다. 나는 부모가 아닌 보호자들만으로도 행복했다. 그러면 된 거였는데, 부모가 나타난 순간 내 안에 불행한 역사가 들어와 버렸다.

그가 판결에 따라 수감됐다는 소식을 들었을 때, 안도는 했으나 기뻐하지는 않았다. 부모의 수감 소식에 안도하는 내 처지가 기막혔다. 다만 그를 보류시켰으므로 현재는 나와 상관없는 사람으로 규정했다. 어렵지는 않았다. 없는 부모든 나쁜 부모든 결국 내게는 아무 소용 없는 거니까. 어차피 나는 늘 내 부모를 뺀 모두의 연수였으니까.

2부

어쩌면 좋은 일이 생길지도

1

배 몇 척이 바다 저 끝에 둥둥 떠 있었다.

"저거 오징어 배냐?"

"아닐걸?"

"고등어 잡는 건가?"

"몰라."

우리는 늘 바다를 보고 자랐으면서도 저 바다에 대해 아는 게 없었다. 바다가 있다고 해서 수산 시장이 있는 것도 아니고, 어업은커녕 발 한번 담가 본 적이 없으므로, 우리에게도 동네 경치로만 존재하는 바다였다. 그나마 이렇게 오랫동안 바라보는 것도 우리가 과제를 하며 찜해 둔 이 벤치에 앉아 있을 때뿐이었다. 이때가 아니면 일부러 바다를 보지는 않았다. 거기에 있으므로 눈 돌리다 보이는 거였지, 바다를 보기 위한 목적으로 눈을 돌리는 일은 거의 없었다. 언제 와도 한적한 해양 공원. 인근 사람들도 개장했을 당시에만 궁금해서 몇 번 찾았다가 곧 발길을 끊었다. 아무 데서나 잘 보이는 바다가 여기 사람들에게는 새로울 게 없어서 굳이 발품 팔아 이곳까지 오지는 않았다. 그 바람에 시에서 거액을 들여 만든 공원을 우리가 전용 아지트처럼 사용할 수 있었다. 오늘은 마침 할 일도 없었는데, 차민이가 마음고생을 하는 것 같아 위로차 이곳에 왔다. 요즘 좀 이상하다고 느꼈는데, 오늘은 수업 시간에 멍 때리다 지적받을 만큼 심각해 보인 까닭이었다.

우리 생각에는 아무래도 무리한 진로를 밀어붙이는 아빠 때문인 것 같았다. 차민이가 현실적으로 SKY는 갈 수 없다고 자각한 아빠가, 경찰대학은 갈 수 있다는 비현실적인 착각을 했다. 전에 들었을 때만 해도 부모님들의 흔한 바람쯤으로 생각했더랬다. 하지만 바람 정도가 아니었다. 차민이가 경찰이 되는 것에 확고했고, 그로 인해 경찰대학까지 당연하게 결정한 것이었다. 시영이가 조심스럽게 물었다.

"널 무시하는 게 아니라, 우리가 벌써 중2잖냐. 슬슬 주제 파

악이 되지 않겠어? 우리가 머리는 좋은데 공부를 안 해서 성적이 고만고만한 것도 아니고, 성적이 고만고만하니까 열심히 해보자! 하는 스타일도 아니잖니? 이런데도 경찰대가 당연하시다는 거지? 혹시 성적 속였냐?"

"아빠도 학부모 서비스로 성적 바로 보는데 어떻게 속이냐."

"그러면 아빠가 긍정적이신가 보다. 괜찮아, 하면 다 돼!"

"긍정적이긴 한데, 안 되면 되게 하라! 스타일이지."

"긍정적이면서 완고한 스타일. 하면 된다고 무조건 밀어붙이는? 힘들겠다."

"우리 아빠가 좀 단순해서 그래. 그렇다고 불도저처럼 밀어붙이지는 않아. 아빠도 처음에는 좀 망설였는데, 학원에서 상담 받은 뒤부터 쭉 직진이다. 이제라도 정신 바짝 차리면 된다고. 늦었으면 뛰어가면 된대. 믿고 맡기랬어. 없는 정신도 차리게 해 준다고."

그러자 우상이가 피식 웃으며 말했다.

"너 정신 차리게 해 준 게 겨우 이거냐? 그럼 뛰어서 될 일이 아닌데? 오토바이라도 타야 하는 거 아냐? 학원이 사기 쳤네. 우리 성적이 저 수평선처럼 반의 가운데를 정확하게 가르잖냐. 스물네 명 중에 딱 가운데. 11, 12, 13, 14. 그 와중에 넌 14등 꼴찌. 너는 정말 아슬아슬하게 수평선에 든 거야. 정신 똑바로 차려, 그렇게 멍 때리다 담임한테 걸리지 말고."

차민이가 수평선을 바라보며 푸우, 하고 한숨을 쉬었다. 사실 우리가 공부에 대단한 열정은 없어도 수업 시간에 지적받을 만한 행동을 할 정도는 아니었다. 그런데도 차민이가 심각하게 딴 생각하다가 담임에게 걸려 한 소리를 들었다. 귀찮은 걸 너무 싫어해서 잔소리마저 귀찮다고 잘 안 하는 담임이었다. 차민이가 걸린 데에는 우리 탓도 조금 있는데, 먼저 시영이가 메모지를 돌돌 말아 내 책상으로 던졌고, 나는 그걸 받아 우상이 책상으로 던졌다. 우상이가 나를 획 돌아보고는 입 모양으로 왜? 하고 물었다. 내가 손가락으로 차민이를 가리켰고, 곧 알아챈 우상이가 메모지를 더 단단하게 말아 차민이 머리를 조준하고 던졌다. 그런데 머리는 맞지 않고 눈앞으로 획 지나가 버렸다. 담임이 교과서를 보며 설명하던 중이었는데, 하필 그때 고개를 든 바람에 우상이가 딱 걸렸다. 우상이가 재빠르게 잘못을 시인했다.

"죄송합니다."

"귀찮아 죽겠네. 넌 왜 걸리고 그래. 걸리지 마라."

"예에."

"그리고 박차민. 사색도 칠판 보면서 해야 태도 점수 안 깎인다. 반장, 어디까지 했어."

"영국과 프랑스 간의 영토 문제였다."

"다했네. 한 번 읽고 끝내자. 누가 읽을래? 없어? 반장, 읽어."

솔직히 나는 아직 대학을 심각하게 고민하지는 않았다. 아마 우상이와 시영이도 마찬가지일 터였다. 하지만 차민이 덕에 우리 수준을 들여다보게 되었고, 넷 다 심란한 상황이라는 걸 자각하고 말았다. 우리한테 경찰대학을 강권하는 사람이 없어서 다행이지, 말마따나 성적이 수평선인 까닭에 우리도 저 학교를 쉽게 넘볼 수 없는 건 마찬가지였다. 그런데 시영이가 지금의 성적으로는 우리 시에 있는 국립대학도 못 갈 거라고 해서 우울해지고 말았다.

"우리는 농어촌 전형 없나?"

"여기는 해안가 변두리지, 농어촌은 아니다."

"지역 우선 선발 기준 같은 거 있지 않냐?"

"있는데, 우리 앞의 애들이 우선 선발되겠지."

"어떡하냐."

"열심히 해야지."

"……못 믿겠지만, 나 열심히 하는 거다."

"……믿지."

"후…… 저기 왼쪽 배 움직인다."

"집에 가나 보다. 우리도 슈퍼에 가서 라면이나 먹자."

"……뭐?"

나는 기습적으로 나온 슈퍼라는 말에 깜짝 놀랐다.

"우상이 너, 자연스러웠어."

시영이가 자리에서 일어나면서 말했다.

"타이밍 보느라 힘들었다. 가자."

시영이와 우상이, 그리고 차민이가 뻔뻔할 만큼 당연하게 슈퍼로 향했다.

"너희 뭐야? 왜 맨날 공원 앤드 슈퍼야. 패키지 코스냐?"

"몰랐냐? 우리 시 관광 지도에도 꼭 둘러볼 곳으로 나오잖아. 바다 전망대 해양 공원과 명도단 골목. 뭐 해, 빨리 와!"

나도 뻔뻔하기로는 어디에 빠지지 않지만, 아무래도 우상이가 한 수 위지 싶다. 기가 막혀서. 너 인정이다! 우리는 우리에게 혜택을 주는 건 하나 없지만, 예쁘기로는 어디에도 빠지지 않는 바다 노을을 뒤로하고 공원을 빠져나왔다.

2

할머니 할아버지는 시영이와 우상이, 그리고 차민이를 살가
워했다. 밤늦게까지 공원에서 숙제한 게 첫인상으로 남아 뭘 해
도 착실해 보이는 모양이었다. 무엇보다 어떤 것에서도 일 등을
해 본 적 없는 내가, 그룹 과제로나마 일 등을 했으니 저 셋을
예뻐하지 않을 수가 없었다. 맨날 중간만 해라, 중간만 해라, 하
더니 결국 할머니 할아버지도 일 등을 좋아하는 거였다. 할머니
가 라면을 끓인 냄비를 탁자 가운데에 내려놓으며 말했다.

"맨날 올 것 같더니만 왜들 이렇게 오랜만에 왔어."

"우리는 맨날 오고 싶은데요, 임연수가 자꾸 눈치 줘요."

"왜 눈치를 줘? 저는 멋대로 알바니 뭐니 하면서 용돈 뜯어

가면서?"

"아 진짜, 내가 무슨 용돈을 뜯어? 일당 이만 원이면 자원봉
사야!"

"아이고 알았어요, 그러니까 친구들도 눈치 주지 말어."

"얘네 괜히 그러는 거야. 야, 내가 너희 눈치 줬냐?"

그러자 시영이가 대접에 라면을 덜면서 가만히 말했다.

"눈치를 주진 않았지만…… 눈치가 보였지."

하하하! 나만 빼고 다들 크게 웃었다. 안쪽 창고에서 나오던
할아버지까지 크게 웃어서 나만 바보가 된 것 같았다. 그때, 우
리 슈퍼 왼쪽 두 번째 가게 맥주 & 위스키 살롱에서 일하는 혜
지 언니가 슈퍼로 들어왔다. 두 달 전에 새로 온 언니였다.

"연수 있었네. 친구들하고 있는 거 보니까, 오늘은 알바 안 하
나 봐?"

"네, 안 하는 날이에요. 근데 언니, 네다섯 시간에 이만 원이
면 최저 시급도 안 되는 거죠?"

"다른 데서 그렇게 주면 신고해야지."

"할머니 들었지? 내가 자원봉사 수준이라고 했잖아."

"우리 손녀딸 예뻐 죽겠네. 자원봉사 두 번 받으면 가게 내놓
겠어."

하하하. 또다시 나만 빼고 웃어 댔다. 혜지 언니가 진열장에서 큼직한 키친타월을 꺼내 들고는 곧장 음료수 냉장고 앞으로 갔다. 그러고는 캔 사이다 네 개를 꺼내어 우리에게로 왔다.

"이건 자원봉사자하고 친구들한테 주는 선물. 친구들, 맛있게 먹고 가요."

"감사합니다!"

우리는 혜지 언니에게서 받은 캔 사이다를 톡톡 뜯어서 쭉 마셨다. 탄산이 목구멍을 타고 시원하게 내려갔다. 사이다를 단숨에 마신 우상이가 캔을 꼭 쥐고 말했다.

"여긴 마법이야, 가만히 있어도 맛있는 게 딱딱 생겨."

계산하던 혜지 언니가 우상이를 보며 환하게 웃었다. 우상이는 새초롬한 표정으로 라면을 먹었다. 언니가 슈퍼를 나갔다. 그러자 우상이가 발그레한 얼굴로 말했다.

"난…… 임연수가 눈치 줘도 맨날 올 거야."

차민이가 미친놈아, 하면서 우상이 팔을 툭 쳤다. 그랬는데도 화는커녕 빙그레 웃기만 해서 더 웃겼다. 자식이 금세 마법에 걸려서는, 쯧쯧쯧.

우상이의 뻔뻔함은 후식으로 아이스크림을 고를 때 더욱 빛났다.

"할머니, 빵빠레 초코 다 빠졌어요. 바닐라는 세 개, 내가 한 개 먹으면 두 개 남아요. 고드름도 별로 없어요. 주문할 때 같이 하셔야 할 것 같아요."

"그려? 우리 알바생은 그런 것도 체크 안 하고 뭐 했대. 진짜 일꾼은 따로 있었구먼."

"제가 쌍둥이 여동생이 있는데요, 이것들이 맨날 먹는 걸로 싸워서 제가 수량 세 두는 것에는 일가견이 있어요. 할머니, 내 일부터 제가 일할까요?"

"야, 내가 나가지도 않았는데 네가 왜 들어와!"

"그건 고용주 마음이지. 네가 일을 얼마나 못하면 그러시겠냐."

"나 놀랄 만큼 열심히 해! 나는 내 알바에 당당하다고!"

"할머니, 애 자르면 어디에 신고할 것 같아요……."

"너 나처럼 받고 일하면, 너희 부모님이 우리 슈퍼 고소해. 그래도 하려면 하든가!"

"야야, 이제 보니까 초코 하나 남았다. 내가 수량 체크를 잘못했네. 쌍둥이들한테 내공 좀 더 쌓고 오마. 그때까지 잘하고 있어. 하나 남은 초코는 네가 먹고, 받아."

내가 초코 빵빠레를 잡아챘다. 남은 바닐라 세 개는 시영이
와 차민이, 그리고 우상이가 꺼내 들었다. 그러고는 나란히 인
사하고 슈퍼를 나갔다. 나는 초코 빵빠레를 도로 넣고 개중 여
유가 많은 브라보콘을 꺼냈다. 그리고 얼른 달려가서 따라잡았
다. 내가 브라보콘 껍질을 벗기자 시영이가 물었다.

"넌 왜 갑자기 그거야?"

"손님과 직원의 차이지. 손님은 마지막 남은 걸 얼른 잡지만,
직원은 마지막 남은 거에 손대지 않는단다. 알겠냐, 정우상?"

"너 진짜 알바에 진심이구나……."

우상이 말에 시영이가 콧방귀를 뀌었다.

"아이패드에 진심이겠지. 얘 거 보고 자기도 산다고 목숨 걸
었다."

"겨우 그거 때문에 성질냈냐? 박차민, 며칠 빌려줘라."

"너 아이패드 사려고 했어? 필요하면 빌려줄게."

"됐어, 나도 알바 열심히 해서 내 이름 딱! 새긴 걸로 살 거
야."

"장하다, 임연수! 나 같으면 벌써 사 달라고 졸랐다. 쌍둥이
오빠가 응원한다!"

나도 모르게 어깨에 힘이 들어갔다. 역시 내 아르바이트에

당당해도 되는 거였다. 나는 기분 좋게 아이스크림을 크게 한입 물었다. 그때 우상이가 새로운 제안을 했다.

"나는 이쯤에서 우리가 정식으로 모임을 만들어야 한다고 봐. 생각해 봐, 이건 운명이야. 11, 12, 13, 14. 이렇게 뽑은 차민이한테 그날 어떤 계시가 있었던 거야. 24명 중에 이렇게 나란히 뽑히기가 쉽냐? 그것도 정확히 중간으로만?"

"계시는 무슨, 그냥 뽑은 거라니까."

"우리 아버님이 그러셨다. 세상에 공짜와 그냥은 없다고. 이건 필연이야. 그래서 우리 조가 이대로 사라지면 안 되는 거야. 내 말에 반대하는 사람 있어? 이시영, 어때?"

"계시는 오버고, 가끔 모이는 모임 정도면 괜찮지 뭐. 난 찬성. 연수 넌?"

"반대할 것 뭐 있어. 나도 좋아. 이름은? '공원 앤드 슈퍼'? 패키지라며."

"아니지, '슈퍼 앤드 라면'이지."

"정우상 너, 모임 창단 진짜 목적이 우리 슈퍼 라면이지?"

"건전하지 않냐?"

"불건전해. 네 슈퍼 앤드 라면에는 숨은 목적이 있잖아. 마법."

"웃기지 마! 그 누나…… 그냥 웃자고 한 말이지……."

자식. 귀신을 속여라. 내가 명도단 짬밥이 얼만데. 너 말고도 예쁜 언니들한테 반해서 얼쩡거리는 사람들 수도 없이 봤단다. 내가 씩 웃으며 노려보자 우상이가 괜히 말을 돌렸다.

"잡소리 그만하고, 그래서 이름은 뭐로 할 건데? 야, 팀장, 빨리 이름 정해."

"누구, 나? 내가 왜 팀장이야?"

"우리 뽑으셨잖아요. 그니까 팀장도 해. 찬성하는 사람 손!"

시영이와 내가 번쩍 손을 들었다. 차민이가 순식간에 팀장이 되었다.

"……좋아, 그럼 이름부터 정하자. 지금까지 나온 건 공원 앤드 슈퍼, 슈퍼 앤드 라면이야."

"진짜 그걸로 하게? 나야말로 웃자고 한 말이었다. 뭐야, 맥주 앤드 위스키도 아니고."

"여기 분위기에 딱 맞고 좋은데, 뭐. 하여간 난 슈퍼 앤드 라면. 팀장은?"

"나는 공원 앤드 슈퍼. 이 이름에는 우리 근거지가 있어. 이시영 넌?"

"정 그러면 나도 공원 앤드 슈퍼. 연수 넌?"

"딱히 마음에 들지는 않지만, 슈퍼 앤드 라면보다는 나으니까 나도 그걸로."

"결정됐네. 공원 앤드 슈퍼. 로고를 진짜 살롱처럼 만들자. 공원 & 슈퍼. 내가 만들어 볼게."

"여어, 팀장! 자리가 사람을 만든다더니. 추진력 굿, 멋지다!"

시영이가 차민이 등을 두드리며 칭찬했다. 우리는 추진력 좋은 팀장이 정한 이름에 벌써 적응하고 곧 로고 도안을 논의했다. 슈퍼 앤드 라면을 선택했던 우상이만 옆에서 구시렁거렸다. 그러거나 말거나 차민이는 로고만 신경 썼다.

"공원은 바다니까 파란색, 슈퍼는 라면이니까 빨간색, 가운데는 단순하게 검은색. 너흰 어때? 너무 태극기 같은가?"

"그렇게 말하니까 그렇게 느껴지는 것 같아. 우상아, 넌 어때?"

내가 우상이에게 물었다.

"태극기로 하든 만국기로 하든 맘대로 해. 너희가 언제 내 말 들었냐? 난 맨날 혼자 얘기해. 누가 보면 나 혼자 이어폰 꽂고 통화하는 줄 알겠어. 어, 엄마, 나 지금 들어가. 뭐라고, 태극기 괜찮냐고? 몰라, 맘대로 해. 알았어."

하하하. 우리는 우상이 주절거림에 빵 터졌다. 그리고 크게 호응했다. 좋아, 좋아!

"오케이, 파 검 빨. 색은 이렇게 해서 폰트별로 여러 개 뽑아 볼게."

공원 & 슈퍼. 우리는 일사천리로 이름을 정하고 로고의 색깔까지 정했다. 우상이도 이름을 두고 조금 투덜댔지만, 자신의 제안으로 모임이 만들어진 것에 뿌듯해했다. 그리고 늘 그렇듯 우리는 주유소 사거리에서 헤어졌다. 우상이가 오른쪽 건널목을 건넜고, 나머지 우리는 바로 앞의 건널목을 건넜다. 잘 가. 안녕.

3

나는 집으로 가면서 계속 '공원 & 슈퍼'를 웅얼거렸다. 딱히 마음에 들지는 않았는데 이상하게 입에는 잘 붙었다. 공원 & 슈퍼. 맥주 & 위스키. 그리고 우상이에게 마법을 시전한 혜지 언니. 맥주 & 위스키 살롱은 종업원이 늘 두 명이다. 그중 한 명인 소정이 이모는 내가 초등학교 저학년 때부터 있었다. 하지만 나머지 다른 한 명은 길어야 일 년, 짧으면 몇 개월 만에도 바뀌었다. 떠나면 곧 잊히는 얼굴들. 분명 서로 이름을 부르며 지냈을 텐데도 금세 잊었다. 나는 내가 누군가를 그토록 쉽게 잊는 게 싫다. 떠나간 사람들에게 미안하다. 그 때문에 새로운 사람이 오면 소정이 이모처럼 오래 있기를 바랐다. 그런데 왠지 혜지 언니는 오래 있을 것 같지 않았다. 그냥 감이었다. 옆에서 지켜보면서 생긴 감인데 대개 잘 맞았다. 지방 항구 도시 해안가 변두리 지역, 명도단. 이렇게 멀고 낯선 곳으로 와 처음부터 잘 어울리기란 쉽지 않다. 그래도 오자마자 찰떡같이 어울리는 사람도 있는데, 혜지 언니는 계속 기름처럼 겉돌았다. 온 지가 두 달이 넘었는데도, 나는 언니가 여전히 명도단을 잠시 다녀가는 손님처럼 느껴졌다. 혹시 떠나더라도 인사는 하고 갔으면 좋겠다. 어떤 언니들처럼 정말 마법같이 펑 사라지지는 않았으면 좋겠다. 배웅하지 못한 이별은 그리움이 더 오래 남는다.

물론 명도단에서 오래 지낸다고 내가 무조건 좋아하는 건 아니었다. 우리 슈퍼 오랜 단골이어서 딱히 상호는 밝히지 않겠지만, 명도단 두 번째 골목 세 번째 가게 삼촌 동생은 금방 갈 것처럼 와서 아예 눌러앉았다. 벌써 몇 년째인지 모른다.

"연수는 고구마 안 사 먹어도 되겠네, 종아리에 실한 두 개가 있어서. 하하하!"

"아저씨는 가게 안 봐요? 왜 맨날 밖에 나와 있어요?"

"마! 넌 왜 형한테는 삼촌이라고 하면서, 나한테는 아저씨라고 해!"

"내 맘대로 부르지도 못해요? 왜요?"

"하여간 이놈의 명도단은 어린 것들도 무섭다니까. 농담이야, 마!"

하루빨리 떠나라고 고사라도 지내고 싶은 심정이었다. 나는 혜지 언니처럼 다정하면서 내 마음도 잘 알아주는 사람이 좋다. 그래서 언니가 오래 있었으면 하는데 곧 떠날 것만 같아서 벌써 속상하다. 이번만은 내 감이 꼭 틀렸으면 좋겠다.

공원 & 슈퍼. 문득 이 이름이 퍽 얄궂다는 생각이 들었다. 명도단 사람들이 슈퍼에만 모이면 공원을 욕하는데, 나는 공원을 떡하니 우리 슈퍼와 붙여 놓았다. 사람들이 공원을 욕하는 건 그 자체가 싫어서는 아닐 거였다. 공원 설립을 포함한 해안가 선진화 정책으로 인해 잘려 나간 명도단의 일부 때문일 터였다.

잠깐 명도단에 대해 말하자면, 여기는 우리 시 변두리에 있는 소위 유흥 지대였다. 인근 학교의 선생님들이 시찰을 돌 만큼 요주의 지역으로 손꼽혔다. 그런데 하필 이런 요주의 지역과 야시장이 근접해 있었다. 이 구역이 특히 눈총받은 이유였다. 이 지역 사람들에게 이 구역은 불온과 무질서의 온상이었다. 그러다가 드디어 그들이 그토록 염원했던 해안가 선진화 정책이 시행됐다. 야시장은 해양 공원으로 탈바꿈했고, 명도단은 일부가 밀려 나갔다. 우리 슈퍼 오른쪽 블록은 아예 싹 사라지고 지금의 노상 주차장이 들어섰다. 우리 슈퍼 계산대에 앉아 바다를 볼 수 있게 된 것도, 앞 열의 가게들이 싹 사라진 덕이었다. 앞 가게들이 해안도로에 자리를 내주고 떠난 덕분에 4차선 도로가 8차선이 되었다. 도로는 넓어지고 말끔해졌지만, 우리는 떠나 보낸 사람들이 더 가슴 아팠다. 이런저런 평계로 명도단의 팔과 다리를 잘라 버린 것만 같았다. 보기에 흉하다고 해서 없는 돈에 겉모습도 바꾸고, 풍기 문란 하다고 해서 술집의 종업원들을 밖으로 나오지 않도록 했다. 밀어 버린다, 밀어 버린다, 하도 겁을 줘서 몸을 바짝 낮추고 자체 정화에 꽤 공도 들였다. 그러다 보니 소문난 맛집들도 하나둘 생겼고, 멀리서 일부러 찾아와 명도단을 즐기는 사람들도 늘었다. 여기 사람들이 무척 노력해서 일군 성과였는데, 멀리서 사람들이 찾아오니 부끄럽다고 이곳 일부를 밀어 버렸다. 살아남은 사람들이나 떠나간 사람들이나 억장이 무너지는 일이었다. 그러니 해안가 선진화 정책의 꽃으로 꼽히는 공원이 예쁠 리가 없었다. 함께 목소리 높여 반대했지만 성공하지 못했다. 너무 미안해서 저 공원이 더 미운 것이었다. 어쩌면 해양 공원은 일종의 명도단 욕받이나 다름없었다.

나는 그런 명도단을 휘젓고 다니며 자랐다. 우유 주세요. 밥 주세요. 손 씻겨 주세요. 그런 나를 그냥 돌려보내는 집이 없었다. 심지어 자스민 찻집 사장님은 나를 포대기에 업고 장사를 하기도 했다. 누구 아기예요? 내 딸이에요, 차 뭐로 드릴까? 그러면서 자연스럽게 터득한 명도단의 암묵적인 규칙들. 특히 침묵은 주요 덕목이었다. 그것에 대한 보상은 신뢰였다. 내가 알게 된 어떤 것들을 침묵함으로써 내 존재도 그들의 침묵 속에서 용인됐다. 아니, 순서가 바뀌었을 수도 있다. 그들이 먼저 나를 침묵해 줌으로써 나도 그러했을 거였다. 나는 어린 나를 주의하지 않는 바람에 알게 된 비밀들이 꽤 있었다. 하지만 모를 때는 몰라서, 알게 된 때에는 알아서 침묵했다. 이런 신뢰는 때때로 나를 피곤하게 했는데, 내 침묵을 지나치게 신뢰한 나머지 가려야 할 어떤 것조차 가감 없이 보여 주고는 한 것이었다. 신뢰의 부작용이었다.

명도단의 일부가 잘려 나가면서 내가 알던 무수한 비밀들도 함께 떠났다. 그리고 그 빈자리에 공원이 쓱 들어왔다. 욕하다가 정들었나. 왠지 이 이름을 쓰는 게 명도단을 배신하는 듯한 생각마저 들었더랬다. 아마 나는 한동안 이 이름을 명도단의 그 누구에게도 밝히지 못할 것이었다. 공원 & 슈퍼.

4

"임정순 씨, 택배요."

"감사합니다!"

택배 기사가 작은 상자를 주고 나갔다. 받는 사람 이름에 '임정순(돈부리)'라고 쓰여 있었다. 세 번째 골목 돈부리 식당 주방 이모였다. 명도단에는 우리 슈퍼로 택배를 배달시키는 사람이 꽤 있다. 여러 사정이 있겠지만, 대개는 일하는 곳에서 택배받는 게 눈치 보일 때였다. 나는 돈부리 이모에게 문자를 보내두었다.

-- 이모, 택배 왔습니다.

-- 고마워. 퇴근할 때 찾아갈게.

나는 택배 상자를 계산대 밑에 잘 보관해 두었다. 우리 슈퍼로 택배를 받기 위해서는 주소 확인이 필수였다. 해안가 선진화 정책으로 인해 명도단 맨 앞 열의 가게들만 주소가 다른 탓이었다. 요주의 지역으로 찍힌 바람에 같은 명도동임에도 명도단으로 구분해 무시받던 곳. 그래도 끝끝내 버텨 오늘에 이르렀다. 그러다가 주소가 도로명으로 개편되고 나서야 비로소 명도단길이라는 정식 지명을 갖게 되었다. 이 구역을 마땅치 않아 하는 사람들의 반대도 만만치 않았지만, 이곳의 역사를 지명으로 남긴다는 의미가 더 커서 결국 채택되었다. 그만큼 명도단은 험난한 시절을 버텨 낸 상인들의 자부심이었다. 그런데 해안가 선진화 정책의 일환이었던 구역 개발을 마치면서, 해양 공원과 길이 이어진 우리 슈퍼 쪽 도로명이 또 바뀌고 말았다. 해양공원길. 도대체 바다 전망대 해양 공원이 뭐라고 한 구역을 주소로 갈라놓았는지 몰랐다. 그 때문에 할아버지는 이것도 저것도 아닌, 그냥 명도단이라고 부른다.

"근데 여기에는 왜 그렇게 술집이 많았어?"

"없이 사는 사람들이 사는 집 개조해서 대폿집을 많이 했거든. 저 위아래 항구 사람들이 싼 술 마시러 자주 왔지. 술장사 된다고 하니까 너도나도 술집 차리고, 술집 들어오니까 다른 유흥 가게들도 점점 늘고. 그래도 그때가 명도단 전성기였다.”

“할아버지도 그때부터 여기 살았어?”

“나는 좀 더 나중에 이쪽으로 부임 받고 왔지.”

“난 또 역사의 산증인인 줄 알았네…….”

“언제 알았든, 역사는 아는 모든 사람이 증인이야.”

할아버지와 둘이 슈퍼를 보면 되게 심심하다. 할머니가 있으면 드라마라도 볼 수 있는데, 할아버지는 뉴스 채널만 본다. 그래서 할아버지하고 있으면 궁금하지도 않았던 사실들을 알게 된다. 귀의 길이가 54센티나 된다는 파키스탄의 염소 같은. 그런데 계속 보다 보면 다음 뉴스에서 같은 내용을 또 하기도 한다. 그러면 궁금하지도 않았던 사실을 상세하게까지 알게 되는 것이다. 심바, 이름 예쁘네. 한쪽 귀만 54센티였어? 날개네, 날개. 그리고는 사건 사고 소식. 일명 스노볼 사건의 용의자가 특정되면서 새 국면을 맞았는데요, 이 소식 서울경찰청에 나가 있는 안정찬 기자를 연결해서 좀 더 알아보겠습니다. 안정찬 기자? 네, 저는 지금 서울경찰청에 나와 있습니다.

“광수대로 가야 했어…….”

"어? 뭐라고?"

"이모부 말이다. 광수대 가서 저런 사건을 맡아야 승진도 빠르지. 왜 여태 서에 있나 몰라."

할아버지는 여전히 이모부의 진로에 관심이 많았다. 이모부는 이미 직업도 있고 벌써 흰머리가 나는 중년인데, 할아버지는 이모부가 아직도 갈 길이 멀다고 생각하는 것 같았다. 나는 일단 대학 하나만 가지고도 머리가 아픈데, 그런 것을 다 해내고도 할아버지의 관심에서 벗어나지 못하는 이모부 심정은 어떨까. 나는 왠지 이모부 편이 되고 싶었다.

"경찰서에서 이모부를 안 놓아주는 것 같던데……."

"욕심이 없어서 그래. 다른 사람 같으면 벌써 뿌리치고 갔지."

그때 뒷골목 이발소에서 전화가 왔다.

"여보세요. 네, 할아버지. 네. 네에."

나는 전화를 끊고 계산대에서 일어났다.

"이발소 할아버지, 박카스 세 상자. 내가 다녀올게."

"그려, 다녀와."

나는 박카스를 챙겨 슈퍼를 나왔다. 마침 심심했는데 잘됐다. 나는 박카스를 들고 살롱과 비빔밥집 사이로 난 좁은 골목으로 들어갔다.

5

이발소는 명도단에서도 제일 뒷골목 가장 구석에 있다. 가게
와 가게 사이로 난 좁은 골목으로 들어가면 뱅글뱅글 돌아가는
표시등이 겨우 보인다. 작고 초라해 보이지만 명도단 역사의 산
증인이라고 해도 무방한 백발 할아버지가, 오로지 이발과 면도
만으로 승부 보는 뒷골목의 성지였다. 여전히 손 떨림 하나 없
이 솜씨가 좋아 명도단 남자들은 거의 단골이었다. 그리고 나의
흑역사인 삼각김밥 머리가 탄생한 곳이기도 했다. 어린 시절 사
진 속의 나는 내내 삼각김밥 머리를 하고 있다. 가발처럼 똑같
은 머리였는데, 한 치 오차 없는 할아버지의 정교한 가위 솜씨
때문이었다. 나는 초등학교 저학년 때까지는 이발소에서 머리

를 잘랐다. 명도단에 미용실이 없는 이유도 있었지만, 할아버지가 내 배냇머리를 박박 밀 때부터 장담한 말 때문이었다.

"우리 연수 이발은 내가 평생 책임져."

앞머리 눈썹 위, 뒷머리 귀밑 3센티미터. 자를 대고 자른 것처럼 한 올 흐트러짐 없이 반듯했다. 그런 머리로 어린이집을 다녔고, 초등학교에 입학했다. 어느 때부턴가 아이들이 내 머리를 두고 삼각김밥이라고 놀렸다. 어떤 애는 삼각김밥을 그려 놓고 그게 나라고도 했었다. 그러니까 나는 아이들이 그렇게 놀릴 때까지 이발소 단골이었던 것이다.

"애들이 자꾸 나한테 참치마요, 참치마요, 그래."

그 뒤로는 할머니 따라 윗동네 미용실에 가거나 이모와 같이 시내 미용실을 다녔다. 그러면서 더는 이발소에서 머리를 자르지 않았는데, 할아버지는 여전히 나를 볼 때마다 애석해했다.

"우리 연수는 저렇게 자르면 안 되는데. 연수야, 할아버지가 좀 봐 줄까?"

할아버지는 오늘도 분명 애석해할 거였다. 그러면 나는 할아버지가 기분 상하지 않도록 잘 말하고 빠져나와야 했다. 나는 국밥집과 복권방 사이로 난 좁은 골목으로 들어갔다. 뱅글뱅글 돌아가는 이발소 표시등이 보였다.

"할아버지, 저 왔어요."

"오냐, 우리 연수 왔구나! 손님들 한 병씩 드리고, 나머지는 냉장고에 넣어 둬."

오늘도 역시 손님이 많았다. 윗동네 미장원이 할머니들의 사랑방이라면 이발소는 할아버지들의 사랑방이었다. 시술용 의자가 세 개밖에 되지 않는 작은 이발소에서도 장기를 두고 화투를 쳤다. 가장 구석 의자는 아예 손님들의 가방이나 옷가지를 놓는 선반으로 전락했다. 그래도 할아버지는 뭐라고 하지 않았고, 그 좁은 틈에서도 좋은 솜씨를 자랑했다. 나는 상자에서 박카스를 꺼내 손님들에게 나눠 주었다. 탁자에 쌓인 종이컵을 치우고 어질러진 신문도 탁탁 접어 바르게 놓았다.

"뉘집 애기가 이렇게 싹싹해?"

"뉘집 애기는, 내 손녀도 몰라?"

"손녀는 무슨, 대흥슈퍼 애기구먼. 연수야 잘 지냈냐?"

"네, 할아버지 오랜만에 오셨네요. 이발하러 오셨어요?"

지금은 사라진 옆 블록에 있었던 감자탕집 할아버지였다.

"이발도 하고, 겸사겸사. 근데 우리 연수가 올해 몇 살이지?"

"중2, 열다섯 살이요."

"그새 중학교에 갔어? 다 컸네. 본 김에 용돈 좀 줘야겠다."

감자탕집 할아버지가 지갑에서 이만 원을 꺼내 내게 주었다. 내 일당이었다!

"감사합니다!"

"공책하고 연필 사. 이발하고 슈퍼 갈 거니까 할아버지한테 말해 두고."

"네, 뭐 준비하라고 할까요?"

"그냥 꽁치 한 캔 넣고 김치찌개나 먹지 뭐."

"네, 가서 바로 말씀드릴게요."

바다 감자탕. 노상 주차장에 밀려난 식당이었다. 옆 블록이어도 우리와 열이 같아서 어릴 적부터 자주 놀러 갔었다. 갈 때마다 살이 잔뜩 붙은 뼈다귀를 줘서 나는 무슨 핫도그처럼 들고 다니면서 먹었더랬다. 고기 주세요. 호 해서 줄게, 뜨거워. 어릴 적에는 뼈다귀 고기를 쥐여 줬던 할아버지가 오늘은 용돈을 쥐여 주었다. 개발 구역에 들어가 결국 떠나야 했던 그리운 집. 그대로 있는 사람들은 떠나간 사람들을 그리워하며 기다리고, 떠나간 사람들은 아직 있는 사람들이 그리워 다시 명도단을 찾았다. 그런 날은 거의 슈퍼에 밤새 불이 켜 있다. 누가 왔다는 소식에 하나둘 모여들어 늦도록 술잔을 기울이는 탓이었다. 아마,

오늘도 그러할 것이었다.

감자탕집 할아버지와 잠깐 얘기하는 중에, 이발소 할아버지가 면도를 마친 손님 얼굴에 찬 수건을 올렸다. 가벼운 지압을 마치면 곧 나를 부를 거였다. 나는 손님들에게 나눠 주고 남은 박카스를 서둘러 냉장고에 넣었다. 하지만 미처 다 넣기도 전에 할아버지가 나를 불렀다.

"연수야, 배달 밀렸어? 안 그러면 머리 자르자, 앞머리 길다."

"배달은 안 밀렸는데 할머니가 잠깐 집에 가셔서 빨리 가 봐야 해요. 할아버지 혼자 계시거든요. 영수증 어디에 둘까요?"

"금고에 넣어 두고 알아서 돈 꺼내 가."

나는 영수증을 들고 계산대로 갔다. 이 금고는 위를 힘껏 내려쳐야 열렸다. 내가 탕! 하고 내려쳤다. 경쾌한 띵! 소리와 함께 금고가 열렸다. 그런데 거스를 잔돈이 애매하게 있었다.

"할아버지, 만 원짜리랑 오천 원짜리밖에 없어요. 이만 오천 원 가져가서 이천오백 원 거슬러 올게요."

"됐어, 오천 원짜리 가져가고, 남는 건 너 해."

"감사합니다! 안녕히 계세요!"

나는 잽싸게 인사하고 이발소를 나왔다. 할아버지는 맨날 자르자고 하고, 나는 그때마다 핑계를 댄다. 그래도 늘 속아 준다.

나는 그런 이발소 할아버지가 참 좋다. 오늘은 반가운 감자탕 할아버지에게서 뜻하지 않은 용돈까지 받았다. 잔돈에 용돈에, 완전히 수지맞은 날이었다. 어쩐지 배달이 오고 싶더라니. 기분이 좋아서 발이 저절로 걷는 것 같았다.

6

내가 골목을 막 빠져나왔을 때, 웬 남자가 말을 걸었다.

"학생, 저기서 일해?"

이발소를 두고 하는 말이었다.

"아뇨. 안 하는데요."

"괜찮아, 다 알고 있어. 손님 많냐?"

"많은지 적은지 직접 가서 확인하세요."

이발소가 하필 저 구석에 숨어 있는 바람에, 이 남자처럼 유
사 성매매라도 하는 줄 알고 찾는 사람들이 간혹 있다. 그런 줄
알고 들어갔다가 무안해서 이발만 하고 나오는 사람도 있고, 자
기가 착각해 놓고는 괜히 성질을 부리는 사람도 있다. 하지만

들어가서 무엇을 하든 할아버지가 알아서 상대했다. 그러니 이런 사람은 피하는 게 상책이었다. 나는 남자를 무시하고 옆으로 피해서 걸었다. 그런데 남자가 내 팔을 확 잡아챘다.

"어른이 말하는데 싸가지 없게……."

"짜증 나…… 이발소에 뭘 하러 오신 대단한 어른이시길래, 길 가는 미성년자 팔을 잡고 싸가지를 찾으세요? 저는 아저씨 같은 사람 만나면 소리 지르라고 배웠거든요?"

"미친년이네, 이거. 질러 봐? 한번 질러 봐!"

"꼭 쓰레기들이 남한테 싸가지를 찾는다니까……. 놓으라고 미친 새끼야!"

여기는 내 구역이다. 명도단은 내 목소리에 반응한다. 저렇게.

"거기 아저씨! 그 팔 안 놔? 죽고 싶어?"

이번에는 하필 제일 빨리 반응한 사람이 두 번째 골목 세 번째 가게 삼촌 동생이어서 문제였지. 남자가 내 팔을 놓았다. 나는 그가 잡았던 팔을 툭툭 털며 옆으로 물러섰다.

"아저씨 뭐야? 뭔데 애 팔을 잡고 지랄이야!"

"……그냥 이발소에 손님이 많은지 물어본 겁니다."

"아, 이발소 손님이셔요? 마침 나도 가려고 왔는데, 같이 들어갑시다? 아니면 꺼지시고."

국밥집 아주머니가 나와서 무슨 일이냐고 묻고, 복권방 아저씨가 저 새끼냐? 하고 남자에게로 가고, 노래방 이모가 시원하게 욕도 날렸다. 그 바람에 남자가 급히 자리를 떴다. 명도단 사람들은 내가 안전한 것을 확인하고 다시 제자리로 돌아갔다. 저놈의 두 번째 골목 세 번째 가게 삼촌 동생만 빼고.

"연수야, 괜찮냐?"

"네, 고맙습니다."

"그러니까 그 고구마 종아리 내놓고 다니지 마, 하하하!"

다시 소리칠까. 나는 휙 돌아 아래 골목으로 뛰듯이 걸어갔다.

7

쓰레기차 가고 똥차 온다더니. 나는 쓰레기차에 치였다가 똥차에 연거푸 치인 기분이었다. 돈 벌기가 이렇게 힘들어서야 원. 내 가난한 주머니가 문제였다. 꽉 차기만 해 봐, 이놈의 아르바이트 당장 때려치우리라. 나는 비빔밥집과 살롱 사이의 골목을 빠져나왔다. 그런데 차민이가 슈퍼 옆 자스민 찻집 앞에 서 있었다. 이 시간에 혼자 왜 있어. 나는 차민이에게로 갔다.

"박차민, 너 여기서 뭐 해?"

"넌 왜 거기서 와?"

"배달 다녀왔지."

"아…… 어쩐지 슈퍼에 없더라."

"슈퍼에 온 거야? 근데 왜 찻집 앞에 서 있어?"

"할아버지가 볼까 봐. 너도 없는데 들어오라고 하면 어떡해."

"소심하긴. 웬일이야?"

"학원 끝나고 배고파서 라면이나 먹고 가려고 했지."

"우리 할머니가 굶고 다니지 말랬지. 들어가자."

나는 차민이를 데리고 슈퍼로 갔다. 친구가 배고파서 왔다는데 그냥 돌려보낼 만큼 내가 각박한 애는 아니었다. 우리가 슈퍼로 들어가자, 탁자에서 신문을 보던 할아버지가 돋보기안경을 벗으며 바라보았다.

"혼자 나갔는데 왜 둘이 와? 시간 걸려서 머리 자르나 했더니, 친구 만났어?"

"아니, 얘가 요 앞에 있더라고. 배고프대. 라면 좀 끓여 줘."

"잘 왔다, 앉아라. 연수 너도 같이 먹지 왜?"

"이모부가 오늘 치킨 쏜다고 했어."

"월급날이래?"

"잠복 때문에 며칠 못 왔거든. 그래서 한턱내는 거야."

"도망치는 놈이나 잡는 놈이나 왜들 꼭꼭 숨어서들 난리여."

할아버지가 수도를 틀어 냄비에 물을 받았다. 폭포수 같은 물살이 쏟아졌다. 할아버지는 불살과 물살이 세야 음식이 맛있다는 철학을 가진 분이다. 그 때문에 불은 냄비보다 치솟았고, 물은 살짝만 틀어도 여기저기 튀었다. 나는 할아버지가 라면을 끓이는 동안 이발소에서 받은 돈을 금고에 넣고, 거스름돈 이천오백 원을 챙겼다. 그리고 감자탕 할아버지에게서 받은 용돈과 함께 내 책가방 앞주머니에 넣어 두었다. 괜히 뿌듯했다.

나는 주방으로 가서 김치를 챙겼다. 그러면서 할아버지에게 감자탕 할아버지 얘기를 했다.

"지금 이발소에 계셔. 앞에 손님 한 분 더 계시고, 그다음에 바로 자르고 오신대. 꽁치 김치찌개 먹고 싶으시대."

"그 양반은 맨 꽁치 김치찌개지. 알았다."

나는 김치를 탁자에 내려놓고 의자를 빼서 앉았다.

"배고프면 빨리 집에 가지, 뭘 여기까지 왔냐?"

"아빠도 늦는다고 하고, 혼자 차려 먹기도 귀찮아서."

그때 할아버지가 차민이 앞에 라면 냄비를 내려놓았다.

"배고프면 생각나는 데가 밥집이여. 얼른 먹어라."

"와, 컵라면보다 빠른 것 같아요. 잘 먹겠습니다."

차민이가 라면을 후루룩후루룩 먹었다. 라면이 한두 번 씹었다고 삼켜지는 게 아닌데 기계처럼 잘도 먹었다. 후루룩 찹찹찹. 후루룩 찹찹찹. 라면이 컨테이너를 타고 목구멍으로 밀려들어 가는 것만 같았다. 내가 밥통에서 고봉밥을 퍼서 가져다주었다. 차민이가 그 많은 밥을 라면에 다 말아 버렸다. 그러고는 숟가락으로 밥과 라면을 함께 퍼서 먹었다.

"잘 보면 너도 은근히 잘 먹어."

"여기 라면은 잘 못 먹는 사람이 이상한 거야."

차민이가 바닥까지 싹싹 긁어 국물 한 방울 남기지 않고 먹어 치웠다. 나는 차민이가 사용한 식기들을 치우고 설거지했다. 이모부와 한 약속도 있고, 이모도 벌써 집에 도착했다고 문자가 왔었다. 빨리 마치고 가야 해서 빠릿빠릿하게 움직였다.

"너 거저 알바하는 줄 알았는데 제법이다."

"거저가 어디 있냐? 가족이 더해."

나는 행주를 빨아 식기 건조대에 널어 두고 할아버지에게로 갔다.

"오늘 알바 끝. 이만 원."

할아버지가 계산대 금고에서 이만 원을 꺼내 주었다.

"누가 보면 내가 아주 못된 고용인인 줄 알겠다, 녀석아."

"세상에서 제일 좋은 고용인이지."

"엎드려 큰절 받는다. 얼른 가, 손님들 오신다."

그러자 옆에 있던 차민이가 할아버지에게 말했다.

"……저 라면 한 개 하고, 밥 한 공기요. 얼마예요?"

"됐다, 녀석아. 시원한 거나 하나씩 먹으면서 가, 빨리."

우리는 할아버지한테 쫓겨나듯 떠밀려서 슈퍼를 나왔다.

우리는 콜라를 마시며 주차장 옆길로 올라갔다.

"넌 괜히 여기까지 와서 걸어간다. 집 앞에서 내렸으면 바로 갔을 거 아냐."

"슈퍼 라면 먹으려면 이 정도 수고는 해야 해. 근데 넌 아이패드 살 돈 아직도 못 모았냐? 알바 꽤 오래 하지 않았어?"

"그래 봤자 일주일에 겨우 두 번이야. 아직도 멀었다."

나는 한숨을 푹 쉬고 남은 콜라를 다 마셔 버렸다.

"……너 혹시 게임 좋아하냐?"

"무슨 게임?"

"그냥 주로 하는 거 있나 해서."

"주로 하는 거야 많지. 돈이 없어서 아이템 거지라 그렇지."

"……너 내가 게임 하나 알려 줄까?"

"뭔데? 나 키워 주게? 너 부자라 아이템 빵빵한 거 많지?"

"내가 무슨 부자야. 아이템 없이 할 수 있는 게임도 있으니까 그렇지."

"아이템 없이 재밌는 게임을 본 적이 없다. 어떤 게임인데?"

"……아냐, 너 별로 안 좋아할 것 같다."

"그러니까 뭔데?"

"……캔디 사가 새 버전 나왔던데, 알고 있냐? 슈퍼에서 심심
할 때 해."

"벌써 알지. 난 또 뭐라고. 하트나 좀 보내 줘라."

"하하하, 친구 초대해, 보내 줄게. 근데 너희 이모부는 잠복도
하냐?"

"형사들 대부분은 다 할걸?"

"형사도 힘드네……."

"힘들지. 아니 진짜로, 너희 아빠는 도대체 왜 꼭 경찰이 되라
는 거야?"

"집안에 경찰 하나쯤은 꼭 있어야 한다지 않냐. 그게 나고."

"하고 싶지도 않고, 성적도 안 되고. 아빠 무섭냐?"

"하나도 안 무서워. 단순해서 그래. 할 수 있지? 믿는다!"

"그럼 너도 단순하게 말해. 못 합니다, 믿지 마세요!"

"하하하! 진짜 그래 봐야겠다. 어? 초록색이다, 달려!"

주유소 사거리 신호등. 나는 저걸 못된 누가 지켜보면서 조
종한다고 백 퍼센트 확신한다. 어린이집에서부터 배웠다. 건널

목에서 뛰면 안 돼요. 천천히 걸어서 건너는 거예요. 그런데 저 못된 신호등은 죽기 살기로 뛰어서 건너게 만든다. 왜 꼭 뛸 만할 것 같은, 그렇다고 천천히 뛰면 중간에 걸려 버릴 거리에서 신호가 바뀌는지 몰랐다. 우리는 힘껏 달려 2초를 남기고 건널목을 건너는 데 성공했다. 아이고 힘들어. 기운이 빠져서 인사하기도 힘들었다.

"잘 가라……."

"그래, 라면 잘 먹었다."

차민이가 윗길로 뛰어갔다.

8

수업이 끝나도 학원에 가는 날은 자리에서 일어나기가 싫었다. 이동 수업 받으러 가는 것처럼 귀찮았다. 누가 내게 슈퍼로 일하러 갈래, 학원에 공부하러 갈래, 하고 물으면 나는 닥치고 슈퍼로 간다. 가끔 쓰레기차도 만나고 똥차도 만나지만, 그래도 견디면 내 주머니가 채워지는 보람이라도 있었다. 그런데 학원은 가서 맨날 졸면서도 돈을 내고 있다. 수면방. 괜히 자괴감만 들고 돈도 아깝다. 그나마 이달부터는 시영이가 우리 학원으로 옮겨서 오가는 길이 심심하지는 않았다. 우리는 버스에서 신나게 떠들면서 학원에 갔다가 수업 때는 사이좋게 푹 잔다. 그리고 돌아오는 버스 안에서 다시 떠든다. 그런데 오늘은 시영이가 계속 휴대전화만 붙들고 있었다. 엄마 아빠의 메시지를 기다리는 중이었다.

"둘이 짰나, 왜 답들을 안 해."

"두 분 다 바쁜가 보다. 좀 기다려라."

"며칠 전부터 보냈다. 둘 다 왜 아무 말도 없는 거야!"

시영이는 할머니와 둘이 산다. 부모님은 전국을 떠돌며 일한다고 했다. 직업도 자주 바뀌고 거처도 수시로 바뀌어서, 시영이조차 부모님이 어디에서 무슨 일을 하는지 모를 정도라고 했다. 그래서 아무리 급해도 부모님이 사는 집을 찾아갈 수가 없다고. 우리는 함께 학원에 오가면서 서로에 대해 조금 더 알게 되었다. 이런저런 얘기를 하다 보니 뭔가 비슷한 지점을 발견했고, 그러면서 좀 더 솔직해질 수 있었다. 부모가 없는 나. 부모가 있으나 마나 한 시영이.

"그런 부모라도 있었으면 좋겠다는 둥 헛소리하면 바로 의절한다. 나도 차라리 부모 없는 네가 부럽지만, 그게 부러울 건 아니어서 꾹 참는 거야. 그러니까 너도 양심 없는 엄마 아빠를 둔 나를 부러워하지 마. 있는 바람에 별꼴 다 보고 사니까."

나는 차마, 나를 증거물이라고 한 생부가 수감 중이라고는 말하지 못했다. 어쨌든 보류 중이며 여지가 남은 사람을 생부로 표현하는 것도 마땅치 않았다. 그러니 내 경우를 두고 보면 그래도 시영이가 부러울 수밖에 없었다. 하지만 생부 얘기를 하지 못했으므로 부럽다는 말도 하지 않았다. 시영이는 늘 할머니만 걱정했다. 형편이 넉넉하지 않은데, 엄마 아빠가 생활비를 잘 보내 주지 않는 것 같았다.

"할머니 연금으로 겨우겨우 사는 거 뻔히 알면서 양심들도 없어. 이번에는 진짜 급한데. 우리 할머니 잇몸이 다 상해서 틀니 다시 해야 해. 밥을 못 먹어서 보니까 몇 개 남은 이가 다 흔들리는 거야. 거기에 부분 틀니 걸어서 썼었거든. 흔들리는 거 빼고 임플란트 하면 틀니를 더 편하게 쓸 수 있어. 근데 너무 비싸. 그래서 할머니가 그냥 다 빼고 전체 틀니로 하겠대. 그런데 그마저도 비싸니까 할머니가 병원엘 안 가. 이 지경인데 엄마랑 아빠가 메시지를 다 씹는 거야. 열받아 죽겠네."

"어떡하냐…… 그런 건 보험 안 되나?"

"보험 되는 게 있고 안 되는 게 있는데, 그래도 어쨌든 비싸."

"부모님 언제 오셨었어? 할머니 상태 전혀 모르셔?"

"엄마는 한 2년 됐나. 나랑 싸워서 그런가, 그때부터 안 와."

"왜 싸웠는데?"

"열받게 하잖아. 깔끔한 척은, 아주 방역본부에서 나왔어. 할머니한테 더럽다고 하는데 가만히 있냐? 하여간, 내가 문자로 할머니 상태 다 말했는데 왜 씹냐고!"

말도 많고 탈도 많다는 중2. 하지만 나와 시영이에게 사춘기 따위는 없었다. 중2병도 자리를 보고 찾아오는 것인지, 우리는 그것을 앓을 기회조차 없었다. 우리의 반항보다 먼저 자리 잡은 선의와 빈곤 탓이었다. 부모님을 닦달하는 시영이. 슈퍼에 내 멋대로 취업한 나. 어떤 사람들은 우리가 버릇없고 뻔뻔하다고 하겠지만, 우리는 이것을 반항이라고 부르지 않는다. 할 수 있는 일을 하는 것뿐이니까. 우리는 최선을 다해서 살고 있으니까. 우리는 이런 우리의 열다섯이 부끄럽지 않았다. 그러므로 신나게 웃고 떠들 자격이 있다고 생각한다.

"아무리 그래도 엄마한테 방역본부가 뭐냐? 하하하."

"넌 왜 사돈집에서 사는 건데? 하하하, 아, 배야……."

9

학원이 끝나고 버스를 타고 오는 길에, 나는 시영이와 함께 집 근처에서 내리지 않았다. 학원에서 막 나올 때 차민이에게서 받은 메시지 때문이었다.

-- 학원 끝났지? 포토존에서 좀 볼래?

-- 시영이랑 같이 있어.

-- 너한테 따로 물어볼 게 있어.

-- 알겠어.

나는 시영이에게 먼저 내리라고 했다.

"난 슈퍼 가야 해서. 너 먼저 내려."

"오늘 알바 안 하잖아."

"할머니가 잠깐 다녀가래."

"그럼 나 먼저 간다. 안녕."

시영이가 혼자 버스에서 내렸다. 친구를 만나러 가기 위해 친구를 따돌리는 것 같아 괜히 찔렸다. 나는 슈퍼 근처에서도 내리지 않고 그대로 통과해 해양 공원 앞 정류장에서 내렸다. 포토존은 입구에서부터 아주 잘 보였다. 어스름한 저녁, 아치형 기둥 따라 박힌 조명들이 반짝반짝 빛났다. 이곳을 설계한 사람이 아치를 사랑하는지, 공원 입구도 모자라 포토존에까지 아치 기둥을 세웠다. 입구 기둥에는 바다전망대해양공원이라고 글씨가 바짝 붙어 쓰여 있고, 포토존 기둥에는 품종을 모르겠는 물고기들이 그려 있다. 심지어 포토존 기둥에는 화려한 조명들까지 박혔다. 그래서 누구는 수산 시장 입구 같다고도 하고, 누구는 오락실 입구 같다고도 했다. 세상 촌스러운 랜드마크. 그곳 벤치에 차민이가 앉아 있었다.

"넌 무슨 용기로 맨날 여기에 앉아 있는 거냐? 안 쪽팔려?"

"……그냥 기다리기 편해서. 우리 자리로 가자."

우리는 포토존을 나와 공원 산책로 오른편 끝자락에 있는 우리 전용 벤치로 갔다. 참 신기한 게 막상 공원 & 슈퍼라는 모임을 만들고부터는 공원에 제대로 모인 적이 없었다. 심지어 공원과 제일 가까운 슈퍼에 있는 나도 오랜만이었다.

오랜만에 오니 벤치도 반가웠다. 마치 방학이 끝나고 오랜만에 앉은 교실의 내 자리 같았다. 조금 낯설어졌지만 앉고 보면 금세 적응되는. 가장 구석이어서 사람들이 여기까지는 잘 오지도 않고, 그러면서도 공원과 바다를 한눈에 볼 수 있는 우리만의 명당이었다. 특히 해 질 녘 바다는 언제 봐도 예뻤다. 다만, 날씨가 더워지면서 상한 미역 같은 냄새가 솔솔 나기 시작했는데, 그건 살짝 아쉬웠다. 내가 그렇게 말했더니 차민이가 피식 웃었다.

"너 상한 미역 냄새 맡아 봤냐?"

"아니."

"근데 어떻게 알아?"

"몰라. 슈퍼에서 어른들이 그러니까 나도 그런 것 같아."

"슈퍼는 진짜, 거기에서 들었다고 하면 왠지 그냥 설득돼."

"그럼 너도 나를 설득해 봐. 왜 몰래 보자고 했냐?"

"아…… 너 아이패드 꼭 새걸로 살 거야?"

"어설픈 중고 사느니 내 이름 딱! 새긴 새걸로 사려고, 왜?"

"……혹시, 중고도 괜찮으면 내 것도 괜찮은지 물어보려고. 일 년 조금 안 됐어. 네가 산다고 하면 아이펜슬하고 매직 키보드까지 해서 팔십만 원에 줄게. 패드값으로 주변기기까지 다 마련한다고 보면 돼."

"말이 주변기기지, 그것들도 얼마나 비싼데. 그런 것들까지 다 해서 팔십만 원에 주면 나야 고맙지. 근데 너는 잘 쓰던 걸 왜 파는 건데?"

"……버전 올려서 프로로 사려고."

"프로? 좋겠다! 아빠가 새로 바꿔 주는 거야?"

"아니, 아빠한테는 말 안 했어."

"왜? 너 그럼 몰래 파는 거야?"

"그게…… 그림 한번 그려 보려고. 그러려면 프로가 나으니까, 에어 팔고 나머지는 내가 모아서 살 생각이야."

"아아, 너 그래서 맨날 멍 때렸구나? 너 아빠한테 그림 그린다는 말 못했지? 그래도 난 네 결정에 찬성이야. 성적이 문제가 아니라 하기 싫은 걸 어떻게 하냐. 내가 봐도 넌 경찰보다는 화가가 더 어울려. 그림 잘 그리잖아."

"화가는 무슨…… 어떡할래, 살래?"

"사고 싶은데 돈이 문제다. 나 탈탈 털어도 오십만 원 겨우 될 거야."

"그럼 그거 먼저 주고 나머지는 천천히 줘. 어차피 나도 더 모아야 하니까. 나는 네가 전에 새걸로 산다고 해서 말하기가 좀 조심스러웠어."

"그것도 상황 봐 가면서지. 이런 좋은 기회를 어떻게 그냥 넘겨. 너 설마 패드에 이름 각인한 건 아니지?"

"……했는데. 살 때 아빠가 하라고 해서."

"야! 팔 거면서 그걸 하면 어떡해!"

"그때는 팔지 몰랐지……."

"네 이름 각인돼 있으면 사도 내 것 같지 않잖아. 복병이 나타났네."

"그럼 더 생각해 봐. 시간 얼마나 필요해?"

"월요일. 그때까지 확실하게 결정해서 학교에서 말해 줄게."

"그래 그럼. 그때까지 결정해."

"오케이. 너 이거 말하려고 나만 보자고 한 거였냐?"

"네 생각도 잘 모르는데, 애들 있는 데서 말하는 건 좀 아닌 것 같아서."

"난 또 무슨 일 있는 줄 알았네. 넌 나머지 돈은 어떻게 모을 거야?"

"뭐라도 해야지…… 혹시 슈퍼에 사람 더 안 필요하냐?"

"너희는 왜 우리 슈퍼만 눈독 들여! 우상이 쳐냈더니 이번에는 너냐?"

"농담이야, 농담. 무슨 친구네 일을 돈 받고 해."

"이것 봐. 내가 이만 원 받고도 눈치 보이는 이유가, 사람들이 집안일에 돈을 받는다고 생각해서야. 너도 그렇지, 친구네 일이라고 돈을 안 받아? 친구 많은 집 가게는 공짜로 직원 쓰겠네. 친구고 뭐고 일했으면 정당하게 받아. 다른 데 알아봐 줘?"

"농담이라니까. 엄마랑 친척들한테 용돈 좀 더 타지 뭐."

"넌 그게 용돈으로 되는구나. 부럽다. 우리 할머니가 그러셨다. 주머니 두둑한 놈이 퍼 준다고. 너는 싸게 막 퍼 주는데, 그나마도 없는 내가 문제다."

"하하하. 나머지는 천천히 줘도 된다니까."

"내가 친구로서 하는 말인데, 너 이렇게 착하면 안 돼. 아빠 때문에 힘들어하는 거 보고 눈치챘지만, 너무 착하게 살면 상처받는 일 생길 수도 있어. 착한 사람 이용해서 등쳐 먹는 인간 많거든. 차라리 조금 못되게 사는 게 덜 상처 받아."

"이런 얘기도 슈퍼에서 듣는 거냐?"

"……언젠가 들은 것 같아. 선의를 털어 가는 사람이 있다고."

"그건 그 사람이 나쁜 거지……."

"그러니까 나쁜 사람한테 표적 돼서 상처받지 말라고."

"알았어, 싸게 줘서 고맙단 말이잖아. 고마우면 배고픈데 라면이나 쏴."

"친구가 배고프면 안 고마워도 쏘지, 가자!"

우리는 산책로를 통해 정문으로 가지 않고 벤치 뒤 숲속 길로 들어갔다. 전에 우리가 찾은 지름길이었다. 숲이 담처럼 둘러 있지만 소나무가 간격을 두고 있어서 충분히 지나갈 수 있었다. 이 길로 곧장 빠져나가면 바로 노상 주차장 사거리였다.

차민이가 고개를 숙이고 앞서 걸었다. 뒤따라가면서 문득 차민이가 꽤 괜찮다는 생각이 들었다. 돈이라는 게 참 이상했다. 가난이 우리의 잘못은 아니라고는 하나, 빈 주머니는 자존심을 상하게 했다. 빈 주머니는 어떤 것을 얻기 위해 힘든 수고를 하게 하고, 어떤 것의 질을 낮은 것으로 선택하게 만든다. 아이패드를 얻기 위해 아르바이트하고 있는 내게 중고를 권하는 건, 자칫 내 자존심을 상하게 할 수도 있었다. 그런 나를 배려해 따로 불러서 의중을 물어본 게, 나는 무척 마음에 들었다. 만일 애들이 다 있을 때 물었다면 괜한 자존심에 어떻게 행동했을지 몰랐다. 안 사면 아깝고, 사면 없어 보이고. 자존심이라는 게 워낙 분위기를 많이 타는지라, 나도 가장 상위 버전으로 살 거라며 큰소리치고 돌아섰을지도 몰랐다. 나중에 두고두고 후회할지라도. 물론 나는 조금 뻔뻔해서 그런 상황이었대도 눈 깜짝하지 않았을 테지만. 그래도 차민이가 따로 불러 조심스럽게 말한 의도쯤은 알고 있다는 것이다. 괜찮은 애였다. 이런 애라면 비록 내 주머니가 많이 비었대도 라면쯤은 언제든 쏠 수 있었다. 사실 뭐, 내 돈 드는 것도 아니니까. 흠.

　우리가 슈퍼로 들어가자, 계산대에 앉아 있던 할아버지가 빤히 보았다.

　"어라? 이번에도 둘이 왔네. 또 요 앞에서 만난 거야?"

　"아니, 공원에서 놀다 왔어. 할머니, 우리 라면. 배고파."

　"왜들 굶고 다녀. 거기 잠깐 앉아 있어."

　할머니가 주방으로 갔다. 우리는 가방을 탁자 밑에 두고 나란히 앉았다. 할아버지가 계산대에서 나와 탁자 의자를 빼고 우리와 함께 앉았다. 그러고는 차민이에게 물었다.

　"네가 경찰대학 간다고 했지?"

　"아, 그거, 네에……."

"잘 생각했다. 경찰 하려면 경찰대학 나오는 게 나아. 우리 아들은 너만 할 때 운동했어. 누가 경찰 될 줄 알았어, 글쎄. 대학 때 태극기 달고 세계선수권대회까지 나갔다니까. 나중에 올림픽에서 금메달이나 따려나 했더니, 경찰이 됐지 뭐냐. 부상 때문에 운동 그만뒀는데, 경찰 시험은 또 잘 봤나 봐. 범인도 잘 잡아. 그러면 뭐 하냐, 자리마다 순 경찰대학 출신들이라더라. 너처럼 일찍부터 준비했으면 이놈도 경찰대학 보냈을 건데. 용하다, 부모님 좋아하시지?"

"……네에."

"진로를 일찍 정해 놓으면 목표가 뚜렷해서 좋지……."

그때 할머니가 우리 앞에 라면 대접을 내려놓았다.

"영감은 애들 편하게 먹게 저리 가요. 은퇴한 지가 언젠데 아직도 애들만 보면 진로 타령이야. 먹기도 전에 얹히겠네."

할아버지가 할머니 눈치를 보며 슬쩍 일어나 계산대로 갔다. 배고플 때 밖에서 먹는 라면은 맛이 없을 수가 없다. 사람들은 나보고 맨날 먹는 라면이 그렇게 맛있냐고 하는데, 나는 슈퍼 라면은 맨날 먹어도 맛있었다. 내가 면을 길게 집어 올려 한 김 식힐 때, 차민이가 물었다.

"할아버지가 왜 애들만 보면 진로 타령을 하셔?"

"중학교 선생님이었어."

"아…… 은퇴하셨으면 교장 선생님이었겠다."

"평교사였어."

"선생님들은 다 교장 선생님 돼서 은퇴하는 거 아냐?"

"……회사원은 다 사장 돼서 은퇴하나?"

"아…….."

얘가 그 많던 배려심은 바다에 버리고 왔나, 눈치 없게. 나는 할아버지가 언제나 자랑스러워서 교장이었든 평교사였든 신경 쓰지 않는다. 할아버지도 처음에는 별로 신경 쓰지 않았었다. 그런데 사람들이 왜 교장이 안 됐는지를 자꾸 물으니까 자존심 상해하는 것 같았다. 그래서 이제는 선생님이었다는 말도 잘 안 한다. 명도단 사람들도 눈치채서 저런 말이 한동안 없었는데, 배려 많은 차민이가 눈치 없이 말하고 만 것이다. 그 바람에 슈퍼 분위기가 어색해지고 말았다.

슈퍼에 후루룩 짭짭 소리만 울릴 때, 밖의 한 커플이 슈퍼의 적막을 깼다.

"이 슈퍼랑 쟤들 라면 먹는 모습까지, 딱 레트로다."

"오리지널 로컬이잖아."

"여기 글씨 봐. 각종 생필품이래."

"각종 생필품 없을 것 같은데? 하하하."

커플은 방음이 전혀 안 되는 유리 격자창 미닫이문 앞에서 떠들었다.

"야, 저 씨이티인들이 지금 세련되게 욕한 거 맞지?"

"글쎄, 욕 같지는 않은데 듣기에는 불편하다."

"불편하면 욕이지! ······어서 오세요!"

말하는 중에 커플이 슈퍼 문을 여는 바람에 나도 모르게 벌떡 일어나고 말았다. 이건 절대로 비굴해서가 아니었다. 슈퍼 손녀로서의 본능인 거였다. 할머니가 내게 계속 먹으라고 하고 손님을 맞았다. 나는 다시 앉아서 얌전하게 라면을 먹었다.

"뭐 찾아요?"

"안녕하세요, 할머니. 저희 저 아래 펜션에서 하루 묵고 갈 건데요, 먹을 게 필요해서요. 즉석식품 같은 거 있을까요?"

내가 차민이 의자를 발로 툭툭 찼다. 하필 차민이 등 뒤로 즉석식품들이 진열돼 있었다. 야, 비켜. 왜? 잠깐 일어나. 차민이가 젓가락을 든 채 의자에서 일어나 옆으로 비켜섰다. 나도 잠시 일어나 손님들을 안내했다.

"즉석식품은 이쪽에 있어요."

"죄송합니다, 잠깐만 보겠습니다."

남자가 차민이 의자를 살짝 치우고 진열대 앞에 섰다. 그러고는 카레와 깻잎 통조림을 꺼낸 뒤 다시 의자를 똑바로 해 두었다.

"실례했습니다."

차민이가 다시 앉아 라면에 밥을 말았다. 커플 손님들은 아무래도 우리 식사를 방해하는 것 같았는지, 스낵을 보다가 대충 아무거나 집고 계산대로 갔다. 할아버지가 물었다.

"다 골랐어요? 천천히 봐도 돼요."

"괜찮습니다. 다 골랐어요. 카드 되죠?"

"그럼요. 쉬러 왔나 봐요?"

"예. 온 김에 여기서 유명한 육회비빔밥도 먹으려고요."

"자정 말씀하시는구나. 나가서 왼쪽으로 마지막에 있어요."

"네, 감사합니다."

커플 손님이 계산을 마치고 슈퍼를 나갔다. 우리 열에서 왼쪽 가장 끝의 식당이 자정이다. 명도단에서 가장 유명한 맛집이었다. 어쨌든 해안가라고 하면 해산물을 먼저 떠올리는데, 독특하게도 육회비빔밥으로 이름을 날렸다. 우리 시 맛집을 검색하면 자정이 꼭 나온다. 어떤 사람들은 시에서 지정한 모범 업소

자정 덕분에 우리 열이 개발 구역에서 제외됐다고도 하고, 또 어떤 사람들은 자정을 맨 앞으로 빼내려고 일부러 우리 앞 열을 개발 구역에 넣어 없애 버렸다고도 했다. 이러니저러니 해도 그만큼 자정이 명도단의 대표급 가게라는 뜻이었다. 식사 시간 때는 밖에까지 길게 줄을 설 정도였다. 하지만 저녁 9시쯤이면 슬슬 마감을 시작한다. 8시 40분. 간당간당했다. 커플이 마지막 손님이 될 수도 있었고, 재수 없으면 허탕 치고 돌아갈 수도 있었다. 나는 커플의 행운을 빌었다. 우리는 라면을 마저 다 먹고 탁자 밑에 둔 가방을 꺼냈다.

"할머니, 우리 집에 갈게."

"바로 집으로 가. 또 공원 가지 말고."

"갔다 왔는데 뭘 또 가. 바로 갈 거야."

"거기 일 난 거 알지? 밤에 몰려다니면 괜히 의심받아."

"알았다고요. 할아버지, 우리 간다."

"오냐, 할머니 말 잘 새겨듣고 다녀. 차민이는 고생하고."

"네에. 안녕히 계세요."

나는 계산대 앞에 진열된 풍선껌 하나를 쏙 빼서 슈퍼를 나갔다.

우리는 해양 공원 도난 사건을 두고 이야기하면서 집으로 갔다. 나는 딱히 관심 없었는데, 차민이가 과제에서 언급했던 건물이어서였는지 관심을 가졌다.

"그걸 왜 생각 못 했을까? 그때 우리가 지적했으면 미리 방지할 수도 있었는데."

"설마 공공 기물을 훔쳐 갈 거라고 상상이나 했냐. 그리고 우리 숙제가 뭐라고 미리 방지해. 무슨 시에서 공모한 프로젝트라도 되냐?"

"아니, 혹시 또 모르잖아……."

"됐어, 누가 저렇게 짓다 말고 버려두래? 빨리 지었으면 됐었잖아."

문제의 짓다 만 3층짜리 건물. 뭐가 그리 급했는지 이 건물이 완공되지도 않았는데 공원부터 개장했다. 공원 내 시설 중에서 가장 뒤늦게 시작한 공사여서 말도 많았다. 계획에는 없었는데 시공사가 힘 있는 누군가와의 뒷거래로 뜬금없이 짓게 됐다는 등, 계획에는 있었으나 상가 분양 실패로 공사가 중단됐다는 등 시끄러웠다. 그중 가장 유력한 소문은, 시와 시공사의 마찰로 공사가 중단됐다는 거였다. 공원을 개장하고 난 뒤, 시가 갑자기 손익계산에 맞지 않는다며 시공사에 무리한 요구를 했다는 것이다. 그 때문에 열받은 시공사가 공사 중단을 선언한 거라고. 그러니까 일종의 시위였다. 자재들을 건물 앞에 그대로 쌓아 두고, 공구들은 창고에 둔 채 인부들이 현장을 떠나 버렸다. 그러고는 1년이 넘도록 서로 네가 이기나, 내가 이기나 보자, 하고 저대로 둔 것이었다. 당연히 관리하는 사람은 아무도 없었다. 그러니까 도둑놈들이 맘껏 창고를 털어간 것이었다.

그때 우리는 이 건물을 과제에 응용할 생각만 했더랬다. 한창 캠핑장에 꽂혔던 때라 그쪽에 캠핑장을 지었다면 그 건물역시 활용도가 높았을 거라고. 매점, 취사장, 세면실 같은 편의시설을 갖추기에 얼마나 안성맞춤인가. 긴 산책로 바닥에 줄줄이 박힌 LED 조명의 끝이 짓다가 만 건물이라니. 밤에 멋모르고 조명 따라 거기까지 갔다가는 유령 건물의 공포를 맛보게 될 것이었다. 그래서 아는 사람들은 어지간하면 그쪽으로 가지 않는데, 이게 오히려 도둑놈들이 활개 칠 수 있는 바탕이 되었다. 공원 내 어떤 CCTV에도 범인의 모습이 보이지 않아 내부자를 의심하는 사람도 있었다. 하지만 공원에는 CCTV가 많지 않았다. 정문 입구와 놀이터, 망원경이 있는 간이 전망대 정도였다. 사실상 공원 구석구석이 사각지대였다. 우리만 해도 벌써 소나무 숲 사이로 공원을 드나들지 않는가. 그 길로 들어갔다가 다시 그 길로 나오면 우리 모습도 CCTV에 찍히지 않는 거였다. 이런 모습이 찍혔다면 진작에 이런 안내문이 붙었을 것이었다. 개구멍 출입 금지. 중학생 여러분, 공중도덕을 지킵시다.

"그거 도둑맞고 한참 뒤에 알았다더라. 벌써 날랐어."

"그래도 잡아야지……."

"경찰이 알아서 하겠지. 암튼, 나 진지하게 생각해 보고 대답해 줄게."

"……뭘?"

"아이패드."

"아아, 알았어."

"나 그럼 이쪽으로 간다, 잘 가."

우리는 주유소 사거리에서 헤어졌다. 풍선껌이 유난히 크게 불렸다. 나는 집으로 가면서 내 얼굴만 한 풍선을 연거푸 불었다. 아이패드와 팔십만 원. 나는 지금 도난 사건이 문제가 아니었다. 끝내주게 좋은 패키지. 하지만 차민이의 이름이 새겨진 패드. 기능에는 문제없으니 저것들을 아주 싸게 사느냐, 끝내 돈을 모아 내 이름이 새겨진 새것으로 사느냐, 이것이 문제였다. 어느 쪽을 선택해도 분명 후회할 것이었다. 나는 새 풍선껌을 뜯어 입에 쏙 넣었다.

"아! 에이……."

풍선껌에 단물이 빠져서 새것을 먹었는데, 바보처럼 뱉지 않고 먹어서 입 안에 껌이 꽉 찼다. 뱉자니 새로 먹은 게 섞여서 맛있고, 그냥 먹자니 턱이 아프고, 오늘은 도무지 선택이라는 게 안 되는 날이었다. 그래도 좋았다. 어쩐지 좋은 일이 생길 것만 같은 날이었다.

11

토요일 오후의 명도단은 사뭇 젊다. 시설들은 대체로 낙후됐지만 대신 부담은 없어서 뭘 좀 아는 애들은 곧잘 놀러 왔다. 지역 개발 전에는 제법 논다는 애들이 주로 왔지만, 지금은 평범한 애들도 심심찮게 다녀갔다. 특히 요주의 지역으로 찍힌 옆 블록이 사라지면서 이제는 학교에서도 말로만 단속하지 직접 시찰하는 일은 거의 없었다. 그 때문인지 어떤 사람들은 지금의 명도단을 표현할 때, 애매하고 아슬아슬하게 심의를 통과한 청소년 영화 같다고 한다.

그렇게 치면 우리 앞 열에 있던 선술집들은 억울할 수밖에 없었다. 인근 사람들치고 이 가게들을 애용하지 않는 사람이 거의 없을 정도였으니까. 싸고 맛있는 집들이었다. 우리 슈퍼 바로 앞에 있던 동식이네는 연탄불에 굽는 돼지두루치기가 워낙 맛있어서 아이들까지 데려오던 가게였다. 이런 곳들까지 심의로 잘렸다고 하면 억울할 수밖에 없었다. 심지어 동식이네는 지금은 자정으로 이름을 바꾼 자정이네와 쌍벽을 이룰 정도로 소문난 맛집이었다. 명도단에는 동식이네, 자정이네, 호창이네, 숙희네 등등 누구의 이름을 딴 가게가 유독 많은데, 앞에서 말한 것처럼 사는 집을 개조해 가게를 꾸리고, 쉽게 장남이나 막내 이름을 가게 이름으로 사용했기 때문이었다. 내가 어렸을 때 동식이네서 밥을 먹다가 동식이는 어디 있느냐고 물었었는데, 고기를 굽던 서른 넘은 삼촌이 내가 네 친구냐, 고 해서 깜짝 놀랐었다. 여하튼, 나는 농담이라도 명도단이 함부로 폄하되는 게 속상했다. 시내에 있는 술집이나 카페는 일부러 찾아가 인증 사진까지 찍으면서, 변두리에 허름하게 있다고 함부로 무시하는 것만 같았다.

그렇게 싹둑싹둑 잘라 내고도 불만인 사람이 여전히 많았다. 오죽했으면 자스민 다방 사장님이 간판을 다 바꿨을까. 특히 환경지킴이인지 무슨 위원장인지 하는 아줌마가 문제였다.

"앞으로 나온 김에 분위기를 좀 개선해 주시면 어떨까 해서요. 다방이라고 하면 아직도 인식들이 좀 그래서, 아가씨들이 배달하는 것도 보기에 좀 그렇고……."

"무슨 인식이요? 아니, 이 나라에서 다방이 불법이었어요? 참 신기하네. 아가씨가 배달해 준 커피는 이상하고, 배달 기사가 배달하는 커피는 괜찮아요? 우리 직원들 덕에 배달비 안 내고 먹는 줄이나 아세요. 그리고 시대가 어느 땐데 아가씨야? 카페는 직원이고 다방은 아가씨야? 당신 머리부터 개선해, 이 아줌마야!"

그랬는데 자정이네가 먼저 자정으로 이름을 바꿔 새 간판을 달았다. 그러자 살롱 삼촌이 자스민 다방 사장님을 꼬드겼다. 간판 집에서 두 집이 같이 하면 깎아 준댔다며, 이참에 자기들도 네온사인으로 바꾸자고 한 것이다. 또 하는 김에 이름도 보란 듯이 바꾸라고. 그래서 자스민 다방 사장님이 못 이기는 척선택한 게 찻집이었다. 저 위원장 꼴 보기 싫어서 카페로는 절대로 안 한다고 했다. 그러고는 야시장에서 썼던 다방 입간판을 출입문 옆에 떡 세워 두었다. 위원장 보라고 일부러 그랬는지, 이름을 바꾼 게 아쉬워서 그랬는지는 모르겠으나, 입간판 덕에 다방이라는 정체성은 여전히 살아 있었다.

우리는 이런 게 서운했다. 명도단의 역사를 잘 아는 사람들이 외부인들보다 더 박할 때가 많았다. 엄밀히 말하자면, 이 지역은 명도단 사람들이 먼저 들어와 터를 잡은 곳이었다. 그러면서 주위에 번듯한 주택가도 형성됐고, 어느새 아파트 단지도 생겼다. 그런데 뒤늦게 들어온 사람들이 명도단을 부끄러워했다. 청소년 통행금지 구역으로 지정해야 한다는 등, 아직도 명도단이 불온의 온상인 듯 말하는 것이었다. 그때마다 두 번째 골목세 번째 가게 삼촌이 맞섰다.

"애들 걱정하는 사람들이 시내 쪽으로 학원은 어떻게 보낸대. 거기는 눈 돌리면 다 유흥 업소야. 시청 옆으로 술집 천지고, 거기 뒷골목이야말로 당신들이 생각하는 그런 데라고. 여기가 무슨 유흥골목이야, 먹자골목이지. 당신들이 다 쫓아내서 밥집만 남았잖아. 밥들 못 먹어서 환장했어! 당신들 청정 주둥이때문에 우리 매상이 반 토막 났어. 이것부터 보상해!"

옆 블록이 와르르 무너지고 축구장만 한 주차장이 들어섰다. 도로를 넓히고 고질적인 주차 문제를 해결하려는 방안이었다고는 하나, 그런 말이 온전하게 들리지 않는 까닭이었다.

내가 진열대의 물품들을 정리할 때, 고등학생으로 보이는 두 명이 슈퍼로 들어왔다.

"어서 오세요."

"여기 바우처 받아요?"

"어떤 바우처예요?"

"청소년 바우처요."

"네, 받아요."

"혹시 명도단 아무 가게에서도 다 쓸 수 있어요?"

"술집 같은 데만 아니면 거의 받을 거예요. 맞지, 할머니?"

할머니가 리모컨으로 에어컨 바람의 방향을 바꾸다가 돌아봤다.

"시에서 학생들 주는 거? 그럼 받지. 만약에 안 받는다고 하면, 저기 슈퍼 할머니가 받아 두라고 했다고 해요. 그럼 받을 거예요."

"네, 감사합니다."

둘은 생수 한 병과 젤리를 골라 바우처 카드로 계산하고 나갔다. 그러고는 노래방도 받겠지? 하며 걸어갔다. 노래방, 받는다. 나도 바우처로 공원 & 슈퍼 팀과 노래방에서 놀았었다. 우리 시는 관내 청소년들에게 이만 원짜리 문화 바우처를 1년에 네 번 지급한다. 사용 기간은 정해져 있어도 사용처에는 제한이 없었다. 어차피 미성년자들이 쓸 수 없는 곳에서는 무용지물이어서 그런 제한을 둔다는 게 의미 없었다. 노래방에서 바우처를 사용할 때, 나는 어쩐지 통쾌한 기분이 들었더랬다. 청소년을 들먹이며 우범지대로 몰아붙인 그들에게 한 방 먹인 듯한 기분이었다. 청소년들이 여기에서 문화생활 해도 된다잖아요.

나는 오늘 저 둘이 명도단에서 바우처를 쓰는 것에 아무 문제가 없을 거라고 장담한다. 미처 사용처로 등록하지 못했다면 등록한 옆 가게를 통해서라도 받아 줄 테니까. 그렇게 해서라도 돈을 더 벌겠다는 욕심이 아니었다. 그렇게 해서라도 바우처를 편히 쓰도록 해 주는 배려였다. 이곳이 미성년자 금지 구역이 아니라, 미성년자 보호 지역인 까닭이었다.

12

할머니가 종이컵 다발을 챙겨 청천 수제비 식당으로 배달 갔
다. 마침 수제비 할머니도 볼 겸 직접 다녀오겠다고 했다. 그동
안 나는 계산대에서 아이패드를 검색했다. 차민이 이름이 새겨
진 중고를 살 것인가, 내 이름이 새겨진 새것으로 살 것인가. 나
는 아직도 결정을 내리지 못하고 있었다. 가격이 얼마 차이 나
지 않으면 당연히 새걸로 사겠지만, 차민이 패키지는 저렴해도
너무 저렴했다. 이 자식이 왜 이름을 새겨서는……. 그렇게 내
가 분노의 검색을 하고 있을 때, 한 손님이 들어왔다. 나는 얼른
휴대전화를 뒤집어 놓았다.

"어서 오세요."

손님이 슈퍼를 한번 둘러보고 탁자를 피해 음료수 냉장고 앞으로 갔다. 손님이 쓴 검은색 뉴욕 양키즈 모자가 냉장고 유리문에 비쳤다. 언젠가 한 번 왔던 손님이었다. 슈퍼에 있다 보면, 슈퍼를 나간 낯선 손님은 곧 잊지만, 다시 찾아온 낯선 손님은 바로 기억한다. 대개는 다시 와서도 전에 샀던 물건을 그대로 산다. 패턴이다. 그런 식으로 점점 오는 회차가 늘면 근처에서 지내나 보다, 하고 여기는 것이다. 그래도 나는 늘 처음 온 손님처럼 대한다. 점원으로서의 예의다. 사람들은 자신의 행적을 누가 시시콜콜 아는 걸 싫어한다. 그 때문에 저쪽에서 먼저 알은척을 하지 않는 이상, 내가 먼저 알은척을 하지는 않았다.

내가 아이패드에 정신 팔려서 잠시 잊었던 뉴욕 양키즈 야구 모자였다. 날도 덥고 해도 길어져서 있으면 딱 좋을 텐데. 이상하게 뭔가를 갖고 싶으면 나도 모르게 사야 할 핑계를 만들게 된다. 나는 언제쯤 그냥 갖고 싶다는 이유만으로도 물건을 턱턱 살 수 있을까. 아, 내 가난한 주머니여. 그런데 저 손님은 생수 하나를 왜 저렇게 신중하게 고르는지 몰랐다. 손님은 냉장고 문을 열지도 않고 한참이나 속을 들여다보고 있었다. 그때, 살롱 삼촌이 슈퍼로 들어왔다.

"손님 계시네. 삼촌이 계산대 볼 테니까 라면 하나 끓여 주라."

"진짜 한 개?"

내가 계산대에서 나오며 물었다.

"밥 있지? 밥이랑 먹으면 돼."

주방 입구는 음료수 냉장고 옆으로 좁게 나 있었다. 나는 손님과 스치지 않도록 조심해서 주방으로 들어갔다. 손님이 그제야 오백 밀리리터 생수를 꺼내 들고 계산대로 갔다.

"구백오십 원입니다."

삼촌이 천 원을 받고 거스름돈으로 오십 원을 내주었다. 손님이 슈퍼를 나갔다.

나는 라면 물이 끓는 동안 김치와 수저를 챙겨 탁자에 놓았다.

"아까 그 손님 뭐 물어봤어?"

"아무것도 안 물어보던데 왜?"

"생수 하나 살 거면서 그렇게 오래 있었던 거야?"

"물 종류가 많잖아."

"보통 남자들은 목마르면 아무거나 사서 마셔. 저 자식 다시 오면 삼촌한테 문자 해라. 잠깐 담배 피우려고 나왔더니, 저기서 여기를 계속 살피더라고. 그리고 들어가서 한참이나 안 나오길래 이상해서 와 본 거야. 너 혼자 있으니까 노리고 온 놈일 수도 있어. 겁대가리 없이 여기가 어디라고."

"전에도 왔었어. 그때도 소심하게 물 하나 사서 가더라고."

"몇 번 왔는지가 뭐 중요해. 낌새가 나쁜 게 중요하지. 조심해라."

"알겠어요. 물 끓는다!"

나는 얼른 주방으로 가서 끓는 물에 라면을 넣었다.

라면 냄비를 삼촌 앞에 놓아 주고, 공깃밥도 하나 냄비 옆에 놓았다. 그리고 삼촌이 막 라면을 먹기 시작할 때, 할머니가 돌아왔다. 해물 수제비를 양푼째로 들고서.

"라면 먹는 거야? 잠깐 기다려 봐, 청천 동생이 수제비 챙겨 줬어. 바로 먹으면 돼. 연수야, 탁자에 불 놔라."

내가 얼른 주방에서 휴대용 가스레인지를 가져왔다. 삼촌이 양푼을 올리고 불을 켰다.

"라면에 밥에 수제비라니. 탄수화물에 치여 죽겠네."

"연수 저녁 먹이라고 챙겨 줬어. 얼른 먹어. 다 익은 거야."

"어쨌든 연수 덕에 내가 횡재했네. 맛있겠다!"

청천 식당. 이 집 역시 내가 어릴 적부터 자주 드나들던 집이었다. 나는 명도단에서 가장 뻔뻔한 공짜 단골이었는데, 빈 탁자를 찾아 멋대로 앉아서는 수제비 주세요, 하고 주문하곤 했다. 심지어 수제비를 다 먹은 뒤에는 냉장고에서 사이다까지 꺼내 와 까 달라고 했다. 수제비를 다 먹은 손님들이 입구의 자판기에서 커피를 뽑아 가는 모습을 보고, 나도 음료수를 가져가는 게 당연한 줄로 안 것이었다.

"옷에 흘리지 말고 먹어."

"빨대가 없잖아요."

"아이고, 이모가 깜박했네. 빨대 어디 있나, 우리 연수 빨대 주자. 이젠 됐지?"

"네. 우리 슈퍼에 빨대 많아요."

"세상에, 우리 연수가 빨대 부자였구나!"

"네에. 안녕히 계세요."

그러고는 세상 도도한 얼굴로 식당을 나갔다. 나를 위해 늘 맑은 바지락 수제비를 끓여 준 할머니. 이제는 얼큰하고 매운 걸 잘 먹는데도 여전히 내가 먹는 수제비는 맑은 바지락 국물로 끓여 준다. 우리 연수는 매운 거 잘 못 먹어. 아마 할머니에게 나는 아직도 그때의 연수인 모양이었다.

나는 바지락을 피해 수제비만 골라 먹었다. 이제는 손목이 시큰해 수제비 반죽 뜨는 게 힘들다고 해서 걱정이지만, 할머니 수제비는 여전히 쫄깃했다. 다 먹으면 밥 볶아 달라고 해야지,

그러면서 열심히 먹는 중에, 삼촌이 할머니에게 물었다.

"형님은 어디 가셨어요?"

"옛날 동료 아들이 늦장가 간다고 거기 갔어. 다들 오랜만이라 술 한잔하고 온다고."

"그래서 연수가 주말에도 나와 있었구먼. 연수 너는 이렇게 일하면 금방 아이패드 사겠다?"

"삼촌이 어떻게 알았어?"

"너 그거 사려고 알바 하는 거 명도단에 모르는 사람 있냐?"

"하여간 명도단에는 비밀이 없어, 비밀이…… 근데 삼촌, 나 그거 중고로 살까 봐. 누가 엄청 좋은 거 되게 싸게 판대."

그러자 할머니가 손사래를 쳤다.

"할머니가 그랬지, 세상에 싸고 좋은 건 없다고. 채소도 너무 싼 걸 사면 버리는 게 태반이야. 버리는 값까지 물면 싼 것도 아니지. 터무니없이 비싼 게 아니면 결국 비싼 게 제값 해. 값을 치르는 것들이 대개 그렇다. 싼 건 그만큼 감수해야 하는 게 있는 거야."

"……그렇긴 한데, 내 주제에 새것만 밝히는 것도 좀 아닌 것 같아서."

"네 주제가 뭐 어떤데? 안 그래도 할머니가 보태 주려고 했어. 기백만 원이나 된다는 걸 혼자 내게 할까 봐? 반 정도는 해 줄 테니까 부지런히 모아서 처음에 사려고 했던 거, 그거 사."

"그렇지. 삼촌도 할머니 생각하고 같아. 할머니가 반 보태 준다니까 모자라는 건 삼촌이 내줄게. 제일 좋은 걸로 사."

"대박! 진짜 제일 좋은 걸로 사도 돼? 삼촌이 사 준다고 하면 버전이 바뀔 수도 있는데…… 그거에다가 아이펜슬하고 키보드까지 하면 이백만 원도 넘을 거야. 나 아직 오십만 원 정도밖에 못 모았는데, 그래도 사?"

"많이 모았네. 사!"

그런데 할머니가 삼촌을 나무랐다.

"또, 또 애한테 바람 넣지. 학생이 뭘 그렇게 좋은 게 필요해. 적당한 걸로 사면 돼."

"형수님, 어른들이 적당한 거라고 하면, 애들은 싼 거 사라는 말로 들어요. 아시잖아요, 전자 제품은 좋은 걸로 사야 오래 쓰는 거. 이 전화기 같은 거예요. 몇 년 전까지만 해도 학생이 무슨 휴대전화냐고 안 그랬어요? 지금 봐, 다 들고 다니지. 그거 벌써 요즘 애들 다 하나씩은 있더만. 우리 연수도 좋은 걸로 하나 사 줍시다. 애가 가지고 싶은 걸 왜 어른 심정으로 사 주려고 해요, 애 심정으로 사 줘야지."

역시 삼촌이었다. 나는 이때다 하고 삼촌을 거들었다.

"맞아! 할머니도 방금 비싼 게 좋다고 했잖아."

"아니 그게…… 같은 수준에서 좋은 걸 말한 거지, 소형차 사려고 했는데 비싼 게 좋은 거랬다고 냅다 중형차를 사? 계획한 수준에서 좋은 걸 사란 말이야!"

"에이 형수님, 연수는 계획 잘했고, 내가 보태는 거잖아요. 맨날 먹는 밥값이라고 칩시다. 연수야, 언제 살래? 삼촌이 같이 가줄까?"

"아니, 나 공홈에서 살 거야. 내 이름 각인할 거거든. 그리고 계획이 바뀌었으니까 다시 알아봐야지. 다 결정되면 삼촌한테 제일 먼저 말할게."

"오냐, 삼촌은 이만 간다. 수제비 맛있네. 이 누님 팔목 아프다던데 괜찮나…… 형수님, 저 가요. 잘 먹었습니다."

삼촌이 슈퍼를 나갔다. 내가 할머니를 보며 씨익 웃었다.

"하여간…… 삼촌이 도와준다고 해도, 네가 모은 거 성의 있게 보태. 그게 기특해서 도와주는 거니까 얼마 빼지 말고. 알았어?"

"당연하지. 할머니, 내가 좀 뻔뻔해도 그런 짓은 안 해."

"뻔뻔한 건 아니 다행이다. 양푼 씻어 줄 테니까 가져다주는 길에 집으로 가. 할아버지 금방 온단다. 주말 일당 사만 원이지?
거기 써 놓고 네가 챙겨가."

"감사합니다!"

주말 일당 사만 원이라고 해서, 그 말만 듣고도 오전에 신나
게 슈퍼로 달려왔었다. 그런데 삼촌이 산타가 돼서 나타날 줄이
야. 역시 착하게 살아야 했다. 내가 사 달라고 조르지 않고 열심
히 일한 덕에, 이런 한여름에도 산타를 만난 거였다. 대박인 날
이었다.

13

나의 산타인 살롱 삼촌은 우리 슈퍼와 인연이 깊다. 삼촌과의 인연을 알려면 우리 슈퍼의 역사부터 알아야 한다. 여기는 원래 구제 옷 가게였다. 그런데 먹고 노는 골목에서 옷집은 힘들었던지 그만 가게를 내놓은 것이다. 할머니네 집은 그때도 명도단 위쪽 동네에 있었다. 그리고 인근 학교에 근무하던 할아버지가 명도단을 시찰하면서 이 가게를 발견한 거였다. 선생님 월급만으로는 이모부의 뒷바라지가 여의찮았었다. 그로 인해 할머니도 일자리를 알아보던 중이었는데 때마침 이 가게가 눈에 띈 것이다. 할아버지가 명도단을 시찰하면서 늘 아쉬웠던 게 슈퍼였다. 목이 마르면 음료수라도 하나 마셨으면 좋겠는데, 이놈의 블록에는 구멍가게조차 없었다. 음료수 좀 마시려면 옆 블록에 있던 상회로 가야 했다. 당번제여서 차례가 돌아오면 어쩔 수 없이 해야 하는 시찰이었다. 여름에는 더워서 겨울에는 추워서 잠시 어디에라도 들어가고 싶은데, 혹시라도 학생들이 볼까봐 다방에조차 들어갈 수 없었다고 했다. 그래서였다. 그래서 할아버지가 이곳에 슈퍼를 연 것이었다. 여름에는 찬 음료수, 겨울에는 따뜻한 호빵만 팔아도 수지가 남을 것으로 확신했다. 하지만 할아버지는 학교 일로 슈퍼에 매달릴 수가 없었다. 그 때문에 할머니가 도맡아서 운영해야 했다.

"당신은 학교 일이나 신경 써요. 내가 다 알아서 할 테니까."

바로 윗동네에서 선생님 사모님 소리를 듣고 산 할머니가 험난한 명도단의 슈퍼 아줌마로 다시 태어나는 순간이었다. 할아버지 예상대로 장사는 잘됐다고 했다. 귀해서 귀한 게 아니라 없어서 귀한 거라고, 슈퍼를 가장 반긴 사람들이 바로 명도단 사람들이었다. 특히 슈퍼와 나란히 있는 맥주 & 위스키 살롱 삼촌은 개업 기념 거울을 사 왔을 정도로 반겼었다.

"여기가 무슨 청정 구역이라고 담배 가게가 하나 없어. 그거 하나 사려고 저 이발소 골목까지 갔다니까요. 그러니까 내가 망해서 나갈 때까지는 꼭 자리 지키세요."

그렇게 우리 슈퍼는 가려운 데를 긁어 주는 가게였다. 할머니는 명도단의 가게들을 잘 챙겼다. 누가 급하다고 하면 병따개 하나라도 들고 달려갔다.

"그게 다 어디 갔는지, 손님들이 한 개로 돌려쓴다니까."

"맞아, 이거는 그냥 없어져요. 몇 개 챙겨왔으니까 없어지면 또 말씀하세요."

개업 떡을 돌릴 때부터 이름처럼 크게 흥하라고 반겨 준 사람들. 장사가 안돼서 옷집처럼 떠날까 봐 괜히들 한 번씩 와서 물건들을 팔아 주기도 했다.

"장사 좀 돼요? 이 주스는 못 보던 거네. 한 상자만 줘 봐요."

하지만 그때는 명도단이 다소 모범적이지 않았던 시절이었다. 할머니 혼자 슈퍼에 있다가 험한 일을 당하기도 부지기수였다. 계산하지 않은 제품을 까서 먹는 건 애교였다. 간이 탁자에서 술을 마시며 행패를 부리거나, 돈을 내지도 않았으면서 거액의 거스름돈을 내놓으라고 협박하는 등, 파란만장했다. 심지어 몸을 건드리며 희롱하거나 위협하기도 했는데, 그러면 할머니도 실력 행사를 해야 했다. 계산대 근처에 늘 준비해 둔 꽁치 캔을 던져 슈퍼 유리문을 깬 것이다. 그러면서 소리치면 마주 보고 있는 동식이네 아저씨나 살롱 삼촌이 한달음에 달려왔다. 문제는 살롱 삼촌이었다. 삼촌이 사람은 좋은데 어려서부터 매우 거칠게 지낸 터라 싸움을 되게 잘했다. 슈퍼보다 고작 몇 년 먼저 들어온 살롱이 험한 명도단에서 빠르게 자리 잡은 이유였다. 여하튼, 당시에는 누구든 눈을 부릅뜬 삼촌을 만나면 반은 죽었다고 했다. 그런 삼촌이 슈퍼에서 일이 생기면 한달음에 달려와 누군가를 반 죽여 놓는 것이었다.

"번번이 죄송해요."

"그럼 어떡해요, 선생님이 무조건 부탁한다는데."

"이 양반은 무슨 쓸데없는 부탁을 해서……."

"원래 선생님들은 쓸데없는 것만 시키는 거예요."

"고맙습니다."

"학교 다닐 때 선생님 말 안 들은 거 지금 듣는 거니까, 신경 쓰지 마세요."

선생님 말을 조금 과격하게 들어서 문제였지만, 그런 삼촌이 할머니도 내심 든든했다고 했다. 그렇게 꾸리던 슈퍼를 할아버지가 은퇴하면서 사 버렸다. 그러고는 나도 속을 만큼 명도단 토박이처럼 지내는 것이었다. 그러면서 생긴 미스터리 중 하나가 살롱 삼촌의 나이였다. 삼촌은 딱 봐도 할아버지보다 훨씬 어려 보이는데 맨날 서너 살 어리다고 한다. 당시에는 살롱을 하기에는 젊은 나이여서 할아버지도 그러려니 넘겼다고 한다. 그런데 옛날의 거짓말 때문에 아직도 실제 나이보다 훨씬 늙게 사는 것이다. 내가 명도단에 막 왔을 때, 손녀가 생겼다고 좋아하다가 할아버지한테 퉁을 먹은 일화도 유명하다.

"손녀? 딸이라고 해도 믿겠다. 그냥 삼촌 해. 이놈아, 너 인제 마흔은 넘었냐?"

"형님! 나는 뭐 남들 젖병 물 때 술장사했어요? 동안이 이래서 피곤해."

"너 무슨 띤데?"

"쥐띠요."

"나랑 두어 바퀴 돌아서?"

"돌긴 뭘 돌아요! 진짜 돌겠네……."

슈퍼에 분유와 기저귀가 빤히 있었는데도 맨날 자기가 어디서 사다가 나를 키웠다고 한다. 영 틀린 말도 아니고 다 맞는 말도 아니어서, 나는 무조건 삼촌 말에 맞장구쳐 준다. 왜냐면 삼촌도 언제나 내 편을 들어 주니까. 오늘처럼. 친삼촌이나 다름없는 살롱 삼촌. 이렇듯 오랜 인연으로 남이라는 생각이 전혀 들지 않는 한 가족 같은 삼촌이었다.

14

오늘을 기념해야지. 내 생의 최고로 대박인 날이었다. 나는 집으로 오자마자 컴퓨터 앞에 앉아 아이패드를 살폈다. 아이패드 프로. 너무 비싸서 아예 젖혀 둔 버전이었다. 그런데 이제는 이것들을 중점적으로 살피는 것이었다. 사람들이 왜 그토록 부자가 되려고 애쓰는지 아주 잘 이해되는 날이었다. 부자는 그것을 살 수 있는지를 따지는 게 아니라, 무엇이 가장 좋은가를 따지는 사람들이었다. 그동안 나는 왜 그렇게 가난했던가. 최고 사양의 버전도 아니면서 옵션 하나 선택하길 두려워했었다. 옵션 하나에 수십만 원이 왔다 갔다 했다. 하지만 오늘만큼은 아니었다. 살룽 삼촌이 내게 무제한 선택권을 주었다. 사랑합니다! 나는 그동안 탐냈던 제품들을 장바구니에 차곡차곡 넣었다. 합계가 어마어마해서 조금 뜨끔했지만, 그만큼의 행운이 찾아온 것에 그저 감사할 따름이었다. 이제 내게 남은 고민은 오직 아이패드의 색상뿐이었다. 짙은 게 나을까, 밝은 게 나을까. 짙은 건 세련됐고, 밝은 건 예뻤다. 뭐로 하나. 그렇게 내가 행복한 고민에 빠져 있을 때, 이모가 방문을 열었다.

"방에만 콕 박혀서 뭐 하니? 팥빙수 해 먹자."

"빙수기 왔어?"

"낮에 왔지. 다 준비됐어. 나와."

오케이. 빙수 먹고 정신 바짝 차려서 냉정하게 골라야지. 다시 못 올 기회였으므로 신중해야 했다. 나는 장바구니를 잠시 보고 인터넷 창을 아래로 내렸다. 그리고 밖으로 나갔다.

이모가 눈꽃 빙수를 해 먹겠다며 며칠 전부터 빙수기를 알아봤었다. 그동안에도 몇 번 샀다가 결국 당근마켓으로 모두 팔아버리고 한동안은 배달로 시켜 먹었었다. 그런데 또다시 빙수기에 꽂힌 것이었다. 이모가 식탁에 빙수기와 빙수 재료들을 차려놓고 나를 기다렸다.

"이거야? 전에 팔아 버린 것들하고 비슷한데?"

"이 가격대 빙수기들은 다 비슷하게 생겼어. 성능이 문제지. 여기가 칼날은 자부하더라."

이모가 미리 얼려 둔 우유를 빙수기에 넣고 버튼을 눌렀다. 빙수기가 요란한 모터 소리를 내며 슥슥슥 갈기 시작했다. 빙수기 밑에 둔 빙수 컵에 갈린 우유 얼음이 쌓이기 시작했다. 그리고 나는 직감했다. 너도 곧 당근으로 가겠구나. 이모가 원한 건 한밤중에 소복소복 쌓인 눈처럼 포슬포슬한 질감의 갈린 얼음이었다. 그런데 저 빙수기는 얼음을 너무 곱게 조금씩 갈아서 떨어지는 동시에 녹기 시작했다. 토핑을 올리기도 전에 먹다 남은 빙수처럼 물이 흥건했다. 그래도 나는 괜찮은 척하고 갈린 얼음이 쌓인 빙수 컵을 빼낸 뒤 새 컵을 놓았다. 그리고 먼저 빼낸 얼음에 토핑을 올렸다. 이모는 빙수에 뭐가 잔뜩 들어 있는 걸 싫어하기 때문에, 찹쌀떡 몇 알과 팥을 한 숟가락 올리고 콩가루를 뿌렸다. 인절미 스타일. 나는 먼저 완성한 빙수를 이모 자리 앞에 놓고, 이모가 마저 얼음을 간 내 빙수 컵을 뺐다. 내 빙수에는 찹쌀떡과 젤리, 후루츠 칵테일을 듬뿍 올렸다. 그리고 마지막으로 연유를 쭉 짜서 넣었다.

"이모 거에도 연유 뿌릴까?"

"난 됐어."

이모가 숟가락으로 벌써 다 녹아 버린 빙수를 대충 섞고 맛을 보았다.

"이게 슬러시야, 빙수야."

"팥빙수 맛 슬러시……."

빙수는 맛있었다. 곱게 간 얼음에 맛있는 건 다 넣었는데 맛이 없을 리가 없었다. 단지 이모가 바란 그 포슬포슬한 빙수가 아닐 뿐이었다. 이모가 몇 번 먹고 숟가락을 내려놓았다.

"이걸 눈꽃 빙수기라고 하면 안 되지. 빙수기 회사가 눈꽃 빙수가 뭔지 몰라서 여기에 눈꽃을 붙인 거야? 싸게 주니까 감지덕지 그냥 눈꽃이다, 하고 먹어라, 이거냐고. 그 기능을 못 하는데 그거라고 속이고 팔면 아무리 싸도 사기지!"

아이 정말, 눈꽃 빙수에 왜 이렇게 엄격한지 몰랐다.

"그러니까 살 때 좋은 걸로 사. 지금까지 팔아 버린 걸 다 합치면 빙수 가게 기계도 샀겠네. 이모 빙수 좋아하니까 눈 딱 감고 비싸도 좋은 걸로 사."

"싸기만 한 게 아니라, 싸고 좋대서 산 거야. 근데 안 좋잖아."

"이모, 할머니가 그러더라, 세상에 싸고 좋은 건 없다고. 빙수기 비싼 거 샀다고 누가 뭐라고 안 해. 그거 자격지심이야. 이모는 좀 심해. 알뜰한 건 인정하지만, 가끔은 너무 눈치 보는 것 같을 때가 있어. 그러지 마, 그러면 옆 사람도 불편해."

"……그래 자격지심 맞아. 그래도 거지 근성보다는 나아. 적어도 나는 거지처럼 싸다면 무조건 와아! 하는 사람은 아니라고. 이건 명백한 사기야. 나는 저렴한 눈꽃 빙수기를 샀지, 싸구려 얼음 깎기 기계를 산 게 아니라고!"

"자격지심이나 거지 근성이나 둘 다 좋은 말은 아니잖아……."

"자격지심에는 염치랑 자존심이라도 있지, 거지 근성은 답도 없어. 공짜라고 하면 이때다 걸신들린 것처럼 달려들어. 나는 그러면 없이 살아서 그런다고 깔볼까 봐 자존심에 못 먹어. 그래도 탈이 나든 안 나든 일단 먹어 치우고 보는 거지 근성보다는 나아. 나는 내 자격지심이 하나도 안 부끄러워, 당당해!"

"……나 순간적으로 자격지심이 되게 좋게 느껴졌어. 설득됐잖아. 혹시 어디에 거지 근성을 대변할 사람은 없나? 여기에 설득당하면, 나 진짜 싹쓸이도 가능한데."

"뭘 싹쓸이해?"

"……애플."

"사과?"

"아니…… 나 아이패드 산다고 했잖아. 근데 할머니가 얼마 보태 준대."

"그럴 줄 알았다. 좀 비싸니? 이모부도 얼마 보태 준댔어."

"진짜? 근데 이모부는 안 보태 줘도 돼."

"그새 다 모았어?"

"그게 아니라, 살롱 삼촌이 할머니가 보태 주는 거랑 내가 모은 것만 내면, 나머지는 다 내 준다고 제일 좋은 것들로 싹 사라고 했거든. 그래서 장바구니에 다 넣어 보니까 삼촌이 너무 많이 내야 하더라고……."

"연수야, 사. 기회야."

"이거 거지 근성 아냐? 나 이모 말 듣고 심각해졌어……."

"뭘 심각해. 그게 자격지심이야. 삼촌이 너 예뻐서 사 주는 건데 왜?"

"……."

자기도 공짜 좋아하네. 사실 나는 신나게 고르는 와중에도 마음 한쪽이 찜찜했다. 뭐랄까, 내가 너무 염치없는 것 같달까. 그러면서도 뜻밖의 행운을 실컷 누리고자 이것저것 다 장바구니에 넣은 것이었다. 거지 근성. 하아…… 차가운 빙수 먹고 정신 차려서 색상이나 결정하려고 했는데, 다른 쪽으로 정신이 번쩍 들었다. 나는 식탁 의자를 북 밀어내면서 일어났다.

"나 들어갈게. 잘 먹었어."

"그래. 삼촌이 사 준다고 할 때, 좋은 걸로 골라."

"······생각해 보고."

    나는 방으로 돌아와 다시 책상에 앉았다. 그러고는 밑으로 숨겨 두었던 인터넷 창을 올렸다. 꽉 찬 장바구니가 올라왔다. 이때다 걸신들린 것처럼 달려들어. 이모가 뭘 알고 한 소리였나. 혹시 내가 집에 오는 동안 할머니하고 둘이 짰나? 솔직히 나는 할머니가 보태 줄 거라고는 전혀 생각하지 못했다. 이미 일주일에 두 번씩이나 용돈을 타고 있었으니까. 내가 아무리 뻔뻔해도 그 정도까지 바라는 애는 아니었다. 어떡하지. 이게 다저 눈꽃 빙수기 때문이었다. 어디서 짝퉁 빙수기가 나타나서 내양심을 녹였다. 뭔가가 된통 꼬였다. 나는 장바구니를 한동안 보다가 하나씩 삭제해 보았다. 너무 비싸서 처음에는 정품으로 사지 않으려고 했던 것들부터 차례로. 아이펜슬, 키보드, 케이스, 마우스, 어댑터, 그냥 한번 넣어 본 에어팟, 있으면 좋을 것 같아서 골라 본 스피커, 누가 좋다고 해서 슬쩍 넣은 허브······ 그러다가 두 가지 색상으로 골라 둔 프로 버전의 아이패드까지 모두 삭제했다. 장바구니가 텅 비었다. 나는 조금 충격받았다. 내가 처음부터 생각했던 건 하나도 없었다. 얼굴이 화끈 달아올랐다.

　뭔가 하나라도 남았다면 원래 사려고 했었다고 억지로라도 위안했겠지만, 내 처지에는 도저히 살 수 없어서 포기했던 물건들이었다. 그런데 삼촌이 사 준다니까 뻔뻔하게 마구 장바구니에 넣어 버렸다. 내가 그동안 열심히 모은 게 기특해서 도와주는 거야, 성의껏 보태. 할머니가 그랬다. 그런데 성의껏 보태기는커녕, 왠지 삼촌의 마음을 이용해 한껏 욕심을 부린 것만 같았다. 마치 내가 삼촌의 선의를 마구 털어 버린 듯한. 내가 내내 찜찜했던 이유였다. 거지 근성보다 더 싫은 선의털이. 거지는 그래도 공짜라니까 마구 먹지, 선의는 공짜가 아니었다. 그것은 값으로 매길 수 없는 가치였다. 이것을 마구 농락했던 사람들을 나는 알고 있다. 나까지 그러면 안 되는 거였다. 나는 그런 사람들을 닮고 싶지 않았다. 그런 거 없다고 못 사는 것도 아닌데…… 괜히 자존심까지 상했다. 그까짓 거 내가 사고 만다! 차민이 패키지도 필요 없었다. 나는 애초에 내가 모아서 새것으로 사려고 했었다. 자격지심이어도 좋았다. 거기에는 염치와 자존심이라도 있다고 하지 않나. 내가 좀 뻔뻔해도 자존심만은 남부럽지 않은 애였다. 나는 다시 슈퍼로 돌아가 아르바이트를 할 것이다. 그리고 내가 목표한 버전으로 당당하게 살 것이다. 한

점 부끄럼 없이.

나는 텅 빈 장바구니에 처음부터 나를 매료시킨 아이패드를 떡! 넣었다. 너 딱 기다려. 내가 곧 데려올 테니까. 속이 시원했다. 나는 컴퓨터를 끄고 침대에 벌러덩 누웠다. 나도 사람인지라 순간적으로 아깝다는 생각이 머리를 스쳤지만, 그래도 이렇게 결정한 내가 스스로 대견했다. 잘했어, 임연수!

3부

아낌의 속살

1

내가 교실로 들어갔을 때, 우상이와 시영이는 아직 등교하기 전이었다. 차민이와 둘이 얘기하기에는 딱 좋은 타이밍이었다. 나는 일단 책상에 가방을 내려놓았다. 그런 뒤에 가방에서 텀블러를 꺼내어 차민이에게로 갔다.

"일찍 왔다, 너. 물 안 마실래? 급수대 가자."

내가 먼저 교실을 나가고 차민이도 곧 따라왔다. 복도 끝 공동 급수대. 등교 시간이라 급수대 쪽에는 애들이 별로 없었다. 어떤 애가 텀블러에 물을 받아 교실로 돌아간 게 전부였다. 나는 텀블러를 한번 헹구고 물을 받았다. 차민이가 살균 소독기에서 스테인리스 컵을 꺼내서 기다렸다. 물을 받는 그 짧은 동안

205

에도 나는 계속 갈등했다. 빌어먹을. 내가 무슨 갑부라고 이런 기회를 걷어차나. 나는 사실 어제도 휴대전화를 들고 몇 번이나 망설였다. 미안해, 못 살 것 같아. 고작 이 한마디면 됐다. 하지만 내 안에 끈질기게 남은 미련으로 끝내 전화를 할 수 없었다. 아무래도 너무 아까운 것이었다. 토요일 밤에 빙수 먹고 정신 차린 게 무색하게, 어제는 종일 고민했다. 내 자존심에 살롱 삼촌 기회는 걷어찼으나, 내가 모은 돈으로 나에게 알맞은 중고쯤은 사도 될 것 같았다. 심지어 첫눈에 반해 나도 사겠다고 결심하게 만든 결정적인 물건이 아니었던가. 그런데 "네 처지가 뭐 어떤데?"라고 한 할머니 말이 메아리처럼 머릿속에서 자꾸 울렸다. 그러다 보니 이러지도 저러지도 못한 채 약속한 월요일이 되고 말았다.

내가 물을 다 받자 차민이가 곧 컵에 물을 받았다. 그러고는 바로 마셨다. 차민이가 물을 다 마시면 나는 어떤 말이라도 해야 했다. 뭐라고 해야 하나. 차민이가 드디어 물을 다 마시고 컵을 수거 통에 넣었다. 그리고 말했다.

"안 살 거지?"

"어? 어…… 미안."

"뭐가 미안해. 표정 보니까 안 살 것 같더라. 내 이름 쓰여 있어서 좀 그렇지?"

"그것도 좀 그런데, 할머니가 보태 준다고 해서. 알바 조금만 더 하면 되겠더라고. 할머니가 어젯밤에 갑자기 그러는 바람에 미리 전화 못 했어, 미안해."

"새걸로 사면 좋지. 이름 잘 새겨라."

"넌 이제 어떡할 거야? 팔 사람 또 있어?"

"아니, 당근마켓에 올리면 돼. 금방 팔릴 거야."

"그치…… 너무 싸게 내놓지 말고 시세 잘 보고 올려. 손해 보지 말고."

"그래야지. 들어가자."

살까 말까 미련 남은 내 입보다 차민이가 먼저 말해 줘서 다행이었다. 그 때문에 차라리 마음이 홀가분했다. 가라, 가. 나는 하던 대로 아르바이트나 열심히 할 테니까. 내 건 내 장바구니에 있다고!

나는 좀 단순해서 포기한 것에 별로 집착하지 않는 애였다. 그런데 차민이가 종일 휴대전화를 보는 통에 괜히 신경 쓰였다. 벌써 당근에 올렸나? 얼마에 올렸지? 바보같이 헐값에 올린 건 아니겠지? 누가 벌써 샀나? 나 같아도 샀다. 아, 난 안 샀지. 내가 살 걸 그랬나? 그랬는데 수업이 끝나고도 차민이가 계속 자리에 앉아 휴대전화만 들여다보았다. 나는 차민이에게로 갔다. 너무 궁금해서 슬쩍 물어볼 생각이었다.

"박차민, 학원 안 가? 왜 종일 휴대폰만 봐?"

"그냥 엄마하고 톡 했어."

"엄마? 애냐? 무슨 엄마하고 종일 카톡을 해. 빨리 학원 가."

그때 시영이가 다가왔다.

"그러는 너는 박차민 엄마냐? 왜 네가 얘 학원을 챙겨. 서둘러. 늦었어."

그리고 우상이도 다가왔다.

"이 도토리들 또 옹기종기 모였다. 빨리 흩어져!"

우리는 우상이를 한 번씩 째려보며 교실을 나갔다.

우상이가 교실을 나와서도 뒤에 바짝 붙어서 계속 놀렸다.

"12, 13, 14. 너희가 내 앞에 있을 땐, 이렇게 앞에서 걸어갈 때뿐이야. 특히 너 14 박차민, 너는 까딱하면 수평선에서 쫓겨나는데, 수업 끝나면 잽싸게 학원으로 뛰어야 할 것 아냐!"

"야, 11. 도토리 중에 일 등 했다고 유세냐? 내가 기말에서 너는 꼭 제친다."

시영이가 우상이에게 쏘아붙였다. 하지만 내가 지금 신경 쓰이는 건 도토리가 아니라 당근이었다. 그거 물어보려고 했는데 저것들이 몰려오는 바람에 묻지도 못했다. 빌어먹을 당근, 망할 당근, 꺼져 당근. 지금이라도 사겠다고 할까. 교문이 마치 기회의 마지막 관문처럼 느껴졌다. 교문을 통과하면 기회도 영영 사라지는 것이었다. 나는 시끄러운 상위 도토리들을 무시하고 당근을 쥐고 있는 차민이를 슬쩍 보았다. 눈빛으로라도 당근에 올렸냐고 슬쩍 묻고 싶었다. 그런데 차민이가 교문 쪽을 보더니 주춤했다. 교문 옆에 한 고등학생이 서 있었는데, 그 사람을 의식한 듯했다. 나는 당근 대신 저 사람 아냐고 눈빛으로 물었다.

"……사촌 형이야. 너희 먼저 가라."

그러자 우상이가 물었다.

"사촌 형이 왜 학교까지 찾아와?"

"저 형 원래 사촌들 자주 찾아다녀."

"그래? 그래도 혹시 무슨 일 생기면 슬쩍 톡 해라."

우상이가 복화술처럼 입술을 거의 움직이지 않고 말했다.

"그런 형 아냐. 얼른 가. 괜히 어색하다."

차민이 말에 우리가 먼저 앞으로 갔다. 나는 교문을 지나면서 사촌 형에게 인사를 할까 말까 망설였는데, 우상이도 그런 것 같았다. 우상이가 살짝 어색하게 고개를 숙이는 찰나에 시영이가 팔을 잡아끌고 교문을 지나간 것이다. 나는 혹시 눈이 마주치면 인사하고 그렇지 않으면 그냥 지나갈 생각으로 빠르게 걸었다. 그런데 사촌 형이 너무 환하게 웃으며 나를 보는 것이었다. 나는 깜짝 놀라서 고개를 숙였다가 다시 들기가 민망해 그대로 숙인 채 교문을 통과했다. 뒤에서 "박차민!" 하고 크게 부르는 소리가 들렸다.

우리는 잰걸음으로 버스정류장까지 갔다. 그러고는 얘기하는 척 차민이를 살폈다.

"마음분식 쪽으로 간다."

"오랜만에 만나서 밥 먹는 건가?"

"아냐, 그냥 통과했어."

"사촌 형 맞는 것 같냐?"

"글쎄…… 문방구 옆길로 들어갔다."

차민이가 사촌 형과 함께 문방구 옆길로 막 꺾어 들어갔다. 둘의 모습이 보이지 않은 뒤에야 우리는 마음 놓고 떠들었다.

"아까 그 교복 어디 학교 거냐?"

"전원고인가? 맞는 것 같기도 하고, 아닌 것 같기도 하고."

"속에 티셔츠 입어도 되는 학교 있냐?"

"없을걸……. 갈아입고 온 건가?"

"무슨 티셔츠만 갈아입고 오냐?"

"가출한 거 아냐? 그래서 사촌들 찾아다니면서 돈 뜯고."

"야……."

사실 나도 같은 생각이었지만 미처 하지 못한 말을 우상이가 해 버렸다. 그래 놓고는 자기도 멋쩍었는지 가출했으면 이유가 있겠지, 하고 말을 흐렸다.

"우리가 남의 사촌 형을 너무 이상하게 보는 건 아닐까? 사촌이 찾아올 수도 있지."

우상이가 그렇게 말했다. 하지만 시영이의 생각은 달랐다.

"올 수도 있지. 근데 넌 사촌 형이 나타나면 형부터 부르냐, 친구들한테 먼저 가라고 하냐? 일단 형! 하고 부르지 않냐?"

"사실은 나도 그게 좀 이상했어. 그래서 일 생기면 톡 보내라고 한 거야."

"셋이 동시에 이상하게 생각했으면 이상한 거야. 우리 오늘 전화기 잘 봐야겠다. 혹시 박차민한테 긴급 메시지 오면 공유해라. 알았지?"

차민이의 사촌 형을 무작정 의심하면 안 되겠지만, 우리는 우리의 느낌을 믿기로 했다. 차민이한테서 급한 메시지가 오면 우리도 재빠르게 움직이자고. 그리고 그 재빠른 움직임이란, 내가 이모부에게 SOS를 치는 거였다.

"생각해 보니까 일이 생기면 어차피 너한테 제일 빨리 연락하겠다."

"그러네. 임연수, 무슨 일 있으면 우리한테도 꼭 말해 줘라."

"알았어. 그래도 너무 호들갑 떨지 말자. 알고 보니 좋은 형이면 어떡하냐?"

"뭘 어떡해, 그럼 좋은 거지. 근데 너희 학교나 집에 빚쟁이 들이닥친 적 없지? 난 되게 많아. 처음에는 세상 환하지. 네가 시영이구나? 나 엄마 친구야, 엄마 어딨는지 알지? 넌 아빠하고 연락하지? 그러다가 모른다고 하면 인상 싹 바뀐다. 쪼그만 년이 독하네. 너 이러면 네 부모 잡혀간다. 그런 일 한두 번이 아냐. 내가 장담하는데 아까 그 사람 사촌 아냐. 환하게 웃는 사촌형 보고 그렇게 쫄 리가 없어. 만약에 진짜 사촌이면 남보다 더한 친척이겠지. 이러나저러나 차민이한테 좋지 않은 건 마찬가지야."

"사진이라도 찍어 둘 걸 그랬다."

"차민이가 사촌이라고 하니까 그럴 생각을 못 했지 뭐."

"쪼금 이상한 건, 빚쟁이가 너무 어려. 하아…… 느낌은 꼭 그건데."

"진짜 돈 뜯으러 다니는 사촌 형 아냐?"

"그럼 쪽팔려서 우리 먼저 가라고 했을 수도 있지."

"아무 일 없어야 하는데. 버스 왔다. 너희도 왔어. 가자."

우리는 나란히 도착한 버스로 걸어갔다. 우연이겠지. 갑자기 팔겠다던 아이패드. 돈 뜯으러 온 형. 일단 사촌 형이 돈을 뜯으러 온 것인지 아닌지가 확실하지 않아 억지로 연결할 수는 없었다. 차민이가 내게 아이패드를 팔려고 했었다는 말도 할 수가 없었다. 정말 아무 일도 아닐 수 있는데, 내게만 조용히 한 말을 다 떠벌릴 수는 없었다. 내가 명도단에서 본능적으로 익힌 침묵의 상황. 아이패드 건은 말하면 안 되는 일이었다. 어쩐지 차민이에게 난처한 느낌이 드는 것이었다. 그러므로 나는 그대로 침묵하고 버스에 올라탔다.

3

그날 밤, 우리는 심란했다. 차민이가 너무 조용한 탓이었다. 그런데도 누구 하나 차민이에게 선뜻 메시지를 보내지 못했다. 우리가 사촌 형을 모함하는 것 같아 물어보기가 망설여졌다. 차민이도 참 그런 게, 의문의 사촌 형과 혼자 가버려 놓고 여태 메시지 한 통이 없었다. 우리만 단톡방에서 온갖 추측을 해 댈 뿐이었다. 돈 뜯으러 온 사촌 형이냐, 집안일로 찾아온 빚쟁이냐, 알고 보니 좋은 형 아니냐. 그러다가 결국 가장 답답해한 우상이가 총대를 멨다. 시영이와 나는 단톡방에서 나가지 않고 우상이가 다시 오기만을 기다렸다. 우상이가 생각보다 늦게 들어오는 바람에 우리는 정말로 무슨 일이 있는 줄 알고 바짝 긴장했다. 우상이가 들어왔다.

우상 이 새끼 지금 영화 본다는데?

시영 아까 그 형은?

우상 그건 못 물어봤지. 좀 그렇잖아.

연수 뭐가 이상해. 같이 갔으니까 물어보는 건데.

우상 그럼 너희가 물어봐. 팔자 좋게 영화만 잘 보더라.

연수 다행이다. 괜히 종일 걱정했네.

시영 나 진짜 느낌 안 좋았는데 별일 없어서 다행이다.

우상 잘됐지 뭐. 이 몸은 이제 자러 가신다.

시영 수고했어. 너희 다 나가. 방 폭파한다.

연수 다들 고생했다. 내일 보자.

사촌 형이 어떤 사람인지는 아직 알 수 없다. 그래도 나는 차민이가 집에 있다는 것만으로도 조금 안심이었다. 나는 낯선 사람이 다가오는 것에 막연한 불안감을 가지고 있다. 모르는 사람은 모르는 상태로 스쳐야 한다. 그런데 이유 없이 다가오면 신경을 바짝 세우고 빠르게 생부인지 아닌지를 판가름한다. 40세, 신장 174센티미터, 외겹 눈에 갸름한 얼굴, 그 외 특이 사항 없음.

그의 사진을 보려면 얼마든지 볼 수도 있었다. 하지만 그의 얼굴을 아는 게 싫어서 끝내 사진으로까지는 확인하지 않았다. 그렇다고 내 생활이 불편할 만큼 경계하지는 않았다. 아주 처음에는 좀 그랬지만 점차 나타나면 나타나는 거지, 하고 배짱도 부렸다. 내가 인정하지 않는 한 그는 영원히 보류 중인 존재일 뿐이었다. 그런데 불쑥 찾아온 차민이의 사촌 형을 보고 나도 모르게 그를 떠올리고 말았다. 잠깐 심장이 뛰었었다. 사실은 지난번에 다시 찾아온 뉴욕 양키즈 야구 모자 손님도 그랬다. 살롱 삼촌이 저기에서 지켜보더라, 라고 한 말에도 심장이 쪼그라드는 것만 같았다.

물론 그는 지금 수감 중이다. 그걸 알면서도 그렇게 되는 것이었다. 엄마와 생부의 이야기는 이모부와 이모, 그리고 나밖에 모른다. 매우 좋지 않은 사연이어서 우리는 침묵하기로 했다. 그러므로 나는 그 자리에서 어떤 표시도 내면 안 됐다. 그런 일이 있었노라고 농담처럼 이모부와 이모에게 말하지도 못했다. 그는 우리 가족 공공의 근심이었다. 그리고 나는 저 근심의 한가운데에 있었다. 내 농담을 농담으로 듣지 못하는 이유였다. 오히려 반대로 해석해 내가 여전히 겁먹고 있다고 염려할 것이었다. 근심은 내 부모만으로도 벅찼다. 무슨 염치로 나까지 염려하게 만드나. 내가 이모와 이모부에게 해 줄 수 있는 건, 나는 괜찮다고 염려를 덜어 주는 것뿐이었다. 내가 단순해서 내 부모든 뭐든 신경 쓸 겨를이 없다고, 나 살기도 바쁘다고. 그래야 이모가 한밤중에 더는 몰래 울지 않을 것이었다. 요즘 좀 나아졌는데 괜히 그를 다시 입에 올릴 필요가 없었다. 그가 뭐라고, 진짜 그가 뭐라고…….

나는 그만 자려고 준비했다. 교문 앞에서의 소란은 차민이가 집에서 영화를 보는 것으로 마무리됐다. 혹시 어떤 일이 생겼다 하더라도 차민이가 가볍게 넘겼으니 우리도 그럴 수밖에 없었다. 말하기 곤란한 집안일일 수도 있었으니까. 우리의 오지랖은 여기서 끝내기로 했다. 나는 그제야 긴장을 풀고 침대에 벌러덩 누웠다. 그리고 몸을 쭉 펴고 기지개를 켰다. 그러면서 하품을 늘어지게 하는데 메시지 알림음이 울렸다. 차민이였다.

  -- 자냐? 안 자면 지금 전화해도 되냐?

나는 바로 답장을 보냈다.

218

-- 안 자고, 지금 전화 가능.

하마터면 영화 본다며? 하고 물어볼 뻔했다. 우리야 걱정돼
서 그런 거였지만, 어쨌든 셋이 몰래 주고받은 얘기들을 차민이
가 알면 기분이 좋지는 않을 거다. 차민이가 곧바로 전화했다.
나는 침대에 양반다리를 하고 앉아 전화를 받았다.

"여보세요, 이 밤에 웬일이십니까? 아이패드 되게 비싸게 파
셨나 보죠?"

"하하하. 아니, 오늘은 바빠서 못 올렸어. 그래서 부탁할 게
좀 있는데……."

"말해."

"너…… 오십만 원 정도 있다고 했지?"

"박박 긁어모아서 겨우."

"너 그거 당장 살 거 아니면 나 좀 빌려줄 수 있냐? 너 사기
전에 갚을게."

"너도 어차피 아직 프로 못 산다면서 어디다 쓰게?"

"……급하게 쓸 데가 생겨서. 안 될까?"

나름대로 생각을 정리하고 그만 자려고 했는데, 이건 또 무
슨 일인가. 끝난 게 아니었어? 오십만 원. 급하다면 빌려줄 수도

있었다. 그런데 사촌 형이 자꾸 마음에 걸리는 건 어쩔 수 없었다. 혹시 급한 집안일? 그런 일로 찾아온 사람치고는 너무 환하게 웃었더랬다. 그러고는 차민이를 데리고 사라졌다. 이거 어디서 많이 보던 모습인데. 웃으면서 좁은 골목으로 데려가 돈을 뜯는다…… 명도단 양아치. 사촌이라…… 하지만 친척이라고 가볍게 볼 일이 아니었다. 돈을 주면 안 됐다. 느낌이 좋지 않았다. 내가 이래 봬도 우범지대 15년 차였다.

"조금만 빨리 말하지. 할머니가 보태 준다고 해서 다 맡겼어. 이제부터 받는 일당도 할머니가 모아 두기로 했고. 얼추 모으면 할머니 카드로 사기로 했거든. 어떡하냐?"

"그랬구나……."

"그래도 나 칠만 원쯤은 있는데, 이 정도로는 안 되지?"

"……미안한데 그거라도 좀 빌려줄래?"

"문자로 계좌번호 남겨. 지금 보낼게."

"고맙다. 빨리 갚을게."

나는 차민이가 보내준 계좌로 곧 돈을 보냈다. 칠만 원. 돌려받지 못해도 문제없을 금액이었다. 한밤중에 무슨 일이야 도대체. 나한테는 분명 아이패드를 당근마켓에 올리지 못할 만큼 바빴다고 했다. 그런데 우상이에게는 태평하게 영화를 본다고 했다. 그렇게 급했다면 우상이에게도 돈 얘기를 하지 않았을까. 아니면 했는데 우상이가 우리에게는 말하지 않은 걸까. 나도 지금 빌려준 돈을 굳이 애들한테 말하지 않을 테니까. 나는 우상이를 떠보기 위해 메시지를 보냈다.

-- 자냐?

-- 자는데 네가 톡 했잖아. 왜?

-- 너 돈 좀 있냐?

-- 돈? 갑자기 왜?

-- 아니다. 됐다.

-- 뭔데? 왜 갑자기 돈이 필요해? 무슨 일 있냐?

-- 아니, 지금 아이패드 보고 있는데, 혹시 너 여유 있으면 빌려서 미리 사고, 알바해서 갚으려고 했지.

-- 여유 같은 소리 한다. 하여간 이래서 뭐에 꽂히면 답이 없는 거야. 그럼 슈퍼 알바 나한테 양보해. 내가 지금은 비록 빈털터리지만 벌어서라도 빌려주마.

-- 혹시 차민이는 있을까? 걔네 부자라서 용돈도 많이 받을 텐데.

-- 그러니까 부자 두고 왜 잠자는 거지 사자 코털을 건드려!

-- 미안. 그럼 차민이한테 물어봐야겠다.

-- 그래, 너의 부자 친구한테 물어보렴. 근데 꼭 그렇게까지 사야겠냐?

-- 그치? 그건 좀 아니지?

-- 많이 아니지. 너 돈 다 모을 때까지는 검색 중지. 빨리 자!

-- 알았어. 고마워. 잘 자.

우상이에게까지는 돈을 빌리지 않은 것 같았다. 태평하게 영화를 본다는 것도 거짓말일 터였다. 무슨 일이 있기는 한 것 같은데 왜 나한테만 다급하게 빌렸을까. 내가 돈이 있는 걸 알아서? 그것밖에는 달리 생각할 게 없었다. 그러면 여기저기 손 벌릴 생각은 없었던 게 아닐까. 구질구질한 얘기를 이 사람 저 사람한테 하고 싶지는 않았을 테니까. 에이, 그냥 다 빌려줄 걸 그랬나? 얘 또 이 밤에 다른 사람들한테 메시지 돌리고 있는 거 아냐? 아이 찝찝해. 나는 다시 벌러덩 누워서 이불을 뒤집어썼다. 다시 연락해서 할머니한테 다 돌려받았다고 할까? 그럼 내가 돈 빌려주기 싫어서 머리 쓴 것처럼 보일 텐데…… 칠만 원…… 야, 내가 그렇게 쪼잔한 애는 아냐…… 무슨 일일까…… 네 걱정이 안 되는 건 아니지만…… 시간이……. 나는 그대로 잠들어 버렸다.

4

그 뒤로 또 누가 차민이를 찾아온 적은 없었다. 그리고 차민이도 아빠가 결정해 둔 진로를 고민하던 그때로 돌아왔다. 그 때문에 사촌 형의 일도 우리의 대화에서 빠르게 사라졌다. 우상이가 물었더랬다.

"너희 사촌 형 왜 온 거냐?"

그리고 차민이가 대답했다.

"그냥 나 보러 온 거야."

"그러니까 왜 보러 왔냐고. 무슨 일 있냐?"

"일이 좀 있었는데, 이젠 괜찮아."

"그래? 뭔지는 모르겠지만, 괜찮으면 됐어."

사촌 형이 실제로 질이 나쁜 사람이었다고 해도, 차민이 성격상 친척을 안 좋게 말할 애가 아니었다. 원래 친척들을 잘 찾아다닌다고 한 걸 보면 집안의 골칫덩어리 형인 듯했고, 급기야 이번에는 차민이까지 찾아왔나 보다 싶었더랬다. 내가 개인적으로 이번 일을 정리한 것도 그랬다. 사촌 형은 분명 돈 얘기를 했을 테고, 순진한 차민이가 내게 오십만 원이라는 큰돈을 빌리려다가, 결국 칠만 원에서 끝난. 나는 차민이가 빌린 돈으로라도 그 형을 피한 게 어쩌면 다행이었다고 생각한다. 이런 말은 좀 그렇지만, 영 아닌 사람은 먹고 떨어지게 하는 쪽이 속 편했다. 미운 놈 떡 하나 더 준다고, 괜히 빈손으로 보냈다가 나중에 더 큰 곤욕을 치를지도 몰랐다. 그렇게 생각하니 나도 마음이 한결 가벼웠다. 게다가 차민이가 경찰대학은 성적뿐만이 아니라 체력도 본다면서 또다시 진로 고민에 빠진 바람에, 우리의 화제는 곧 성적으로 바뀌었다. 코앞으로 닥친 기말고사 때문이었다.

기말고사가 끝나면 바로 여름방학이었다. 기말고사를 어떻게 마치느냐에 따라 방학이 즐거울 수도 괴로울 수도 있었다. 우리 성적을 보면 알겠지만, 우리가 사실 대단히 학구적인 애들은 아니었다. 하지만 그렇다고 시험을 앞두고도 나 몰라라 하는 애들도 아니었다. 나름대로 시험을 걱정하며 벼락공부쯤은 하는 애들이었다. 단지 매일매일 열심히 하는 애들 때문에 성적이 뛰어나지는 않았을 뿐이었다. 그런데 요즘 교실 분위기를 보면 우리 수평선의 위치마저 위협받고 있었다. 2학년 성적부터는 내신에 들어가다 보니 애들이 눈에 불을 켜고 공부했다. 심지어 급식 먹는 시간까지 아껴 가며 공부하는 애들도 있었다. 그 때문에 우리도 대책을 세워야 했다.

"우리 이대로 있다가는 대학은커녕 고등학교도 눈치 보고 가야 해. 수평선에서 더 밀리면 끝장이라고. 기말 일주일 남았다."

우리 중에서는 개중 일 등인 우상이가 진지하게 말했다.

"그래서 어쩌자고, 답안지라도 몰래 돌리자고?"

개중 꼴찌인 차민이의 대답이었다.

"급식 없었냐? 도토리들끼리 돌리면 알밤이라도 돼?"

"그럼 뭐? 어디서 일타 과외라도 받게?"

"일타 스터디를 해야지."

"스터디? 어디서?"

"선생님 지도하에 할 수 있는…… 슈퍼."

"우리 슈퍼? 거기에 선생님이 어딨…… 우리 할아버지?"

"좀 실례지? 거기에 원탁이 있어서 같이 공부하기에도 좋고,

할아버지가 선생님 포스가 아직도 남으셔서 옆에 계시면 우리가 딴짓도 안 할 것 같아."

"……글쎄, 하게 되면 몇 시부터 몇 시까지 할 건데?"

그러자 시영이가 재빨리 시간을 계산했다.

"지금 학원마다 기말 특강 하잖아. 연수랑 나는 아무리 빨리 가도 8시야. 근데 우상아, 거긴 아직도 특강 따로 없지? 그냥 수업 진도로 빼지?"

"어. 우리는 기말 대비 검토 수준이야. 수업은 다른 때하고 똑같아. 나는 8시면 넉넉하다. 차민이네가 문제지. 박차민, 너희는 시험 때 어떻게 하냐? 밤새 한 사람씩 잡고 해?"

"아니, 그 정도는 아냐. 나도 8시까지는 갈 수 있어."

"그럼 시작은 8시. 너무 늦은데? 몇 시간도 못 하겠다."

"11시까지 세 시간. 초집중하기에는 이 정도가 딱 좋아. 아, 슈퍼가 그 안에 닫나? 임연수, 슈퍼 몇 시에 문 닫냐?"

"할아버지 맘이야. 보통은 할머니가 10시에 집에 오고, 할아버지는 자정 넘어서 천천히 와. 그냥 거기서 주무시기도 하고. 장사 끝나고 다녀가는 사람들 때문에 늦게 닫는 편이야. 시간은 문제없어."

"그럼 허락받는 것만 남았네. 임연수, 괜찮을 것 같냐?"

"……일단 물어볼게."

다들 슈퍼가 좋다는 데에는 찬성했지만, 아무래도 장사하는 곳이어서 조금 걱정하는 눈치였다. 하지만 나는 확신했다. 슈퍼 원탁은 내가 어릴 때부터 독차지했던 탁자였다. 내 어릴 적 사진은 단연코 슈퍼에서 찍은 게 가장 많다. 지금 봐도 화소에 문제가 없는 것이, 할아버지가 내 사진을 찍기 위해 아주 좋은 디지털카메라를 산 덕분이었다. 할아버지는 당신 마음에 꼭 드는 사진들은 인화해서 앨범에 끼워 두고, 그 외의 파일은 잘 정리해서 저장해 두었다. 선생님 출신답게 파일 정리에는 고수였다. 파일로 저장된 나는 해와 달로 나뉘어 부쩍부쩍 자랐다. 탁자에 누워 있던 내가 어느새 탁자를 기어 다녔고, 턱받이를 한 채 밥을 먹더니 언제부터는 크레파스를 들고 그림을 그렸다. 색칠 공부도 하고 어린이집 숙제도 하면서 나는 늘 탁자에 앉아 있는 것이었다. 그 옛날에 할아버지가 특별히 주문해서 만들었다는 원목 원탁. 상판에 내 이름을 쓰고 놀았을 만큼 독차지했던 탁자였다. 그랬기에 내가 친구들과 거기에서 공부한다고 하면 분명 반대하지 않을 거였다. 그리고 내 예상은 적중했다.

-- 할아버지, 오늘부터 일주일만 슈퍼에서 스터디 해도 돼?

-- 기말시험이지? 몇 시에 올 거야?

-- 다들 학원 끝나고 갈 거니까, 다 모이면 8시쯤. 11시까지만 할게.

-- 알았다.

5

할아버지는 계산대 의자에, 할머니는 주방 의자에 앉아 소리
를 완전히 없앤 TV를 보았다. 화면과 자막만으로 보는 뉴스. 그
래도 할머니 할아버지는 고개를 *끄떡끄떡*했다. 급조된 계획이
었으나 할아버지의 **빠른** 승낙 덕에 우리는 두 감독관 사이에서
일타 스터디를 할 수 있었다. 침묵과 고요가 슈퍼를 가득 채웠
다. 내 스타일 아닌데. 자습 시간보다 더 지루했다. 겨우 한 시
간 지났을 뿐인데도 몸이 근질근질했다. 그때, 정적을 깨는 슈
퍼 전화벨이 울렸다. 띠리…… 할아버지가 미처 벨이 다 울리기
도 전에 수화기를 들었다.

"여보시오! 어, 아녀. 뭔 일은. 있지. 알았다. 끊어."

할아버지가 수화기를 가만히 내려놓았다. 그랬는데 곧바로 띠리리…… 벨이 다시 울렸고, 역시 이번에도 한 번이 채 다 울리기도 전에 할아버지가 수화기를 들었다.

"여보시오! 뭔 일은 뭔 일, 지금 가, 전화 그만해!"

할아버지가 전화를 끊고 우리를 보았다.

"인제 전화 안 올 거여. 공부들 해라."

"괜찮아, 어디야?"

"성구. 병 콜라 떨어졌다고. 다녀오마."

할아버지가 안쪽 창고에서 콜라 세 상자를 겹쳐서 지고 나왔다. 우상이가 얼른 일어나 의자를 옆으로 치우고 할아버지를 도우려고 했다.

"제가 들게요."

"됐어, 됐어, 신경 쓰지 마. 이런 것도 생각 안 하고 여기서 공부하기로 했어? 배달이든 손님이든 너희는 신경 딱 끄고 집중해. 집중력이 실력이야."

할아버지가 콜라를 들고 슈퍼를 나갔다. 그러고는 밖에 세워둔 카트에 실어 성구 아저씨네 통닭집으로 갔다. 그 사이에 할머니가 계산대 의자로 자리를 바꿨다. 할머니가 소리 죽인 TV를 보기 시작했고, 슈퍼가 다시 고요해졌다. 차민이가 자기 학원에서 콕 집어 준 수학 문제를 우리에게 공유했다.

"이 문제 거의 그대로 나올 거래. 우리 학교가 매년 그랬대."

"비싼 학원은 다르구나. 족보를 학교별로 다 가지고 있냐?"

"그런가 봐. 하여간 봐 봐. 여기를 3으로 계속 나눠. 그럼 3의 여덟 제곱이지?"

"여기부터 설명해 줘야지. 여기는 어떻게 나왔는데?"

"아까 여기서 양변을 3으로 나눴잖아. 그런 뒤에 27로 다시 나누고."

"아니…… 이건 어떻게 나왔는데 무조건 3으로 나눴대?"

"그러니까…… 정우상, 네가 설명해."

"너희 학원에서 알려 준 걸 왜 나한테 설명하래. 아, 이 하급 도토리들, 잘 봐, 3의 세 제곱을 우변 해서 풀면 3의 아홉 제곱. X는 3의 네 제곱, 3의 네 제곱은 81. 고로 답은 81."

"……그냥 구구 팔십일이라고 해라."

"무조건 외워. 식까지 모조리. 너희한테 수학은 암기야."

그때 또 슈퍼 전화벨이 울렸다. 띠리리리. 띠…… 할머니가 얼른 전화를 받았다.

"여보시오. 어, 있지 그럼. 영감 고 옆에 잠깐 갔으니까 기다려. 어, 저 오네. 됐다, 지금 간다. 끊자."

할아버지가 카트를 문 앞에 두고 슈퍼로 들어왔다.

"딱 맞춰서 왔네. 수미골에 부탄 다섯 줄, 얼른. 마지막 손님 받았는데, 똑 떨어졌다네."

할머니가 말하는 중에 다시 전화벨이 울렸다. 띠리리리. 이번 에는 할아버지가 받았다.

"여보시오, 어, 들었어. 지금 가. 목 긴 걸로만? 알았다. 애들 공부하니까 더 필요한 거 있으면 전화 말고 나한테 문자 보내. 누구긴, 우리 애들이지. 이 나이에 무슨 과외여! 애들 경찰대학 간다고 열불 나게들 공부 중이니까, 전화하지 마, 끊어!"

우리가 어쩌다가 경찰대학 수험생들이 됐는지는 모르겠으 나, 할머니 할아버지 정성 때문에라도 원서쯤은 넣어 봐야 할 것 같았다. 할아버지가 진열장에서 부탄가스와 목이 긴 고무장 갑을 챙겼다. 그런데 우상이가 또 일어났다. 할아버지가 손사래 를 쳤다.

"됐다니까, 글쎄. 가만히 앉아서 공부나 해."

"그게 아니고요, 이 문제 좀 설명해 주세요. 애네가 알아듣지 를 못해요."

"그려? 뭔데?"

우상이가 할아버지에게 우리한테 열심히 설명해 준 수학 문제를 보여 주었다. 할아버지가 문제를 한동안 들여다보았다. 그러고는 잠깐 내려놓은 부탄가스와 고무장갑을 들었다.

"어…… 패스. 너희도 모르면 그냥 패스해. 나는 국사였어."

할아버지가 부탄가스와 고무장갑을 들고 슈퍼를 나갔다.

"이야, 할아버지가 다른 과목에는 단호하시네. 들었지? 너희는 패스야."

시영이가 우상이를 째려보았다.

"와…… 겨우 일 등 앞서 놓고 더럽게 폼 재네. 일주일 뒤에 보자, 너."

"일 등 차이로 금, 은, 동이야. 동메달 백 개 따도 은메달 한 개 안 돼. 은메달 천 개 따도 금메달 한 개 안 되고. 그리고 너! 동메달도 안 되는 박차민. 네가 수평선 마지노선이야. 팀장답게 책임감을 가지고 14등 지켜. 수평선에서 탈락하기 전에."

"야, 너 그 수학 문제 도로 내놔."

"벌써 외웠지, 수학은 암기라니까."

하하하! 우리는 모두 빵 터졌다. 우리는 역시 공부보다는 수다다.

잠깐 쉬는 동안에 할머니가 라면을 끓여 줬다. 그러면서 내

일은 고기를 해 주겠다고 약속했다. 와, 감사합니다! 우리는 내일 먹을 음식에까지 미리 인사했고, 신나게 라면을 먹었다. 라면 먹는 집중력으로 공부했으면 우리는 SKY도 장학생으로 갈 거였다. 하지만 라면을 먹으며 떠들고 장난친 것도 한순간이었다. 10시가 넘어가면서 배달이 끊긴 바람에 할아버지가 꼼짝없이 엄한 감독관이 돼 버렸기 때문이었다. 할아버지는 우리가 조금이라도 떠들 기세면 계산대에 놓인 까만 장부를 출석부처럼 탁탁 내려쳤다. 조용히 하자. 지금껏 할아버지가 선생님 같다는 생각을 전혀 못 했었는데, 오늘만큼은 우리 학교 나이 많은 담임 같았다.

가게들이 하나둘 문을 닫아 어둠 짙은 명도단에서 슈퍼만 환하게 빛났다. 괴롭고 힘들었다. 우리는 자율 스터디를 원했는데 엄한 감독관 탓에 강제 야간 자율학습이 되고 말았다. 가끔 오는 손님들도 할아버지 등쌀에 마치 자율학습 중인 줄 모르고 문을 연 옆 반 애 같았다.

"어서 오세요……."

"너는 계속 집중하자. 무슨 일로?"

"……폭죽, 혹시 팔까요?"

"안 팝니다. 바닷가 폭죽 금지입니다."

234

"예에. 죄송합니다······."

나는 할아버지 몰래 탁자에 새겨진 내 이름만 샤프로 박박 긁었다. 연수 꺼. 글씨가 조금 더 굵어졌다. 그러다가 마침내 연습장에 글씨를 써서 우상이에게 보여 줬다. *네가 원한 게 이거냐?* 우상이가 내 글 밑에 답을 썼다. *미안.* 시영이도 자기 책에 글씨를 써서 우리를 슬쩍 보여 주었다. *이제 슈퍼에서는 안 될 것 같아. 너희는 어때?* 우리는 눈빛으로 대답했다. *안 돼.* 드디어 조장 차민이가 결정을 내렸다. *내일 학원 끝나는 대로 포토존으로. 장소는 그때 다시 정하자. 오늘은 여기까지. 고생했다.* 우리는 차민이가 쓴 글을 읽고 가만히 고개를 끄떡였다. 밤 11시. 우리는 청소년들이 우범지대에서 공부하는 유래에 없는 진풍경을 남기고 슈퍼 스터디의 막을 내렸다.

　우상이와 시영이, 그리고 차민이가 먼저 집으로 가고, 나는 할머니와 함께 조금 더 뒤에 슈퍼를 나왔다. 오랜만에 할머니와 함께 걷는 밤길이었다. 주차장 옆길을 걷다 보면 낮보다 밤에 이곳의 변화를 더욱 크게 실감한다. 전보다 더욱 깜깜해진 길 때문이었다. 주차장이 들어서기 전에는 늘어선 가게들의 불빛으로 주유소 사거리까지 가는 길이 이렇게 어둡지는 않았었다. 하지만 이제는 길가의 가로등 몇 개가 전부였다. 전처럼 말을 거는 사람도 없었다. 연수야, 이제 집에 가니? 이제는 내게 안부를 묻는 길이 아니었다. 무서워서 빨리 집으로 가야 하는 길이었다. 그래도 오늘은 할머니 보폭에 맞춰 천천히 걸었다.

"우리 때문에 힘들었지?"

"공부하는 너희가 힘들지, 구경하는 우리가 뭐 힘들어."

"우리 때문에 할머니도 늦게 집에 가잖아."

"늦게 가면 늦게 자고 늦게 일어나면 되지."

내일부터는 슈퍼에서 스터디를 할 수 없다고 말해야 하는데, 할머니가 우리를 너무 너그럽게 봐 주었다.

"우상이가 경찰 한다고 했지?"

"차민이."

"차민이가 쌍둥이 오빠 아냐?"

"그건 우상이."

"시정이는 애가 다부지더라."

"시영이. 뭐가 맞는 게 하나도 없어."

"맞는 게 하나 없어도 하나같이 예쁘더라. 우리 눈치 보지 말고 편하게 와서 공부하라고 해. 할아버지도 모처럼 좋아하더라. 나도 애들이 어떻게 공부하는지 직접 보니까 대견하고. 내일은 고기 먹어 가면서 해. 이모부는 너희만 할 때 혼자서 돼지고기 두 근도 모자랐어."

"유도 선수하고 우리가 같아? 그리고 고기 안 사도 돼. 우리…… 내일 못 와."

"겨우 하루 하고 끝이야? 일주일 한다며?"

"아니…… 시영이가 내일은 자기네 집에서 하자고 해서. 걔네 부모님 집에 안 계시거든. 할머니밖에 없어서 조용하대."

"슈퍼가 좀 시끄러웠지? 오늘따라 배달도 많고, 뭘 좀 하려면 꼭 그런다."

"그래도 할머니랑 할아버지 덕분에 오늘 집중해서 잘했어."

"그럼 다행이고. 인제 다 왔다. 할머니가 보고 있을 테니까 얼른 가."

"나 빨리 뛰어갈 테니까 할머니도 빨리 들어가."

"알았으니까, 어여 가."

"나 간다, 할머니 안녕!"

할머니와 얘기하다 보니 벌써 우리 동네까지 왔다. 나는 스터디를 시영이네서 한다고 거짓말한 게 찔려서 서둘러 집으로 달려갔다. 이것들이 슈퍼에서 못 하겠다는 말을 나한테 맡기고 도망가 버려서 혼자 진땀 뺐다. 나는 우리 집 골목 앞에 서서 할머니를 돌아보았다. 할머니가 아직도 서 있었다. 나는 크게 손짓했다. 그만 들어가라고. 하지만 내가 들어가지 않으면 할머니도 안 들어갈 게 뻔해서 내가 먼저 들어갔다. 다시 한번 큰 손짓으로 인사하고. 안녕!

　나는 골목을 몇 걸음 걷다가 잠시 멈췄다. 왠지 할머니가 계
속 서 있을 것만 같았다. 할머니네서 잘 걸 그랬나. 요즘 한동안
못 잤는데. 우리 때문에 늦었는데 할머니 혼자 두고 온 것 같아
마음이 좋지 않았다. 나는 다시 골목 밖으로 나갔다. 할머니가
아직 서 있으면 쪼르르 달려가서 할머니네로 갈 생각이었다. 그
런데 나가 보니 할머니는 골목으로 사라지고 없었다. 그때였다.
차민이가 저 멀리 주유소 사거리에서 신호도 보지 않고 건널목
을 건너 주차장 옆길로 뛰어갔다. 분명히 박차민이었는데. 뭐
지? 나는 주유소까지 가지 않고 우리 집 골목 바로 앞에서 찻길
을 건넜다. 그리고 서둘러 주차장 안쪽 길로 달렸다. 바깥쪽 옆

길보다 이쪽이 더 빨랐다. 혹시 슈퍼에 뭘 놓고 왔나? 그렇다고 보기에는 너무 다급해 보였다. 그건 누가 봐도 도망치는 모습이었다. 무슨 일이야, 진짜. 나는 힘껏 달려 슈퍼와 주차장 사이의 골목길로 빠져나왔다. 그리고 곧장 주차장 입구 쪽을 살폈다. 차민이가 주차장 입구 차단기 옆에 몸을 감추듯 쭈그리고 앉아 있었다. 나는 주차장 옆길로 누가 쫓아오는지를 쓱 살피고 재빨리 차민이에게로 갔다. 내가 작은 소리로 물었다.

"야, 너 여기서 뭐 해?"

"악!"

"조용히 해, 할아버지 들어. 아직 슈퍼 문 안 닫았어."

"……너 이제 집에 가는 거야?"

"나는 집에 가는 중인데, 너는 숨어서 뭐 하는 거냐고."

"……."

"고개 숙이고, 따라와."

나는 거의 오리걸음으로 주차장 안으로 들어갔다. 담 대신 키 낮은 사철나무가 둘러 있는 곳이었다. 몸을 세우고 걸으면 어두워도 형태는 보여서 누가 있다는 걸 알 수 있었다. 나는 차민이를 데리고 주차장 저 구석의 한 승합차가 서 있는 곳으로 갔다. 누가 버린 것처럼 한 달이 넘도록 방치된 차였다. 내가 먼저 승합차와 화단 사이로 들어갔다. 그리고 곧 차민이도 들어왔다. 우리는 화단 턱에 겨우 엉덩이를 걸치고 앉았다. 차를 화단 쪽으로 바짝 붙여 주차해 놓아서 여기에 있으면 낮에도 찾기 힘들었다. 하물며 밤이었다. 나는 차민이를 안심시켰다.

"여기 있으면 밖에서 절대로 안 보여. 대신 요 옆길로 누가 지나갈 수는 있어. 누가 오는 소리 들리면 조용히 해."

"……."

"너 주유소 사거리에서 막 달려가는 거 보고 따라왔어."

"……."

"왜 집에 안 가고 다시 온 거야. 혹시 누가 쫓아오니?"

"……모르겠어. 그냥 도망쳤어."

"누구한테서? 왜?"

차민이가 승합차 타이어를 통통 차고는 가만히 말했다.

"아파트 현관에 누가 서 있었어. 그래서 일단 도망친 거야."

"……빚쟁이?"

"……."

"와, 이런 밤중에도 찾아오는구나. 아빠는?"

"출장 가서 내일 올 거야."

"그럼 엄마는?"

"어렸을 때 이혼했어. 따로 살아. 얘기 안 했나?"

"……했나? 미안, 잘 몰랐어. 아빠한테 전화해 봤어?"

"못했어. 나 찾아온 사람이거든."

"너?"

"……내가 게임을 좀 했어."

"게임?"

"……베팅 게임."

"베팅…… 도박?"

"……."

"야…… 아직도 해?"

"아니. 빚만 갚고 있어."

"얼마나 갚아야 하는데?"

"오백만 원쯤."

"야, 이 미친놈아!"

차민이가 긴 한숨을 쉬었다.

1학년 때 학원에서 만난 애가 소개해 준 게임이었다고 했다. 아이디는 누구나 만들 수 있으니까 궁금하면 가입 보너스로 받는 게임 머니만큼만 재미로 해 보라고. 어차피 성인 인증 안 하면 다른 결제를 못 하니까 더 하고 싶어도 못 한다고. 그런데 차민이가 가입 보너스로 받은 게임 머니를 다 쓰고 아쉬워하자, 이제는 문화상품권으로 결제하면 된다고 했다. 다른 애들도 다 그렇게 해. 그 말에, 차민이도 용돈으로 문화상품권을 사 들여서 게임 머니를 충전했다. 하지만 용돈으로는 게임 머니를 감당할 수가 없었다. 그러다 보니 게임을 소개해 준 이기원이라는 아이에게까지 돈을 빌리게 된 것이었다. 정말로 가입 보너스만큼만 하려고 했던 게임이었다. 하지만 말처럼 되지 않았다. 왜 늘 딸 것 같을 때 게임 머니가 떨어지는지 한 번만, 한 번만, 하며 계속 충전하다가 이 지경이 된 거였다. 그런데 이기원에게 빌린 돈의 이상한 계산 방식이 문제였다.

"왜?"

"원금에 이자가 붙어서 다시 원금이 되고, 그 원금에 또 이자가 붙어서 또 다른 원금이 돼. 내가 빌린 돈은 다 해야 오십만 원쯤인데, 원금이 오백만 원이래. 지금까지 갚은 것만 해도 오백만 원이 훨씬 넘는데, 계속 갚아도 오백만 원이 남아."

"너…… 사기꾼한테 걸린 것 같다. 너도 알고 있지?"

"이자라고 하는 순간 눈치챘어. 친구끼리는 그런 말 안 하잖

아. 감쪽같이 속았어. 내가 먼저 오만 원만 있었으면 좋겠다, 해서 빌리기 시작한 거였거든."

"결국 빌리게 만든 거네."

"그때는 몰랐지. 걔한테 빌리면 편했어. 상품권도 필요 없는 게, 자기네 아빠 카드를 썼거든. 되게 쉽게 결제했어. 그게 나도 편하니까 그렇게 빌렸다가 용돈 받으면 갚고. 삼만 원, 오만 원. 근데 한번은, 우리 반 애랑 다른 게임을 하는데, 갑자기 내가 도박에 쓴 돈이 생각나는 거야. 차라리 그 돈으로 아이템을 샀으면 장난 아니었던 거지. 정신 차리고 보니까 내가 숫자 몇 번 돌리고 그 많은 돈을 다 날린 거야. 아이템처럼 남는 것도 없이. 되게 짜증 났었어. 그래서 그 게임 탈퇴하고 싹 지웠어. 그러고 내가 빌린 돈이 얼마 남았는지 물어봤지. 어떻게든 다 갚고 다시는 안 할 생각이었어. 그때 내 계산으로는 많아야 이십만 원 정도였거든. 근데 내가 돈을 갚은 적이 한 번도 없대. 그동안 이자만 갚은 거래. 그러더니 이상한 회사에서 전화가 오더라."

"무슨 회사?"

"내가 이기원이 아니라, 무슨 회사에서 빌린 거였대."

"도박에 사채에…… 아빠는 모르시지?"

"모르지. 어떻게 말해. 친척들한테까지 거짓말로 용돈 타서,

이제는 더 달라고 할 사람도 없다. 한동안 이자도 못 갚았어. 그래서 아이패드 팔아서 갚으려고 했는데, 네가 안 산다고 했잖아. 인터넷으로 얼른 팔아서 갚겠다고 했더니, 그날 바로 학교까지 찾아온 거야. 그때 그 형."

"맞지! 사촌 형 아니지! 그날 우리가 너무 이상한 거야. 우상이가 괜히 메시지 보내라고 한 줄 알아? 시영이도 딱 보고 빚쟁이라더라. 나는 네가 패키지 팔겠다고 했지, 그렇다고 애들한테 말은 못 하지, 우리 그날 난리였다. 그래서? 같이 가서 그거 판 거야? 돈은?"

"못 팔았어. 그냥 빼앗겼어. 돈 다 갚으면 돌려준대. 내가 그거 팔았으면 그만큼은 갚을 수 있었는데, 자기들이 가져가 놓고 돈 다 갚으면 돌려준대. 일단 너한테 꾼 돈 칠만 원 보내고 돌려달라고 했었는데, 다 갚을 때까지는 절대 못 준대."

"돈 빨리 못 갚게 하는 거 아냐?"

"그런 거야. 그 사람들 늘 그랬어."

이기원이라고 했다. 1학년 때 학원에서 만난 아이. 학교는 달랐지만 어쩌다 보니 계속 옆자리에 앉게 되면서 친해졌다고 했다. 수업 끝나면 함께 분식집에서 저녁을 먹기도 했고, 같이 게

임방도 다니면서 급속도로 친해졌다고.

"걔는 정체가 뭐야? 지금도 계속 딴대?"

"한패야. 걔가 학원 돌면서 나 같은 애들 끌어들여. 말이 잘 통해서 잠깐 같이 다녔어. 잘 통할 수밖에 없지. 내가 무슨 말을 해도 다 맞장구치거든."

"미친놈들이네, 돈도 못 갚게 하면서. 그 사람들이 진짜 원하는 게 뭐야?"

"……다른 사람 물어 오면 남은 돈 빨리 갚게 해 준다고."

"도박할 사람? 야, 너 그때 나한테 게임 얘기한 거, 그래서 한 거였지!"

"너무 시달려서 그랬는데, 도저히 말을 못 하겠더라고. 미안해……."

"죽을래? 확! 아, 우리 이모한테 톡 왔다. 어디냐고. 너 어쩔 셈이야. 무서워서 집으로는 못 가지?"

"……."

"그럼 일단 우리 집으로 가자. 계속 이러고 있을 순 없잖아. 기다려 봐."

내가 얼른 이모에게 메시지를 보냈다.

-- 이모, 나 스터디 끝나고 친구랑 얘기 좀 했어.

-- 아까는 할머니랑 집에 오는 중이라며? 어딘데?

-- 슈퍼.

-- 슈퍼?

-- 할머니랑 가다가 친구랑 얘기하려고 다시 슈퍼에 왔어.

-- 그럼 언제 와? 너무 늦었다.

-- 이모, 나 지금 친구랑 같이 가도 돼? 집에 일이 생겨서 못 들어간대.

-- 어머, 누구? 일단 같이 빨리 와.

-- ㅇㅋ. 지금 출발해.

-- 할아버지하고 같이 오니?

-- 할아버지는 슈퍼에서 잔대.

-- 데리러 갈까?

-- 괜찮아, 우리 둘이 가면 돼.

-- 조심해서 와.

어쨌든 슈퍼 옆이었다. 게다가 이모는 할아버지를 어려워해
서 괜한 확인은 하지 않았다. 오늘이 무슨 거짓말 데이라고, 입
만 열면 거짓말인지 몰랐다. 나는 자리에서 일어나 승합차에 몸
을 가리고 주위를 살폈다. 까만 밤, 차들만 간간이 지나갈 뿐 사

람은 한 명도 없었다. 내가 가도 되겠다고 하자, 차민이가 주차
장 입구 쪽으로 가려고 몸을 돌렸다.

"야, 그리로 왜 가. 앞으로 갔다가 할아버지가 보면 어떡해."

"그럼 어디로 가?"

"어디긴, 화단 넘어서 가야지."

나는 화단의 사철나무를 힘껏 가르고 그 사이로 빠져나갔다.
차민이도 곧 나무 사이로 빠져나왔다. 그리고 곧장 위로 올라갔
다. 이 골목부터 정식으로 명도단이 시작되는 거였다. 나는 사
실 할머니나 친구들과 함께 가는 게 아니면 늘 이 골목을 통해
서 집으로 간다. 이 골목을 타고 올라가 왼쪽으로 조금만 가면
우리 집 골목 앞으로 난 건널목이 있다. 하지만 할머니네 골목
은 주유소 사거리에서 더 가깝고, 애들과 각자 헤어지기에도 그
쪽이 더 나아서, 그때만 주차장 옆길을 이용했다. 가면서 나는
차민이에게 이모와 이모부와 함께 산다고 말해 주었다.

"알아, 전에 말했잖아."

"그럼 됐어, 가자."

　내가 현관으로 차민이를 데리고 들어가자 이모가 깜짝 놀
랐다.

　"어머, 남자 친구!"

　"아냐, 우리 과제 조장 박차민이야. 이모부는?"

　"저녁때 옷만 갈아입고 나갔어. 차민아, 반갑다."

　"안녕하세요."

　"잘 왔다. 네 덕에 우리 연수가 스터디라는 걸 다 한다. 과제
도 웬일로 일 등을 했더라니까. 아유, 그게 다 조장 잘 만난 덕
이었네. 밥은 먹었니?"

　"네. 슈퍼에서 할머니가 라면 끓여 주셨어요."

"그랬구나. 그래도 출출할 텐데, 야식 시켜 줄까?"

"저는 괜찮은데……."

"이모, 안 피곤해? 우리도 조금만 얘기하고 잘 거야."

"알았어. 차민이 칫솔 챙겨 줘. 이모가 편한 옷 가져올게."

이모가 서둘러 안방으로 들어갔다.

"잠깐 기다려, 나 먼저 옷 갈아입고 나올게."

내가 먼저 내 방으로 가서 교복을 벗고 편한 옷으로 갈아입었다. 그리고 나와 보니 이모가 이모부 운동복 한 벌을 차민이에게 건네주고 있었다.

"조금 커도 교복보다는 편할 거야. 화장실 저기."

"감사합니다."

차민이가 이모부 운동복을 들고 화장실로 들어갔다. 이모가 조용히 물었다.

"무슨 일이야?"

"쟤네 아빠 출장 가서 내일 오시는데, 현관 키가 먹통이 됐대. 그래서 할아버지한테 물어보려고 슈퍼로 다시 왔다는데, 내가 할머니랑 집에 오는 중이어서 길이 엇갈렸어. 집에 거의 다 왔는데 메시지 받아서 나도 슈퍼로 다시 갔지 뭐."

"방전됐나? 그럼 편의점에서 파는 배터리로 외부 연결하면 되긴 하는데."

"아니, 불은 들어오는데 터치가 안 된대."

"고장났나 보다. 엄마는?"

나는 입 모양으로만 '이혼!'이라고 말했다.

"……아, 잘 데려왔다. 이모 있으면 불편할 테니까 들어갈게. 네가 차민이 잘 챙겨 줘라. 네 방은 차민이 쓰라고 하고, 넌 이따가 안방으로 와서 자."

"알겠어. 얼른 들어가."

"너무 늦게까지 얘기하지 마."

"알았다고."

이모가 화장실을 슬쩍 보고 안방으로 들어갔다.

차민이가 이모부 운동복을 입고 화장실에서 나왔다. 키가 크고 덩치가 있는 이모부 옷이 차민이에게는 너무 컸다. 차민이가 옷 속에 들어 있는 것만 같았다.

"너 꼭 인형극 하는 사람 같아. 하하하."

"교복이 더 편한 것 같아……."

"그러니까. 어쨌든 내 방으로 가자."

내가 차민이 가방을 대신 들고 앞장섰다. 차민이가 갈아입은 교복을 들고 바지를 질질 끌면서 따라왔다. 방으로 들어와 나는 차민이 책가방을 내 가방과 나란히 두었다. 그리고 책상 의자에 앉았다. 차민이가 멀뚱하게 서 있었다.

"내 방 이렇게 좁아. 그냥 침대에 앉아. 난 이따가 이모랑 잘 거니까, 네가 거기서 자."

"고마워."

"고맙지. 과제 아이디어 제공해, 스터디 장소 제공해, 잘 데 없는 친구까지 재워 줘. 우리 이모는 아무것도 모르면서 나한테만 뭐라고 해."

"하하하. 너 이모랑 되게 닮았더라. 너희 엄만 줄 알았어."

"내가 외가 쪽을 많이 닮았대. 근데 엄마 사진 보면 별로 안 닮았다. 진짜로 이모랑 더 닮았어. 그래서 딸인 줄 아는 사람도 많아."

"같이 살면 닮는다던데, 그래서 더 닮아진 거 아닐까?"

"그럴 수도 있지. 근데, 내가 누굴 닮은 게 문제가 아니잖아. 너 이제 어쩔 거야?"

"……아까 막 도망치는데 아빠가 생각나더라. 보통 애들은 무슨 일 생기면 순간적으로 엄마! 그런다잖아. 나는 아빠야. 아빠하고만 오래 살아서 그런가 봐. 나쁜 짓을 해도 아빠가 먼저 마음 쓰여. 그래서 내가 해결해 보려고 했는데 해결된 게 하나도 없다. 일만 점점 커졌어. 그런데 아까는 도망치면서 나도 모르게 아빠한테 막 잘못했다고 빈 거 있지. 그냥 다 말하고 저 사람들 좀 안 보고 싶더라고."

"너…… 그냥 다 고백하고 아빠한테 등짝 몇 대 맞아라. 나도 그동안 이런저런 일 많이 겪어 봤는데, 어떤 일은 우리가 나서서 해결하지 못하는 게 있더라고. 우리가 하나도 위협적이지 않은 거야. 그래서 내 생각에는, 이런 일은 아빠가 나서야 할 것 같아. 아빠도 있는데, 이럴 때 부모님 찬스 안 쓰고 뭐 하냐?"

내 말에 차민이가 나를 물끄러미 바라보았다.

"……너는 이럴 때 어떻게 하냐?"

"나는 보호자 찬스를 쓰지. 우리 이모부가 형사 아니냐. 다 죽었어. 아, 너 이런 거 우리 이모부한테 말해 볼까?"

"……아빠한테 먼저 말해 볼게. 어떻게 말할까 늘 걱정이었는데, 너한테 말한 것처럼 하면 될 것 같아. 내가 혹시 깁스하고 나타나면 드디어 말했구나, 해라."

"혹시 진짜 때리시면…… 그냥 맞아. 깁스하면 가방은 들어 줄게."

"고맙다."

"이제 자자. 나 이모한테 간다. 잘 자."

나는 차민이를 두고 방에서 나왔다.

나는 안방으로 와서 이모 옆에 살그머니 누웠다. 이모가 벌써 쿨쿨 잠들어 있었다. 이모가 베개 두 개 사이에 잠들어서 내가 한 개를 살며시 잡아 뺐다. 그때 이모가 나를 와락 안았다.

"우리 연수 왔네. 차민이는 잘 챙겨 줬어?"

"챙길 게 뭐 있어. 저리 비켜, 불편해."

"뭐가 불편해 기집애야. 차민이하고 친하게 지내. 옆에 똑똑한 애가 있으면 너도 똑똑해져, 알았지……."

그러고는 다시 잠들었다. 나는 내 가슴에 얹은 이모 팔을 살짝 들어서 이모 배에 놓았다. 똑똑한 애. 차민이가 공원 & 슈퍼에서 꼴찌라고 하면 뭐라고 할까. 아슬아슬하게 내가 차민이를 앞섰지만, 그래도 왠지 억울했다. 문득 우리가 조별 과제를 의논하기 위해 처음 해양 공원에 모였을 때가 생각났다. 중간고사까지 끝낸 5월이었지만 아직은 서로를 잘 알지 못한 때였다. 1학년 때조차 같은 반이었던 사람이 없던 탓에 더 데면데면했었다. 그나마 우상이와 시영이가 같은 학원에 다녀서 겨우 서먹한 분위기를 깰 수 있었다. 우상이가 시영이에게 물었더랬다.

"너 왜 이제 국어는 안 듣냐? 자신 있냐?"

"집에 사정이 생겨서 한 과목 뺐어."

둘의 얘기를 듣다가 내가 시영이에게 물었다.

"너희 둘 다 현성 다녀? 거기 괜찮냐?"

"괜찮은 건 모르겠고, 그냥 다니던 데 계속 다니는 거야. 좋기는 박차민네 아니냐? 너희 집중 학원 되게 비싸지? 거의 과외급이라던데?"

"비싸긴 한데, 나 같은 애들은 어딜 가나 똑같아. 중간고사 겨우 중간했다."

"몇 등 했는데? 난 12등."

"잘했네, 난 14등."

"뭐야, 난 11등이야, 임연수 넌 몇 등이냐?"

"난 13등! 박차민 너 알고 뽑은 거야?"

"그럴 리가 있냐. 하하하."

우리 성적이 반에서 수평선이라는 것을 그렇게 우연히 알았다. 그런 우리끼리 한 조가 된 게 신기해서 한참을 떠들었었다. 그러면서 어느새 서먹함도 싹 가셨다. 우리는 등수로 한참을 떠들었지만, 우리 학교는 원칙적으로는 등수를 공개하지 않는다.

그런데 성적표만 나오면 학부모들이 전화해서 누구는 등수를 알려 주지 않는다고 항의하고, 누구는 등수를 알려 주면 안 된다고 항의했다. 한쪽은 등수도 개인정보인데 왜 본인한테조차 알려 주지 않느냐고 따졌고, 또 한쪽은 아직도 성적으로 줄 세우기를 하는 거냐며 따졌다. 심지어 어떤 부모들은 인터넷에 떠도는 등수 계산기로 직접 등수를 매겨 보고는, 이것이 정확한지 아닌지를 다시 학교 측에 문의하기도 했다. 그러자 학교 측이 고육책을 내놓았다. 원칙적으로는 비공개이나 개별 요청 시에는 담임 재량으로 본인에 한해서만 공개할 수도 있다. 이 방침으로 인해 반마다 다른 분위기가 될 수밖에 없었는데, 어느 반은 담임의 절대 불가 방침 재량으로 등수가 깜깜했고, 또 우리 담임처럼 재량껏 '개별적으로 원하면'이라는 단서가 붙은 반은 자기 등수를 쉽게 알 수도 있었다.

"자기 등수 원하는 사람은 번호순으로 나와. 괜히 부모님이 전화하게 하지 말고."

그 바람에 우리 반은 1번부터 24번까지 모두 나가 자기 등수를 확인했다. 몇 등이라고 자기 입으로 말하는 애도 있었고, 대충 얼버무리는 애도 있었다. 어차피 잘하는 애들은 정해져 있어서 그날만 웅성웅성하다 관심 밖으로 밀렸었다. 그랬는데 우리 등수가 신기하게도 쪼르륵 순서대로였던 것이다. 우리를 뽑은 조장이 개중 꼴찌라는 것도 나름 재밌었다. 우상이가 그렇게 놀려도 차민이가 날짜 탓만 해서 더 웃겼었다. 우연이지만 웃긴 조합이라고 떠들다가 여기까지 왔다. 우리 중에서 가장 좋은 학원에 다니며 가장 비싼 물건들을 가지고 있던 차민이였다. 시영이는 부모님들 때문에 걱정이고, 우상이는 쌍둥이들 등쌀에 힘들어하고, 내 처지는 뭐 알다시피 별로였다. 그래서 차민이가 부러웠더랬다. 우리 중에서는 가장 살맛 나는 열다섯을 보내는 것만 같았었다. 그랬는데 이런 대형 사고를 치다니. 넌 아빠한테 혼나도 싸. 네가 그러니까 팡팡 노는 나보다 공부를 못했지…… 우리 스터디는 다 끝났어……. 나는 몰려오는 잠을 이기지 못하고 스륵 잠들었다.

9

그때 우리의 스터디는 결국 일일천하로 끝났다. 모여서 해 보니 더 집중이 안 돼서 스터디가 무용지물이었다. 그 때문에 각자 하던 대로 공부해서 기말시험을 보기로 했다. 사실 슈퍼 말고는 딱히 할 곳이 없어서 어쩔 수 없는 결정이기도 했다. 그 렇게 각자 각오를 다지고 본 시험 결과가 오늘 나왔다. 여름 방 학식 날이었다.

"등수 집계됐다. 개별적으로 원하는 사람은 번호 순서대로 나와서 봐. 방학인데 귀찮게 부모님이 전화하게 하지 말고. 1번 부터 네 명씩 차례로 나와."

담임이 교탁에 노트북을 켜 두고 말했다. 당연히 1번부터

24번까지 전원 자기 등수를 확인했다. 공원 & 슈퍼 중에는 우상이가 등수 확인을 가장 늦게 했는데, 우리를 쓱 훑어보고는 씩 웃으며 들어왔다. 설마 또? 나는 몰라도 시영이만큼은 우상이를 이겨야 했다. 우상이가 개중 일 등이라고 워낙 유세를 떨어서 이번에는 시영이가 꼭 제쳐 주길 바랐다. 그 때문에 나는 내 등수보다 둘의 등수가 더 궁금했다.

"1학기 동안 수고했다. 등수 확인이 코 풀고 휴지 확인하는 심리 같은 건데, 평균 보면 대충 알 텐데도 꼭 확인해야 직성이 풀리지. 여하튼, 고입까지 1년 반 남았다. 남의 등수 궁금해하지 말고, 자기 등수만 생각하고 방학 동안 관리해. 내가 잘했으면 남은 떨어진 거야. 이게 내가 너희한테 주는 특별 방학 선물이다."

"우우!"

우리는 책상을 두드리거나 손을 저으며 담임의 선물에 불만을 표시했다. 담임이 키득키득 웃으며 교탁을 정리했다. 귀찮은 걸 무척 싫어하는 담임이었다. 그래서 가끔은 우리 반도 건성건성 맡는 것처럼 느껴질 때도 있었다. 옆 반 담임은 복도에서 반 아이가 다른 선생님한테 야단맞으면 부리나케 달려와서 참견한다. 그런데 우리 담임은 귀찮아서 잘해 인마, 하고 그냥 지나간다. 그러면 괜히 서운하다. 하지만 옆 반 애들은 우리 반을 부러워하기도 했다. 옆 반 담임은 등수를 재량껏 완전 비공개로 하고 있지만, 사실은 지난 중간고사 때 상위권 애들한테만 알려 줬다는 소문이 알음알음 퍼졌다. 차민이네처럼 비싼 학원에 다니는 애들도 학원 성적 계산기로 성적표를 분석해 반 등수는 물론 전교, 전국 순위까지 대략 알고 있었다. 그러니까 공부를 월등히 잘하거나 여유가 있는 애들은 보통의 우리와는 얻는 정보부터 다른 것이었다. 부러우면 너도 공부 열심히 하고, 너희 부모님한테도 돈 열심히 벌라고 해. 옆 반은 자기 등수를 알고 있는 게 자랑인 반이었다. 선별적 깜깜이 반. 하지만 우리 담임은 선별하는 게 귀찮아서 개인이 원하면 개별적으로 다 보여 줬다. 옆 반 애들이 부러워하는 이유였다.

"원서 쓸 때 보면, 평균 보고 갈 수 있을 줄 알았다고 징징대는 녀석들이 꼭 있어. 예방 차원으로 알려 주는 거야. 너희도 그때 가서 당황하지 말고 미리미리 성적 관리들 하셔. 방학이라고 쓸데없이 명도단 같은 데나 돌아다니지 말고. 마치자, 반장."

"차려, 선생님께 인사."

"감사합니다!"

담임이 교탁에 있던 물건들을 주섬주섬 챙겨 교실을 나갔다. 언제 적 얘기를 하는 거야. 차민이가 담임이 명도단과 해양 공원에 와 본 적이 없어서 과제에 만점을 준 거라고 했었는데, 그 말이 딱 맞았다. 명도단에 오기만 해 봐…….

나는 13등에서 14등으로 떨어졌다. 굳이 핑계를 대자면 막판 스퍼트를 올려야 할 때, 차민이 변수가 생긴 탓이었다. 물론 당연히 나도 걱정되고 궁금했지만, 내가 무슨 침묵의 아이콘이라고 그 뒤에 벌어진 일들을 밤마다 소상하게 털어놓는지 몰랐다. 너니까 하는 말인데, 너라서 하는 말이야, 너는 알고 있어야 할 것 같아서……. 드디어 아빠에게 모든 걸 고백한 것까지는 좋은데, 아빠 손이 눈썹 바로 앞까지 왔었다거나, 아빠가 속상해서 혼자 콩자반에 소주를 마셨다거나 하는 시시콜콜한 얘기까지 털어놓았다. 그러고는 시험 전날 밤에, 아빠가 생각할 게 있다면서 우선 시험부터 잘 보라고 했다나. 그러니까 나는 시험 전날 밤까지 차민이 전화에 시달린 것이었다. 내가 성적에 딱히 집착하는 애가 아니니까 다행이지, 다른 애 같았으면 고작 한 등수 떨어진 것만으로도 난리였을 것이다. 어쩌면 저 난리 통에도 겨우 한 등수 밀린 건 꽤 선방한 걸 수도 있었다.

나는 책가방을 멨다. 우상이가 교실 문 앞에 서서 빨리 나오라고 성화였다. 우리가 모두 복도로 나오자 우상이가 어깨에 힘을 주고 말했다.

"노래방 가자. 내가 일 등 기념으로 쏜다. 이런 날 쓰라고 바우처를 주는 거야. 하하하."

우상이 말에 모두 깜짝 놀랐다. 그중 시영이가 가장 놀랐다.

"너 일 등 했어? 열한 계단을 한 번에 올랐어? 무슨 일이야!"

"설마 그러겠냐. 우리 공원 & 슈퍼에서 일 등 했다는 거지. 나 또 11등. 이긴 사람 없지? 있으면 내가 노래방에 라면까지 쏜다. 슬슬 가 볼까나. 오늘도 서비스는 지칠 때까지겠지?"

"깜짝 놀랐네. 난 또 12등. 국어에서 밀렸어. 아깝다, 정우상 잡을 뻔했는데. 너네 둘은? 박차민 너 몇 등이야?"

"나는 13등인데······."

"13등? 와······ 정우상, 너 오늘 라면까지 쏴야겠다. 임연수 너 뭐야, 혼자 언제 공부했어! 몇 등이야? 10등 안에 들었어? 정우상 이겼어? 잘했어!"

시영이가 내 어깨를 두드리며 자기 일처럼 좋아했다. 나는 아무 할 말이 없었다. 야, 박차민, 나를 밤마다 괴롭혀 놓고 네가 나를 이겨? 아 진짜, 나도 학원을 비싼 데로 옮겨야 하나. 내가 아무 말이 없자 우상이가 금세 기가 죽어서 물었다.

"괜히 호들갑 떨어서 라면까지 쏘게 생겼네. 임연수, 너 몇 등이야?"

"라면은 그냥 내가 쏠게. 나 14등."

"너 이 새끼보다 못했어? 이번에는 네가 꼴찌야? 하하하!"

빌어먹을. 나는, 학교 방침에 반대한다! 개별적으로 알려 줘도 결국 이렇게 다 드러나지 않는가. 담임이 명도단이 어쩌고저쩌고할 때부터 알아봤다. 아니, 내가 코 푼 휴지를 왜 자기가 확인시켜? 그 바람에 성적으로 줄 섰잖아요! 나는 옆 반 담임의 선별적 재량에 찬성합니다. 어차피 저 꼭대기에 있는 애들은 타고난 거 아닙니까? 그 애들은 좋은 고등학교에 가서 모교를 빛낼 사명감이 있잖아요. 그 애들만 알려 주세요. 돈이요? 돈 싫어하는 사람 있어요? 부자들이 비싼 학원에 다니는 게 왜요? 그 맛에 돈 버는 거 아니에요? 왜 등수를 알려 줘서 도토리들끼리 잘난 척하게 만들어요! 비참했다. 내가 꼴찌라니. 차민이를 놀릴 때는 재밌었는데, 내가 꼴찌가 되고 나니 너무 비참했다. 방학 동안 이를 갈고 공부해야지. 2학기 중간고사 때는 꼭 일 등해서 내가 노래방 쏠 테다! 나는 계속 꼴찌라고 놀림 받으며 교정을 걸었다.

방학식 날이어서 애들이 학교를 우르르 빠져나갔다. 학교가 금세 텅 비었다. 버스정류장이 한꺼번에 몰린 애들로 북적북적했다. 우리도 그 틈에 끼어 명도단으로 가는 버스를 기다렸다. 그러면서 수평선은 유지했다는 것에 자축했다. 우리가 스터디를 했던 것도 수평선을 유지하기 위함이었으므로 어쨌거나 목적은 달성한 거였다.

"내가 10등으로 갈 수도 있었는데 수평선 지키려고 억지로 11등 했다. 임연수, 너도 끝에서 방어 잘했어! 넌 이제부터 우리 공원 & 슈퍼의 파수꾼이야."

"칭찬이야, 뭐야?"

"칭찬이지. 우리가 해냈으니까."

그때 시내 쪽으로 가는 버스가 도착했다. 차민이가 느닷없이 인사했다.

"노래방은 너희끼리 가. 나 오늘 아빠랑 만나기로 했어. 나 먼저 갈게."

그러고는 버스로 달려갔다. 차민이를 태운 버스가 이내 사라졌다.

"뭐냐, 저 새끼. 일 등 올랐다고 자랑하러 가냐?"

"혼자 빠지기 미안해서 미리 말 못 했나 보다. 가자. 우리도 버스 왔다."

내가 우상이를 재촉했다. 아빠를 만나러 간다고 했다. 시험도 끝났고 성적도 나왔다. 어쩌면 오늘이 시험 끝나고 보자고 했던 그날일지도 몰랐다. 얘기 잘해라. 그 와중에 성적은 올랐으니 칭찬도 받고. 나 이긴 거 용서해 주마. 나는 아무 일 없는 척 버스에 올라탔다.

10

우리는 차민이 없이 노래방에서 실컷 놀고, 슈퍼에서 라면도 배불리 먹고 헤어졌다. 신나게 놀기는 했지만, 나는 차민이가 내내 신경 쓰였다. 아빠에게 고백한 애치고는 그동안 너무 조용하게 지낸 것이었다. 아무리 시험을 앞두고 있었다고 해도 사안이 사안인 만큼 약간의 소란은 있을 줄 알았다. 그런데 시험이 끝나고 또 방학식을 할 때까지도 아무 일 없는 애처럼 조용했다. 아빠가 일단 기다리라고만 했다고. 나는 낮에 차민이가 아빠에게로 갈 때, 어쩐지 그 기다림이 이제 끝난 듯싶었다. 그래서 내심 궁금했었는데, 마침 그날 저녁에 차민이에게서 메시지가 왔다.

-- 나 없이 잘 놀았냐?

-- 엄청나게 잘 놀았지. 집이냐?

-- 어. 부탁할 게 있어.

-- 뭐?

-- 아빠가 너희 이모부 좀 만날 수 있는지 물어보래.

나는 곧 이모부와 연락해 약속을 잡았다. 내가 알고 있는 것들도 최대한 상세하게 전했다. 그래서 우리 집에서까지 자고 갔노라고. 아이고, 많이 힘들었겠네. 그렇게 해서 나와 이모부, 차민이와 차민이 아빠가 함께 만나게 된 것이었다. 경찰서 앞 중국집. 나는 이미 몇 번 와본 이모부 단골집이었다. 이모부가 며칠이나 집에 들어오지 못해, 내가 갈아입을 것들을 챙겨오면 꼭이 집에 데려왔다. 짜장면이 정말 맛있는 집이었다. 나 혼자 오면 짜장면과 탕수육을 시켜 주고, 이모와 함께 오면 추가로 고추잡채를 시켜 주고는 했다. 그런데 오늘은 탕수육은 물론 내가이름도 모르는 요리도 함께 있었다. 우리보다 먼저 도착한 차민이네 아빠가 미리 주문해 둔 요리들이었다.

"저희가 일찍 도착해서 미리 주문했습니다. 괜찮습니까?"

"그럼요, 이 집 음식 다 괜찮아요. 드셔 보세요."

우리는 서로 대략의 정보는 알고 온 차여서 인사는 간단하게 했고, 바로 음식을 먹으며 이야기를 나눴다. 이모부가 먼저 차민이 앞으로 물컵을 놓아 주며 물었다.

"아빠한테 안 혼났어? 넌 마, 내 아들이었으면 가만히 안 뒀어. 힘들었지?"

"……네에."

"기운 내. 막 친해졌을 때였다면서? 그때가 뭐든 거절하기 힘들 때야. 이제 막 친해졌는데 딴지 걸면 어색해지잖아. 고놈이 딱 고 시기에 그 게임도 소개했더구먼. 맞지?"

"네."

"학원에서 만났다고?"

"걔는 두 달쯤 다니다가 다른 데로 옮겼어요……."

차민이는 내게 말한 것보다 더 구체적이고 상세하게 저간의 사정을 설명했다. 너무 심각한 협박도 있어서 듣는 내가 다 심장이 뛸 정도였다. 벌써 1년 가까이였다. 차민이네 아빠의 손이 눈썹 가까이 왔다가 멈춘 심정을 알 것만 같았다. 차민이가 분명 잘못은 했지만, 잘못에 비해 너무 힘든 시간을 보낸 것이다. 그러면서도 혼자 어떻게든 해결해 보려고 무던히 노력했다. 나는 차민이의 상세한 기억들이 무척 신기했는데, 기억을 뒷받침

할 증거자료들을 꼼꼼하게 챙긴 덕이었다. 그동안 입금했던 계좌번호와 내역, 협박 메시지 등도 모두 출력해서 가져왔다. 얼마나 급했는지 만 원 같은 소액도 수없이 보냈다. 당연히 내가 빌려준 칠만 원의 기록도 남아 있었다. 칠만 원은 내가 차민이에게 보낸 즉시 그들의 통장으로 옮겨졌다. 차민이네 아빠가 이미 봤을 자료들을 다시 보며 씁쓸하게 말했다.

"이것들을 보니까 나라도 말을 못 했겠더라고요. 아빠까지 걸고 협박하는데 어떻게 말했겠어요. 처음에는 그까짓 거 내가 다 갚아 버리고 끝내려고 했습니다. 어쨌든 이놈이 빌려다 쓴 돈이라니까요. 근데 아무리 그래도 이건 아닌 겁니다. 아들이 이렇게 당했는데 아빠라는 사람이 돈으로만 해결할 수는 없는 노릇 아닙니까. 이 녀석이 빚 갚으려고 제 엄마고 친척들이고 할 거 없이 다 손을 벌렸어요. 결국 일가족이 당한 겁니다. 제 불찰이죠. 얘가 좀 어른스러운 데가 있어서 믿고만 있었는데, 이런 일이 생겼습니다. 죄송합니다."

"차민이 정도면 믿고 사셔도 됩니다. 언제 서에 와 보세요. 깜짝 놀라실 겁니다. 차민이가 대단한 게, 아주 놀아난 건 아니라는 거예요. 게임을 딱 끊은 것도 대단한데, 그렇게 시달리면서도 누구 하나 대타로 안 끌어들였습니다. 이 정도 되면 십중팔구 끌어들입니다. 공포가 죄책감을 눌러 버리거든요. 차민이는 그걸 이겨 냈어요. 저는 차민이가 잘못했다고 생각하지 않습니다. 재수 없게 걸린 거예요. 애한테 뭐라고 하는 건 피해자한테 잘잘못을 따지는 겁니다. 그러니까 그걸 왜 했어! 그러지 마세요. 그걸 하게 만든 겁니다. 차민이는 야단이 아니라 위로부터 받아야 해요. 그다음에는 칭찬을 해 줘야죠. 그런 상황에서도 침착하게 이런 자료들을 잘 모아 뒀으니까요. 성적도 올랐다면서요. 연수가 자기보다 시험을 더 잘 봤다고 놀라더라고요. 정신력이 남다른 아이입니다."

차민이가 나를 쓱 보았다. 나는 내 앞에 있는 탕수육을 덜어 차민이 앞에 놓아 주었다. 그래, 내가 희생했다. 너도 솟아날 구멍은 있어야 할 것 아니냐. 옜다, 칭찬. 차민이가 고마워, 하고는 탕수육을 먹었다.

이제 우리는 먹으면서 듣기만 하고, 이야기는 이모부와 차민이네 아빠가 했다.

"성적은 무슨…… 학원이 괜찮은 것 같더라고요. 누가 소개해 줘서 보내 봤습니다. 애를 혼자 키우다 보니까 좋은 걸 못 해 주면 다 내 탓 같아서, 누가 좋다고 하면 팔불출처럼 해 줍니다. 자격지심이죠. 이번 일도 그렇습니다. 다 내 탓만 같아서 그래 아빠가 해결한다, 그런 마음으로 형사님 뵙자고 한 겁니다."

"잘하셨어요. 제가 더 조사해 보고 연락드리겠습니다."

또 나왔다, 자격지심. 아무리 찾아봐도 좋은 뜻이 아니던데, 나는 이상하게 들을 때마다 무척 괜찮은 말처럼 들린다. 차민이네 아빠의 자격지심은 차민이를 아끼는 마음에서 우러나온 것 같았고, 동시에 아들 앞에서 쪽팔리고 싶지 않은 아빠의 자존심처럼도 보였다. 우리 이모의 당당한 자격지심이 떠올랐다. 자격지심에는 적어도 염치와 자존심이 있다고 했다. 염치가 있어 사양하고, 자존심이 있어서 버티는 거라고. 저 말이 시험 문제로 나왔을 때 내가 느낀 대로 쓰면 선생님이 뭐라고 할까. 너 공원 & 슈퍼에서 꼴찌라며? 꼴찌답다. 하지만 당당한 이모가 그랬다. 인생은 시험 문제처럼 풀리지 않는다고.

얘기는 그럭저럭 잘된 것 같았다. 이모부가 자료를 토대로 조사하기로 했고, 그 과정에서 협조가 필요하면 차민이든 아빠든 언제고 더 만나기로 했다. 이제는 마음 편히 처음 본 생선 요리를 먹어도 괜찮을 듯싶었다. 들어올 때부터 눈여겨본 음식이었다. 그런데 차민이가 자기 휴대전화에 저장된 동영상 하나를 이모부에게 보여 줬다.

"이게 뭐야?"

"전에 혼자 해양 공원에 있다가 찍은 거예요. 공사장 도난 사건하고 관계된 것 같아서요. 깜깜해서 잘 안 보이는데, 뒤에 두 사람이 건물 옆에 있는 창고에서 상자 같은 걸 날랐고요, 여기 이 사람은 무슨 전선 같은 걸 챙겨서 뒤로 넘겨줬어요. 여기 정말 깜깜했는데, 자기들끼리 손전등으로 깜빡깜빡하면서 신호를 보내더라고요. 그러다가 여기요, 여기 스톱! 뒤에 있는 사람이 이 사람한테 손전등으로 신호를 보내면서 얼굴에 대고 깜빡했어요. 보이죠? 그때는 너무 빨리 깜빡해서 잘 몰랐는데, 영상 정지시키고 보니까 깜빡하고 빛을 비췄을 때 얼굴이 보이더라고요. 벙거지를 눌러써서 얼굴이 많이 가려지기는 했는데, 그래도 이때는 고개를 들어서 조금 잘 보이더라고요. 셋이 건물 쪽 숲으로 물건 나르고 도망갔어요."

"이걸 네가 찍었다고?"

차민이네 아빠도 처음 본 영상인지 휴대전화에 거의 코를 박고 보았다.

"이걸 왜 이제 말해? 아빠랑 도난 사고 얘기했었잖아."

"거기서 왜 밤새웠냐고 할까 봐……."

"이 자식들은 내가 출장 간 걸 어떻게 알고 그때마다 찾아온 거야?"

"알고 온 게 아니라…… 그냥 그때마다 아빠가 없었어……."

"그…… 미안하다. 올해 좀 출장이 많았다. 그럼 그때마다 여기로 도망갔던 거야?"

"공원에 사람도 없는데, 밤에는 특히 이 건물 쪽은 아무도 없어. 여기 있으면 개들 말고 다른 사람들도 나를 못 봐. 전에는 다른 데로 도망쳤었는데, 어떤 분이 밤중에 왜 혼자 그러고 있냐고 물어봐서, 그때부터는 여기로 왔어. 집으로 쳐들어온다고 해서……."

"……이 자식들을 그냥."

"실제로는 아버님 계실까 봐 못 쳐들어갔을 겁니다. 아버님이 신고하거나 돈을 갚아 버리면 계획이 꼬이거든요. 협박이 목적이라서 현관 앞에 서 있기만 했을 거예요. 그러면 며칠 뒤에 차민이가 돈을 보내니까. 과정은 나쁜데, 어쨌든 그곳에서 이걸 찍었네요. 얼굴에 빛 맞은 이놈은 진짜 제대로 보입니다."

나도 궁금해서 이모부 옆으로 가서 함께 보았다. 한 남자가 등산복 차림으로 벙거지를 눌러쓰고 있었다. 공사장 출입 금지 푯말 뒤쪽이었는데, 산책로가 건물 쪽으로 더 이어져 바닥의 LED 조명도 그곳까지 뻗어 있었다. 주위가 칠흑이어서 LED 조명이 레일처럼 환하게 빛났다.

"이게 보여? 이걸로 어떻게 확인해?"

"그래서 눈보다 카메라가 좋은 거야. 눈은 못 보는 걸 카메라는 다 보거든……. 꽤 잘 찍힌 거야. 분석해 보면 좋은 정보 많이 나올 거다. 차민아, 고생했다. 잘 찍었어."

이모부가 영상을 자신의 휴대전화로 전송해 달라고 부탁했다.

"아버님, 이 공원이요, 말만 선진화 공원이지 CCTV는 요기조기 몇 대가 다예요. 이쪽은 공사 중이어서 아예 없었고요. 도로 CCTV로 인월동으로 빠지는 의심되는 승합차가 한 대 있었는데, 인월동 아시죠? 그리로 들어가면 끝이에요. 거기서는 누가 죽어도 몰라요. 근데 이 승합차가 들어간 건 맞는데 어디로도 나오질 않아요. 가 보니까 어느 빈집 마당에 덩그러니 서 있더라고요. 도난 차량에 번호판도 가짜고. 차 바꿔치기를 했을 건데, 그 차를 못 잡았어요. 가져간 놈들도 그렇지만 공원 관리도 개판이었어요. 없어진 지 몇 주가 되도록 몰랐답니다. 환경미화원이 공원 청소는 하는데, 공사장까지 하겠어요? 입구 공사장 푯말까지만 하다가 가끔 안으로 들어가서 낙엽이나 좀 쓸지. 그러려고 들어갔다가 창고 열쇠가 뜯겨 있으니까 시청에 말한 거예요. 하, 골치 아팠는데 이제야 꼬리가 잡히네요. 이게 왜 난리

냐면요, 시청하고 시공사하고 배짱부리다가 이 사달이 난 거거든요. 너희가 돈 안 주나 봐라, 너희가 안 짓나 봐라. 이제는 또 서로 책임을 미루느라 생난리예요. 그러면서 우리만 달달 들볶아요."

"이모부는 경찰이 왜 도둑도 못 잡았어……."

동영상을 보다가 나도 모르게 튀어나온 말이었다.

"못 잡긴 마! 잡는 중이잖아. 지금 제보받은 거 안 보여?"

그때 차민이네 아빠가 눈빛을 반짝이며 이모부에게 물었다.

"형사님, 우리 애가 이쪽으로 감이 좀 있는 것 같죠? 집안에 경찰 하나쯤은 있어야 하는데, 그동안 우리 집안에는 이쪽으로 영 소질 있는 사람이 없었어요. 저도 어릴 때는 이 갈고 경찰 된다 그랬는데, 안 됐고요. 얘라도 경찰대학 간다니까 다행이다 싶습니다."

"아, 맞다. 너 경대 간다며? 공부 열심히 해야겠다."

"……."

차민이가 말없이 나를 보았다. 내가 가만히 고개를 저었다. 아냐, 이건 나 아냐. 명도단에는 그런 말이 있다. 침묵하라. 이곳에는 발 없는 말이 미쳐서 날뛴다. 그리고 이모부도 당연히 명도단 사람이었다. 슈퍼에서 그토록 엄한 야간 자율학습을 했는데, 이모부 귀에 안 들어갔을 리가 없었다. 중요한 건 그게 아니었다. 내가 드디어 '집안에 경찰 하나'와 '경찰대학 입학'에 관한 이야기를 직접 듣고야 말았다. 나는 그동안 아빠가 얼마나 무섭기에 싫다는 말조차 못 하는지 의아했었다. 하지만 이제는 알 것 같았다. 경찰이 아빠의 꿈이기도 한 까닭이었다. 아빠의 꿈을 너무 단칼에 잘라 낼 수가 없었던 것이었다. 거기에다가 도박 빚까지 겹쳤으니 무슨 면목으로 싫다고 하나. 참 안타까운 녀석이었다. 이모부가 식사로 나온 짜장면을 비비며 차민이네 아빠에게 물었다.

"아버님은 왜 경찰이 되고 싶으셨어요?"

"아버지가 명도단에서 당구장을 했었어요. 바로 위가 살림집이었고요. 그때 명도단 대단했죠. 당구장이 아주 깡패 새끼들 싸움장이었어요. 무법 지대였죠. 그때마다 아버지가 그랬어요. 이래서 집안에 경찰 하나는 있어야 한다. 나는 글렀으니까 너는 꼭 경찰 돼라. 아버지 말도 말인데, 나도 싹 다 잡아넣고 싶더라고요. 그래서 경찰이 되고 싶었죠. 근데 중학생 때 아버지가 못 견디고 당구장 팔고 나왔어요."

"그러셨구나…… 지금 명도단에 당구장 없는데, 어디에 있었어요?"

"이것저것 바꿔다가 언제부터는 무슨 게임장 하더만요. 고치킨집 옆에."

"명산이 형님네구나! 그 형님이 그쪽 잘 정리하셨습니다. 사람 좋아요. 한번 가 보시죠?"

"그럴까요? 형사님 시간 되시면 같이 가시죠? 소개도 좀 해주실 겸."

"좋죠. 형님이 좋아하시겠네. 바쁜 일 마치고 시간 맞춰 보겠습니다."

이제 자리를 정리해야 했다. 얘기하느라 조금 식은 음식을 먹었지만, 워낙 잘하는 집이어서 식어도 맛있었다. 차민이가 특히 짜장면이 맛있다고 했는데, 이모부가 언제 경찰서에 놀러 오면 또 사 주겠다고 약속했다. 그러자 차민이네 아빠가 허허 웃으며 말했다.

"경찰서는 대학 졸업하고 제복 입고 가야지."

"너 오면 이 도난 사건 네 성과로 올려 줄게, 하하하."

차민이네 아빠가 벌써 잘 부탁한다며 인사했다. 뜻밖의 훈훈한 마무리였다.

이모부는 경찰서로, 차민이네 아빠는 회사로 갔다. 그리고 우리는 버스를 탔다. 나는 등받이에 등을 대고 편하게 앉았다. 이제야 좀 소화가 되는 것 같았다.

"너 왜 나랑 도난 사건 얘기할 때 동영상 안 보여 줬냐?"

"찍은 거 말하기도 어려웠고, 넌 관심도 없었잖아."

"나 사실은 지금도 별로 관심 없어, 하하하! 그건 그렇고, 너희 아빠 경찰 되게 확고하시더라. 깜짝 놀랐네. 너 어떡하냐?"

"……나 진짜 정신 차리고 노력하면 경찰대 갈 수 있을까?"

"열심히 하면 갈 수는 있겠지. 네가 싫어하니까 문제잖냐."

"나 소질이 좀 있는 것 같아. 이모부도 그러셨잖아. 정말로 도난 사건 내 성과로 주실까? 그건 농담이겠지? 나 경찰 할 수 있을 것 같아."

차민이 눈빛이 아까 아빠의 눈빛처럼 빛났다.

"너 그림 그리고 싶다고 하지 않았냐?"

"몽타주. 우리나라에 몽타주 전문가 별로 없어. 그걸로 시험 보면 경찰공무원도 될 수 있고. 일단 경대 목표로 공부하면서, 미술 학원에서 인물화도 배워야겠어."

"경찰 싫다면서 그런 건 또 언제 알아봤냐?"

"그건 우연히 안 건데, 너희 이모부 보니까 경찰 멋있는 거 같아."

하이고…… 나는 한숨을 푹 쉬며 차창 밖을 내다보았다. 웃음이 났다. 차민이는 아빠가 나서 준 것에 안도하는 모양이었다. 한결 편안해 보였다. 그래 몽타주든 뭐든 그려라. 그리다 보면 뭐든 되겠지. 나는 그게 궁금한 게 아니었다.

"아까 그 생선 요리 이름이 뭐였냐? 맛있더라."

"홍 뭐였는데……."

"홍? 중국 요리 중에 홍으로 시작하는 게 어디 있냐?"

"맞아, 홍뭐뭐뭐야. 검색해 보자."

차민이가 휴대전화로 홍뭐뭐뭐라고 검색했다. 없네. 바보냐? 중국 생선 요리 홍뭐뭐뭐라고 써야지. 그것도 검색 안 되는데? 뭐뭐뭐홍. 그것도 안 나온다. 그것 봐, 홍 아냐. 콩이었나? 콩은 안 들어갔던데. 그럼 홍은 들어갔냐? 홍이 뭔데? 몰라. 에이, 그냥 아빠한테 물어보자. 야, 그럼 또 사 달라고 하는 것 같잖아. 어때. 됐어, 하지 마. 우리는 검색도 안 되는 이름 모를 생선 요리를 두고 떠들면서 각자 집으로 돌아갔다.

11

그런 일들이 있다. 알고 보면 너무 허탈한. 고작 이런 일로 그 토록 심한 고통을 받았었나 싶은. 차민이를 괴롭힌 일당이 너무 쉽게 잡힌 탓이었다. 차민이는 이기원의 뒤에 거대한 조직이 있다고 믿었다. 차민이가 워낙 겁먹고 오랜 기간 시달려서, 이모부도 처음에는 불법 도박 게임 운영 조직 쪽으로 의심했었다고 했다. 대개 이런 데가 사채도 같이 취급하니까. 미성년자들을 끌어들여 공갈 협박을 일삼는 조직도 심심찮게 보니까. 그런데 차민이가 입금한 계좌를 추적해 보니 조직이라고 보기에는 그 수가 지나치게 얄팍했다. 애들 주머니 터는 것도 아니고, 어떤 아이는 오천 원 칠천 원 같은 잔돈까지 입금한 사실도 있었다.

계좌의 주인 또한 어이없게도 이기원의 아버지였다. 그리고 학교로 찾아왔던 이기원의 형. 차민이가 이기원의 형 말고도 한 명 더 봤다고 했으니 드러난 일당은 모두 셋이었다. 무슨 가족 사기단도 아니고.

이모부가 계좌 주인의 주소를 알아내 며칠은 집 주위를 암행했다. 하지만 이기원과 형은 전혀 모습을 드러내지 않았다. 인월동. 바닷바람에 풍화된 빈집들로 낮에조차 음산한 동네였다. 한때는 넓은 마당을 갖춘 집들이 간격을 두고 있는 부자 동네였는데, 이런 집들이 관리되지 않고 방치돼 있으니 더 음산했다. 주로 항구나 시내 쪽에 안정된 직장을 둔 사람들이 살았었다고 한다. 그런데 언젠가부터 하나둘 집을 팔거나 그냥 비워둔 채 떠났다. 그 때문에 노숙자들이 아무 빈집으로 들어가 제 집처럼 사용하기도 했다. 해안도로를 타고 해양 공원을 지나 옆 도시로 넘어가는 경계에 있는 동네. 녹슨 대문이 굳게 닫혔거나, 누군가 걷어차 부서졌거나, 풍화되어 저절로 내려앉았거나 한 동네였다. 그리고 이 동네에 차민이가 일 년 넘도록 꼬박꼬박 돈을 보낸 계좌의 주인이 살고 있었다.

이모부가 찾아간 집 역시 대문이 삐딱하게 기울어 닫히지도 않는 집이었다. 들어가 보니 오십 대 남자가 툇마루에서 대낮부터 소주잔을 기울이고 있었다.

"계십니까?"

계좌 주인은 이모부를 보고도 아무런 반응도 보이지 않았다고 했다. 이모부가 마루에 걸터앉아 그에게 본인 계좌의 입출금 기록을 보여 주었다.

"내가 이렇게 부자였소?"

"이기원, 이동원, 아드님들 맞죠?"

"걔들이 내가 아버지라고 해요? 그러면 맞을 겁니다."

그는 아내고 자식이고 주소는 다 인월동으로 되어 있지만, 인월동에서는 자신만 산다고 했다. 집이라고 가끔 오기는 하는데, 다들 무엇이 그리 불만인지 올 때마다 대문짝을 걷어차고 나가 또 한동안은 오지 않는다고. 이 집 대문이 삐딱하게 기운 이유였다.

"작은 애는 언제 왔었어요? 요즘은 학원도 안 다니는 모양이던데?"

"그래도 학원은 다녔대요? 고놈은 가끔 와서 술값이라도 던져 주고 갑니다만."

"······고작 중학생 애가 술값을 던져 주는데 아무 생각 없이 받았어요?"

"나는 코 흘릴 때부터 벌었어요. 그 나이에 그만큼 못 벌겠어
요?"

"그 나이에 뭘 해서 벌었을 것 같습니까?"

"……."

"알고 계셨죠? 아드님들이 하는 짓들."

"……모릅니다."

"아버님이 눈감고 있는 사이에 얼마나 많은 애들이 고통받은
줄 아십니까?"

"형사님도 자식 키우시죠? 자식이 내가 낳았다고 내 맘처럼
됩니까?"

"자식 낳은 죄죠. 적어도 아버님은 피해자들한테 미안해해야
한다고요. 아시겠어요?"

"예, 미안했어요, 나도. 큰놈이 초등학생 때부터 사고 쳤습니
다. 나도 꼬박꼬박 미안하다고 했습니다. 이제는 지쳤어요. 당
한 애들이 병신이지……."

"아버님 착각하고 계시네요. 부모는요, 지칠 자격이 없는 사
람들입니다. 내일 죽어도 자식한테 일이 생기면 벌떡 일어나는
게 부모라고요. 태평하게 술이나 마시면서 지쳤다고 할 자격 없

습니다. 그 돈으로 퍼마시면서 그 돈 뺏기느라 상처받은 애들이 병신 같다고요? 자식들은 돈 뜯고 아버지는 병신 만드는 겁니까, 지금!"

"……슬하에 자식이 없으신가 봅니다. 자식 키워 본 사람들은 그렇게 말 못해요. 부모들은 지칠 자격이 없는 게 아니라, 지쳐서 사는 사람들입니다. 내일 죽어도 벌떡 일어나는 게 부모가 아니라, 자식이란 놈들이 제 부모가 내일 죽어도 꾸역꾸역 일어나게 만드는 거라고요. 내 자식이어서 남보다 더 끔찍한 건 아십니까?"

"남보다 못한 부모가 있다는 건 잘 알죠. 첫째는 이제 청소년 보호 못 받아요. 그래도 자식 놈들이라고 살릴 맘 있으시면 꾸역꾸역 일어나서 다 뒤집어쓰시든가. 술값 보답은 해야지 않겠어요?"

"……."

그는 모든 것을 모른다고 일관했지만, 결국 이모부가 일당을 잡았다. 차민이가 이자건 원금이건 한 푼도 갚지 않자, 이동원이 이번에는 학원으로 찾아와서 협박했다. 그리고 잠복 중이던 이모부와 동료 형사가 현장에서 검거했다. 일당은 조직이라는 표현이 무색하게, 고등학교를 자퇴하고 가출한 이동원과 그의 친구, 그리고 이기원이 전부였다. 고작 이 셋이서 뒤에 거대 세력이라도 있는 듯 행세하며 중학생들을 상대로 사기 친 거였다. 색다른 수법도 아니었다. 학교 다니며 했던 짓을 학교 밖에서도 한 것뿐이었다. 이기원의 형 이동원이 학교를 그만둔 이유였다. 이동원은 중학생 때부터 후배나 동년배들에게 도박 게임을 시켜 빚을 지게 한 뒤, 악덕 사채업자처럼 뜯어낸 전과가 있었다. 원하지도 않은 게임 머니를 억지로 충전해 주고 빚쟁이로 만들어 버리는 수법이었다. 이런 수법을 고등학생 때까지 써먹었는데, 많게는 수백만 원씩 뜯긴 애들도 있었다. 그러다가 결국 퇴학 직전에 자퇴했다. 배운 게 도둑질이라고, 자퇴하고 나서도 계속 이 짓거리를 했다. 자신들이 다루기 쉬운 중학생들만을 대상으로 했는데, 마침 이기원이 중학생이 된 바람에 일이 더 수월했다. 이기원이 아이들을 끌어들인 뒤 끊임없이 공포를 주입했기 때문이었다.

"너 그러다 죽을 수도 있어. 얼마라도 생기면 족족 보내. 그럼 조금씩 봐주더라. 어떤 애는 끝까지 하나도 안 갚아서 어디로 끌려갔어. 걔 어떻게 됐는지 알아? 보면 깜짝 놀랄걸? 원래 도박하다 빚진 사람들은 손이고 발이고 성한 데가 없는 거야."

이모부는 이 일당이 어려서 더 잔인했다고 했다. 몇 천 원에도 시시덕거리느라 박박 뜯어냈다고. 그날그날 들어오는 돈으로 먹고 노는 게 그저 좋았던 것이다. 돈이 들어오는 계좌를 화수분이라고 하고, 입금하는 아이들을 거름이라고 불렀으니, 악랄함이 절로 느껴지는 대목이었다. 이 일당이 허술한 중에 똑똑하게 군 게, 조직을 확대하지 않았다는 점이었다. 문어발처럼 모집책을 운영했다거나 마구 미끼를 던져 소위 거름들을 잔뜩 두지 않았다. 모집책은 이기원 하나였고, 거름들은 열 명 남짓으로 관리했다. 셋이 놀면서 관리하기에는 이 정도가 적당한 거였다. 그런데 문제는 열 명 안으로 들어온 애들이었다. 수가 적은 만큼 더 혹독하게 당했다. 마침내 부모에게 알리는 시점이 되면, 놀랍게도 부모들 대부분은 빨리 돈을 갚고 끝내는 경우가 많았다고 한다. 학교에 알려지는 게 두려웠기 때문이었다. 나는 얼굴 한번 보지 않고 겨우 메시지로만 협박해도 이런 일이 가능했다는 것이 그저 놀랍기만 했다.

"이런 일이 처음도 아닌데, 왜 자꾸 당하는 사람들이 생기는 걸까?"

"세상은, 남들은 다 아는데 나만 모르는 것투성이거든. 아무리 흔한 일이어도 내가 모르면 어쩔 수 없어. 이런 사람을 노리는 인간들이 사라지지 않는 한 계속 반복될 거야."

"진짜 나쁜 사람들이다."

"나쁜 것에 진짜 가짜가 어디 있어?"

"아니, 생각보다 더 나쁜 것 같아서 그렇지."

"나쁜 걸 뭐 생각까지 해. 나쁜 건 그냥 나쁜 거야."

이기원 일당은 대략 그렇게 정리됐다. 조사 과정에서 이들에게 당한 또 다른 아이들과 부모들도 참고인 조사를 받았다. 하지만 차민이네처럼 적극적으로 신고에 동참한 사람은 얼마 안 됐다. 대개는 자식이 도박한 사실을 빨리 덮는 쪽을 택했다.

"이기원네 아빠는?"

"조사 중이다."

"이모부가 인월동에 갔었는데 왜 이동원은 아무것도 모르고 나왔지? 경찰 다녀갔다고 미리 안 알려 줬나? 정말 몰랐었다고 해도, 부모니까 도망가라고 했을 수도 있잖아."

"글쎄…… 사기꾼들은 아무것도 믿으면 안 돼. 걔들은 자기 자신도 안 믿어. 아버지 명의의 휴대전화를 사용하고, 그 명의의 통장과 카드를 사용하고, 주민등록증까지 훔쳐 갔다? 미성년 아들들이 밖에서 자신의 모든 걸 사용하고 있는데도 전혀 몰랐다? 애들이 나쁜 짓을 안 했으면 또 몰라. 아빠가 술에 절어 사는 무직자니까. 그럼 둘이 어떻게든 살아야 하지 않겠어? 그런데 너무 오래 못된 짓을 했어. 그럼 얘기가 달라져. 이 아빠는 자기도 빌어먹을 자식들한테 도용당한 척해야 해. 그렇게 밀고 나가려면 자식이라도 아무 말 하지 않는 게 맞고."

"자기 살려고 자식을 경찰 손에 넘겼다고?"

"이 아빠 화수분의 거름이 자식이면 가능하지. 혹은 아버지라서 눈감아 주고 있다가 이제야 결심했을 수도 있고. 계속 그렇게 살면 안 되니까 잡히는 걸 보고만 있었을 수도 있겠지. 정신 차리라고. 부모가 참 어렵다."

이기원은 겨우 연락이 닿은 엄마가 데려갔다. 그리고 이동원과 그의 친구는 재판을 앞두고 있다. 차민이가 그토록 시달렸던 일이 이렇게 마무리된 것이었다. 참 많은 걸 생각하게 한 사건이었다. 너무 다른 아버지들. 이기원의 아버지, 차민이의 아버지, 그리고 나의 생부. 놀랍게도 나는 이 사건의 끝자락에서 나의 생부와 맞닥뜨리고 말았다.

12

이모부는 차민이의 일을 맡으면서 며칠씩 집을 비울 만큼 무척 바빴다. 차민이가 제보한 영상 덕에 해양 공원 도난 사건의 용의자들을 특정할 수 있었는데, 그 때문에 도박 사기 일당과 도난 사건의 일당들을 거의 함께 검거하느라 정신이 없었다. 그러면서도 이모부가 신출귀몰하게 도난범들을 잡았을 때는 지역 뉴스에까지 나왔더랬다. 도난범 세 명이 형사들의 손에 이끌려 경찰서로 들어가는 모습도 잠깐 나왔다. 당연히 형사 중에는 이모부도 있었다.

"저 도둑놈의 새끼들, 무슨 기운에 그런 걸 훔쳐 가."

할아버지가 도난범들을 보며 혀를 찼다.

"이모부는 저 옷밖에 없다니? 버리라니까 테레비에까지 입고 나왔네."

할머니는 이모부 의상에 혀를 찼다. 그리고 나는 도난범 중의 가운데 남자에게 혀를 찼다. 셋 다 모자를 푹 눌러쓰고 있었는데, 유독 가운데 남자가 낯이 익은 거였다. 저 검은색 뉴욕 양키스 어디서 봤는데······.

"맞다! 할아버지, 저 가운데 뉴욕 양키스, 우리 슈퍼에 왔었잖아. 기억 안 나? 내가 저 사람 얼굴이 갸름해서 저 모자가 잘 어울린다고 했었잖아."

"나한테 그런 말을 했었어? 언제?"

"안 했어? 내가 속으로 생각한 거였나? 아아! 한 달? 한 달 반? 아무튼 그때 한번 왔다가 얼마 전에 또 왔었어. 할머니가 청천 할머니네서 수제비 가져온 날. 그때 살롱 삼촌이 저 사람 수상하다면서 슈퍼에 왔었거든. 조심하라고. 역시 삼촌이 나쁜 놈 알아보는 데는 최고야. 나도 저 모자 갖고 싶었는데······ 하필 도둑놈이 쓰고 나왔냐."

"아이고, 우리 손녀딸 이번에는 모자여? 저거는 얼마나 일해야 사는데?"

"저건 일주일만 해도 사. 살 마음이 싹 사라졌네. 에이, 도둑놈의 새끼."

그가 바로 생부였다. 하필 아빠가 출장 간 날 집까지 찾아온 이동원을 피해 해양 공원으로 숨었던 차민이가, 생부를 동영상으로 담아 온 것이었다. 뉴스를 본 날 밤, 내가 집에서 뉴욕 양키스를 봤다고 호들갑을 떨었더랬다. 이모부가 얼마나 놀랐을까 싶다. 하지만 내가 슈퍼에서 봤다고 한 바람에 이모부가 생부임을 알려 준 건 아니었다. 뉴스를 보고 온 날 밤, 그날도 나는 차민이와 전화로 수다를 떨고 있었다.

"뉴스 봤냐? 네가 찍은 동영상 덕에 잡았대."

"나는 너희 이모부가 범인 같더라. 왜 그렇게 표정이 무서워."

"못 믿겠지만, 우리 이모부가 가장 자신 있어 하는 표정이다. 하하하. 근데 거기 가운데 뉴욕 양키스 야구 모자 쓴 사람, 우리 슈퍼에 왔었다. TV 보고 깜짝 놀랐잖아."

"진짜?"

"진짜로. 공원에서는 벙거지를 쓰고 있어서 몰랐는데, TV에는 뉴욕 양키스를 떡 쓰고 나왔더라고. 그 모자 쓰고 두 번이나 우리 슈퍼에 왔었어."

"와, 심장 쫄깃하다. 아무 일 없었어?"

"없었지. 전에는 공원 염탐하러 오고, 다음에는 현장 분위기 살피러 왔었나 봐. 범인은 다시 돌아온다. 내가 다른 건 몰라도 손님은 기가 막히게 기억하거든."

침대에 누워 발을 벽에 대고 까닥까닥하며 통화 중이었다. 그런데 갑자기 아무 영문 없이 벽지가 눈에 들어왔다. 벽지······ 나는 벽지에 무늬가 있는 게 싫어서 이 방을 도배할 때 민무늬 밝은 베이지색 벽지를 선택했었다. 그때 이모가 그랬다. 취향이 엄마하고 똑같다고. 엄마도 벽지에 무늬 있는 걸 싫어했다고. 자잘한 꽃무늬 벽지······ 이상한데. 나는 서둘러 전화를 끊었다.

"야, 전화 끊자. 나 졸려."

"알았어. 잘 자."

나는 침대에서 나와 책장 구석에 끼워 둔 앨범을 꺼냈다. 생부의 존재를 안 뒤로는 쳐다보지도 않던 앨범이었다. 이모가 챙겨 준 엄마 사진들로만 채운 작은 앨범이었다. 어릴 적부터 임신했을 때까지의 모습들. 엄마 생전의 모습은 거기까지가 전부였다. 그중 내가 특히 좋아했던 사진은, 배가 불룩 나온 엄마가 내게 주려고 직접 만든 인형을 들고 찍은 사진이었다. 비행기라고 하지만 아무리 봐도 고래 같은 인형이었다. 이 인형은 내가 초등학생 때 잃어버렸다. 그때가 바로 이 집을 도배하던 날이었다. 집의 가구나 살림들을 이삿짐센터에 하루 맡기고 장판과 도배를 새로 싹 했다. 그리고 다음 날 다시 짐을 들였는데, 내가 다른 인형들과 함께 넣어 둔 가방에서 그 인형만 사라졌었다. 더는 가지고 놀지 않고 진열만 해 두는 인형이었지만, 갑자기 사라진 탓에 조금 많이 울었었다. 여하튼, 그 인형이었다. 엄마는 비행기라고 했지만, 나는 고래라고 부른. 엄마가 그 인형을 들고 벽에 바짝 붙어 앉아 이모 휴대전화로 찍은 사진이었다.

나는 서둘러 그 사진을 찾았다. 그리고 벽지를 확인했다. 엄마 뒤로 보이는 벽지는 그냥 민무늬였다. 사진이라 잘 안 나온 건가. 나는 그 방에서 찍은 다른 사진들도 확인했다. 어떤 사진에도 꽃무늬는 없었다. 나는 앨범에서 사진을 빼내어 이모에게로 갔다.

"이모, 자? 잠깐 이것 좀 봐 봐."

"뭔데?"

이모가 자다 말고 겨우 눈을 떴다.

"이거 엄마 사진인데, 이때 도배 새로 한 거야?"

"무슨 말이야. 어느 집? 불 좀 켜봐."

내가 얼른 안방 불을 켰다. 이모가 일어나서 사진을 살폈다.

"아, 옥탑방……. 이사 와서 언니가 한 번 한 게 다야. 왜?"

"이 집 벽지 자잘한 꽃무늬 없잖아. 아예 아무 무늬도 없는데? 근데 그 사람은 왜 꽃무늬가 있다고 했지?"

"……."

"자기가 엄마랑 직접 골라서 도배한 거라며. 근데 그걸 잘못 기억해?"

"그 사람이 분명히 그렇게 말했대? 이모부 밖에 있지?"

이모가 침대에서 나와 거실로 갔다. 이모부는 소파에서 TV를 틀어 둔 채 자고 있었다. 이모가 TV를 끄고 이모부를 깨웠다.

"여보, 일어나 봐. 빨리 좀 일어나 봐."

"……왜?"

"당신 전에 그 사람이 우리 옥탑방 벽지, 꽃무늬라고 했다고 했어?"

"아마 그럴걸? 왜?"

이모부가 눈을 게슴츠레 뜨고 일어나 앉았다. 이모가 이모부에게 내가 가져온 사진을 보여 줬다.

"우리 방 벽지 꽃무늬 아니었어. 아니었다고. 사진 봐 봐."

"……설마 사진이 이렇게 나온 건 아니지?"

"아니지. 내가 그걸 왜 몰라. 언니는 꽃 싫어해. 우리 거기 처음 간 날, 축하한다고 머리에 화환을 씌워 줬는데, 애들이 보육원에 온 게 무슨 축하할 일이라고 화환을 씌워 주냐고, 그때부터 꽃이란 꽃은 다 싫어했어. 그런데 무슨 꽃무늬 벽지야. 연하늘색 민무늬 벽지였다고. 이 사진도 내가 휴대전화로 찍었어. 언니가 연수 준다고 하늘색 천으로 비행기를 만들었는데, 이 사진은 다 완성한 날 찍은 거야. 벽지가 하늘색이니까 하늘에 비행기 띄운다고 짠! 그러면서. 그런데 비행기는 이렇게 하늘색으로 제대로 나왔는데, 뒤의 벽지는 연해서 그런지 사진상으로는 그냥 하얗게 나왔어. 그 사람이 착각했을까?"

"기억은 의외로 되게 사소한 걸 선명하게 기억해. 어떤 사람 귓바퀴의 점이나 어느 화장실에 핀 곰팡이 같은…… 이 자식, 같이 도배한 게 아닐 수도 있어. 어쩌면 그 옥탑방에 간 적도 없을 수 있다고……."

"나 사실 그때 머리가 하얘졌어. 언니가? 언니가? 그러다 보면 당신이 또 뭐라고 하고. 뭘 도와줬는데, 도배한 날, 수면제, 중학생 애…… 귀로 들으면서도 속으로는 계속 언니가? 진짜 언니가? 그러면서 당신 얘기를 쫓아가기도 급급했다고. 나는 뭐라고 해야 하지? 그런 생각만 하다가 정작 중요한 얘기를 놓쳐 버렸어."

"이 자식이 운이 좋았을 수도 있지. 이제 그 운이 다한 걸 수도 있고⋯⋯."

그래서 이모부가 뉴욕 양키즈가 생부임을 밝힌 거였다. 사실 중국집에서 차민이가 찍은 동영상을 보면서 벙거지가 그라는 걸 바로 알았다고 했다. 단지 내 앞에서는 모르는 척했을 뿐이었다고. 하지만 더는 감출 수가 없었던 것이다. 그가 내가 있는 공간으로 들어와 내 손을 거친 물건을 가지고 나갔다. 그 느릿느릿한 움직임이 떠올라 소름이 돋았다.

"교도소에 있다며. 사람이 죽었다면서. 벌써 나온 거야?"

"사실은 피해 가족하고 합의를 봤어. 과실치사가 그래. 자숙하고 지내겠다고 해서 믿었지. 좀 멀리 가 있겠다고 해서 여비도 좀 챙겨서 보냈다. 한동안 돌아올 생각이 없는 것 같았어. 그래서 너하고 이모 맘 편히 지내라고 그렇게 말했다. 그런데 여전히 여기에서 활개치고 다녔더라고 이 자식이⋯⋯."

그러면서 내 의중을 조심스럽게 물었다.

"연수야, 혹시 너는 만나 볼 생각이 있는데, 이모부가 오지랖으로 막는 건 아니지?"

"아니, 전혀. 안 만나, 싫어."

"그래. 근데 슈퍼에 올 때마다 그 모자 쓰고 왔다고 했었지?"

"어. 검은색 뉴욕 양키즈 야구 모자. TV에 쓰고 나온 거."

"네가 분명히 TV를 볼 걸 알고 썼을 거야……. 다시 알아봐야 겠다. 개새끼, 아니면 죽었어."

"나…… 유전자 검사할래. 일치해도 나 안 놀라. 이미 거의 생부라고 생각들 하잖아. 여지를 남겨 두는 게 더 아닌 것 같아. 확실하게 해 두고 또 나타나면…… 욕하든 도망치든 할게."

"그래 하자. 이모도 찬성이야. 여보, 연수 검사해서 일치하면 내가 찾아가서 빌게. 내 언니니까. 그 사람 안 지 벌써 1년이 넘 었어. 당신은 더 됐지. 우리가 그렇게 오래 도망친 거야. 진실을 대면할 자신이 없어서. 그런데 설령 언니가 그랬대도 우리까지 죄인으로 살 순 없잖아. 아니, 적어도 우리 연수는 그렇게 살면 안 되잖아. 내가 빌고 또 빌게. 근데 그 사람, 언니한테는 너무 아픈 상징을 잘못 말했어. 우리 집 벽지 꽃무늬 아니었어. 민무 늬 하늘색. 연수가 고래라고 우긴 비행기 인형을 날렸던 연하늘 색. 그 사람, 거짓말했어."

13

이모와 내게는 1년 반. 이모부에게는 좀 더 긴. 우리가 사기
꾼의 세 치 혀에 놀아난 시간이었다. 그렇게 오랜 시간을 시달
렸는데, 진실은 고작 일주일 만에 밝혀졌다. 이모부가 직접 나
의 시료를 채취했다. 면봉으로 입과 콧속의 점막을 긁는 너무
간단한 과정이었다. 머리카락 몇 올도 참고로 챙긴 것 같다. 그
리고 그것들을 국립과학수사연구원으로 보냈다. 나의 아주 적
은 세포만으로도 내 유전자의 뿌리를 밝힐 수 있는 것이었다.
그렇게 밝혀낸 정보를 이미 많은 전과로 국과수 DNA 데이터베
이스에 저장된 그의 정보와 대조했다. 나를 내세워 성폭행을 주
장한 사람. 내가 그날의 증거라고 한 사람. 그러나 결과는 불일

치였다. 불일치. 즉, 그는 나의 생부가 아니었다.

"연수 너, 꼼짝 말고 있어라. 이 새끼 죽여 버리고 갈 테니까!"

툭, 눈물이 터졌다. 나는 그동안 눈물을 참 잘 참았다. 내 부모로 인해 또 다른 부모가 상처받았고, 상처받은 부모는 다른 많은 사람에게 상처를 주고 있었다. 가슴에 눈물이 쌓였지만, 울지는 않았었다. 그때 나는 내가 되게 불쌍했었다. 그런데 거기에 대고 징징 울기까지 하면 내가 너무 초라해질 것 같았다. 여태껏 없었고 앞으로도 없을 부모들인데, 그들 때문에 더 처량해지고 싶지는 않았다. 그래서 꾹꾹 참았더랬다. 하지만 이번에는 조금 울었다. 너무 악랄해서 분통이 터졌지만, 그 모든 게 거짓이었다는 것이 숨 막히게 좋아서 저절로 눈물이 나왔다. 그가 생부가 아닌 것만으로도 세상을 다 가진 것처럼 좋았다.

만약 내가 초기에 검사했더라면 그의 사기는 고작 한 주 만에 끝났을 거였다. 하지만 그때 하지 않았다고 해서 우리가 미련했다고는 생각하지 않는다. 이 사달의 모든 책임은 가해자가 져야 했다. 우리는 가만히 있다가 돌을 맞은 사람들이므로 상처치유가 우선이었다. 다친 사람들에게 너희는 왜 아무것도 하지 않았느냐고 따진다면, 너무 아파서 일어날 수가 없었다고, 내 상처보다 다른 사람의 상처가 더 아플까 봐, 차마 헤집을 수가 없었다고, 이런 우리에게 혀를 차는 당신은 도대체 뭐냐고 되묻고 싶다. 우리는 모두 너무 아픈 피해자였다. 고통을 아주 힘들게 이겨 낸. 불일치. 다행이었다. 정말 다행이었다. 그가 생부일지도 모른다고 생각했을 때, 그가 뱉은 모든 말이 상처였다. 어쩌면 너무 악랄해서 그대로 믿어 버렸을지도 몰랐다. 사람이라면 그런 끔찍한 거짓말을 지어낼 수는 없을 테니까. 그래서 나는 힘껏 외쳤다. 야, 이 개새끼야!

그날, 이모부는 손이 몇 군데 까져서 돌아왔다.

"때렸어? 경찰이 사람 패면 안 되잖아……."

"내가 경찰로 갔어? 나는 피해자로 간 거야!"

이모와 나는 이모부가 돌아오면 그동안 우리가 얼마나 힘들었는지, 당신이 우리를 앉혀 놓고 청산유수처럼 떠들어서 어머, 어머, 진짠가 보다, 경찰이 그렇다는데 그러면 맞는 거지, 어쩜 좋아, 그러고 세상 둘도 없는 죄인이 되어 짓지도 않은 죄를 자숙하고 지냈는데, 그 새끼가 사기꾼이라고요? 우리의 억울하고 분통 터지는 사연을 좀 들어 보세요, 형사님? 그렇게 소리 높여 외칠 준비를 하고 있었다. 그런데 이모부가 손등이 터지고 까져서 와서는 우리보다 더 화내고 흥분한 바람에 돌연 이모부를 걱정하고 말았다. 이모가 차분하게 물었다.

"어떻게 됐어. 당신 괜찮아?"

"뭐가 어떻게 돼, 죽지 않을 만큼만 팼지……."

이모부가 씩씩대며 구치소에서 그를 만난 얘기를 했다.

"지낼 만하지? 자주 오는 데라."

"형사님은 왜 저만 잡으시는 겁니까?"

"아니, 네가 현장에서 특수 절도 다큐멘터리를 찍었더만. 얼굴이 아주 잘 나왔어."

"……혹시 밖의 상황이 어떤지 알 수 있을까요?"

"밖의 무슨 상황?"

"……혹시 탄원서 같은 움직임은 아직 없나 해서요."

"아, 탄원서. 공무원들이 좀 빡빡하다. 너 특수 절도야. 그동안은 혼자 잘하더니 이번에는 왜 셋이서 공모까지 했어, 그래. 혼자 나르기에는 좀 무거웠지?"

"공모요? 억울합니다. 우연히 만난 사람들인데, 조금만 도와주면 밥값은 떼 주겠다고 해서…… 제가 되게 어려웠거든요."

"넌 어떻게 우연히 만난 사람들하고 자꾸 사고를 치냐?"

"갈 곳도 없고, 쓸쓸하기도 하고, 그래서 그 애도 볼 겸 그쪽을 몇 번 갔습니다. 보고 나면 또 제 처지가 처량해서 물 하나 사서 거기 공원에 한참 앉아 있었어요. 하루는 그러고 앉아 있는데 이 사람들이 와서 용돈 한번 벌지 않겠냐고, 손 좀 보태면 밥값은 서운하지 않게 주겠다고…… 제가 정말 돈이 없었거든요. 자꾸 형사님 찾아가기도 면목 없고."

"네 입으로 줄줄 말하네. 그게 공모야."

"……그런 게 공모인지도 몰랐어요. 죄송합니다. 형사님이 한 번만 더 힘써 주시면 다시는 이런 짓 하지 않겠습니다. 저는 정말 몰랐습니다."

"내가 무슨 힘을 써?"

"제 사정 좀 잘 말씀해 주세요. 먹고살기 힘들어서 잠깐 눈이 멀었습니다."

"너 도배 기술 있는데 왜 먹고살기가 힘들어? 그거 돈 많이 받잖아."

"도배요? 제가 무슨 도배 기술이 있어요?"

"자잘한 꽃무늬 벽지로 도배했다면서, 개새끼야!"

아마, 꽤 맞은 것 같았다. 교도관들이 달려와 이모부를 말리기는 했으나, 왕년의 엘리트 유도 선수의 솜씨는 아직 녹슬지 않았다. 업어치기, 메치기, 후리기, 돌리기, 되치기 등등 온갖 기술 얘기가 다 나왔다. 이모부가 너무 흥분한 상태로 말해서 이 기술들을 말리는 교도관들한테 썼다는 건지, 피하는 그 새끼한테 썼다는 건지는 정확하지 않았다. 어쨌든 그 새끼가 교도관들의 손에 질질 끌려서 의무실로 갔다고 하는 걸 보면 맞긴 되게 맞은 것 같았다. 이렇게 잔인하고 끔찍한 거짓말이 또 있을까. 같은 보육원에서 자란 동생들이었다. 동병상련의 애처로움도 없었을까. 이건 너무 잔인한 거짓말이었다. 내가 이모부에게 물었다.

"그냥 생부라고 해도 됐잖아. 왜 꼭 엄마를 그런 식으로 말했어야 했는데? 왜?"

"그래야 우리가 두려워하니까. 진실을 감추기에 급급할 거라고 계산한 거야. 내가 전혀 안 그랬다고는 말 못해. 나도 사람인데 여러 생각이 들지 않았겠어? 내가 경찰인데, 내 가족한테 그런 혐의가 있어. 그런데 죽었잖아. 공소권도 없어. 그냥 저 자식이 딸 생각해서라도 입 다물고 있었으면, 그런 생각도 했다고. 외부에서 자신들을 보던 시선으로 속였어. 당신들은 우리가 이런 짓을 하고도 남을 줄 알잖아, 맞지? 맞아, 나도 별수 없었어.

나는 안 그럴 줄 알았는데, 결국 그렇더라. 미안하다, 여보."

"미안해할 거 없어. 나도 별수 없었거든. 그땐 왜 그렇게 그런 교육을 많이 받았나 몰라. 조심해라, 일 터지면 괜히 의심받는다. 사람들 얘기 들었지? 그런 일 생기면 정말 큰일 나는 거야. 그렇게 주의받으면서 오히려 나쁘게 각성됐어. 그런 일 당하지 않게 조심해라, 이게 아냐. 너희 그런 짓 하면 절대 안 돼! 이렇게 각인됐거든. 그러면 나는 아니어도 다른 애들은 그럴 수도 있는가 보다, 무의식적으로 그렇게 생각한다고. 그러니까 언니도 결국……. 우릴 너무 잘 알았어. 우리가 서로 그렇게 생각한다는 걸 그 사람도 아주 잘 알았던 거야. 당사자니까."

"내가 너무 얕봤지. 이 자식이 처음부터 노린 건 나였는데, 나는 당신하고 연수만 생각했어. 말마따나 나는 건드릴 이유가 없다고 생각한 거지."

"일면식도 없는 당신을 왜 노려? 게다가 경찰을?"

"일면식도 없는 경찰이니까. 나는 아무 정보도 없는데, 저는 내 정보를 어느 정도 가지고 있었잖아. 처음부터 의도적으로 나한테 잡힌 건 아닐 거야. 어느 날 잡히고 보니 나였겠지. 보육원 사람들 사이에서 알음알음 알려진 경찰. 누구의 남편. 아하, 그러고 즉흥적으로 이야기를 짜냈을 거야. 아는 뼈대에 살을 붙인 거지. 너무 그럴싸하게. 나도 가만히 있지는 않았어. 나름 알아 봤다고. 실제로 그런 모임도 있었고. 근데 너무 오래돼서 다들 기억에 의존해서 하는 말들이라 별 수확은 없었어. 이제 보니까 이 사달의 재료를 준 사람이 그 처형 동기네. 모임이라고 나와서 처형을 헐뜯어 낸 걸, 이 자식이 냅다 주워듣고 나한테 써먹은 거야. 입이 참 사악한 사람이네. 그 사악한 거짓말을 이 자식이 끔찍하게 이용해 먹었어."

"그런 거짓말로 우리한테 금전을 요구한 것도 아닌데, 대체 뭘 얻으려고 이용해?"

"많이 얻었지. 사고 칠 때마다 합의 봐준 게 몇 번인데. 합의 볼 수 있는 건 최대한 보게 해 줬다고. 그 노인 죽었을 때도 내가 사정사정했다. 사람 하나 살려 주자고⋯⋯. 나는 여태껏 당신하고 연수를 내가 지킨 줄 알았어. 내가 이 자식을 서운하지 않게 돌봐서 당신하고 연수 일상에 큰 지장을 주지 않은 것으로 착각했다고. 아냐. 당신하고 연수는 애초에 관심도 없었어. 저를 위해 정신없이 뛰어다닌 나, 나를 가지고 논 거였어."

이모부가 고개를 돌려 거실 창을 바라보았다. 밖이 깜깜해서 거실 창으로 우리의 모습이 선명하게 보였다. 소파에 다리를 올리고 앉아 있는 나. 탁자를 가운데 두고 앉은 이모와 이모부. 아직 뚜껑도 따지 않은 채 탁자에 그대로 놓인 캔 맥주 한 개.

이모가 캔 맥주 꼭지를 따서 이모부 앞에 놓았다.

"당신 괜히 나랑 결혼해서 못 볼 꼴을 다 본다."

"그게 아니라 당신이 하필 경찰인 나하고 결혼해서 험한 꼴 당한 거야. 내 주변을 이용한 거니까. 내가 꼼짝 못 하는 가족. 이 자식이 이제는 간땡이가 부어서 연수를 직접 이용하려고 들더라고. 내가 당신하고 연수한테 말을 못 할 거라 생각한 거지. 절대로 그런 잔인한 말은 못 할 거다. 근데 부성애를 이용해서 접근하면 내가 욕도 못 하고, 그러면서도 막으려고 결국 저를 도와줄 거라는 셈이었지. 그래서 기자들 앞에 그 모자를 쓰고 나온 거고. 연수가 반응하게. 그게 한 번 통했거든. 전에 연수를 몰래 봤다고 했을 때. 이번에는 연수가 본 걸로 만든 거야. 범행 전에 한 번, 그 뒤에 또 한 번, 그리고 뉴스에서까지 세 번. 그렇게 애달픈 놈이, 검거된 모습을 대놓고 보여 준다고? 모자를 바꾸고 못 알아보게 하는 게 아빠지. 이 자식은 반대로 했어. 연수 입을 통해서 내가 충격받길 바란 거야. 연수가 아무 사실을 모른대도, 이미 아빠를 여러 번 보고 기억하고 있다고 나한테 말한 거지. 협박이야. 공소권도 없어. 폭로해서 얻을 건 아무것도 없어. 폭로로 가장 크게 상처받는 건 죄 없는 딸이지. 아빠가 그

딸을 걸고 협박해? 내가 저 모자에서 감을 잡았다고, 이 개새끼가 가짜 거. 그게 딸 보기가 부끄러워서 말도 못 걸고 도망쳤다는 놈 행동이냐고."

"인간이 어디까지 바닥이면 어린애까지 이용할까. 너무 파렴치하다."

"파렴치하지 않은 사기꾼 봤어? 사기꾼한테 인간적인 접근은 하지 마."

"알고 보니까 모든 게 다 보이는데, 그동안은 왜 그렇게 안 보였을까."

"내 가족이 엮여 있으니까 겁나서 눈이 먼 거지……. 당신 많이 힘들었지?"

"내 언니가 그랬다는데 무슨 낯으로 힘들어해. 당신하고 연수한테 미안해서, 내가 더 잘할 생각밖에 없었어."

"……그렇게 꼭 양심은 양심 있는 사람들의 몫이지."

"연수가 잘 버텨 줬지. 얼마나 힘들었겠어. 고맙다, 연수야."

"나 사실 1학년 때는 좀 방황했었어. 친구도 못 사귀고. 집, 학교, 학원, 명도단, 이렇게만 빙빙 돌았어. 실감이 안 났어. 받아들이지 못했던 것 같아. 무섭지는 않았어. 그냥 다 싫었어. 그러다가 2학년이 됐는데, 그때도 친구 같은 거 사귈 생각은 없었어. 혼자가 더 편했거든. 그래서 학원도 우리 학교 애들 잘 안 다니는 먼 데로 다닌 거야. 그런데 그룹 과제 하면서 걔들하고 친해졌어. 나는 내가 너무 심각한 문제를 떠안아서 다른 애들하고는 사는 게 다르다고 생각했는데, 애들하고 있으면 내가 그냥 평범한 중2인 게 실감 나는 거야. 과제를 고민하고, 그러다가도 깔깔대고 놀고, 아빠고 뭐고 일단 아이패드를 가져야겠는 거야. 슈퍼에서 아이패드를 검색하는데, 문득 그 사람이 되게 작게 느껴지는 거 있지. 아이패드 고민보다도 더 뒤로 밀려 있더라고. 고작 그것밖에 안 되는 존재였어. 나타나면 알겠어요, 꺼지세요, 그러면 되는 거였잖아. 내가 내 엄마가 그래서 죄송합니다, 그럴 이유는 없잖아. 정말 한순간이었어, 그런 생각이 퍼뜩 든 게. 갑자기 눈앞이 환해지면서 원래 있었던 것들이 그대로 있고, 나도 전하고 똑같이 지내고 있었다는 게 느껴지는 거야. 슈퍼 계산대에서. 어서 오세요. 아기 때부터 슈퍼에 누가 오면 늘 그랬거든. 할머니 따라 하다가 몸에 밴 거야. 어서 오세요. 내가 변함없이 그러고 있다는 게 자각되니까 되게 평화롭게 느껴지더라고. 변한 건 하나도 없었어. 나는 그냥 나였어. 그래서 하는 말이야. 나 생각처럼 되게 힘들게 지내지는 않았어. 솔직히 나는 내 친구들한테 생긴 일들이 더 걱정이었다고. 그러니까 내 걱정은 안 해도 돼."

"너 1학년 때 자꾸 혼자 다닌다고 할아버지가 이모부 따로 불러서 얘기한 적 있었다. 사춘기 같으니까 신경 좀 쓰라고. 나는 네가 생각할 시간이 좀 필요할 것 같아서 그냥 뒀고. 네가 그 시기를 잘 넘긴 듯싶다. 기특해. 사춘기를 아주 잘 넘겼어."

"웃겨, 나는 어른들이 하도 사고를 치고 다녀서 사춘기를 앓을 시간도 없었네요."

"아, 그러셨어요?"

"네, 그랬어요. 경찰이 사기를 당해서 더 그랬어요. 혹시 사기 안 당하는 법은 없을까요?"

"잘 들으세요. 사기를 안 당하는 유일한 법은, 사기꾼을 안 만나는 거랍니다."

"처음부터 그 사람이 사기꾼인지 아닌지 어떻게 알죠?"

"그러니까 경찰이든 뭐든 걸리면 당하는 거라고!"

"……."

이렇게 억울한 일이 또 있을까. 그래도 우리는 서로의 잘잘못을 따지지 않기로 했다. 우리는 명백한 피해자니까. 누가 더 바보 같았느냐고? 그건 아마 서로를 아끼는 마음과 비례하지 않았을까. 서로를 걱정시키지 않으려고 각자의 방식으로 인내

했을 것이다. 나는 그것을 우리가 서로에게 가진 아낌의 속살이라고 부르고 싶다. 성격들이 낯간지러운 걸 못 견뎌서 겉으로는 표시 내지 않지만, 속으로는 누구보다 아끼고 또 아꼈다. 아주 두텁게. 내가 부모가 아닌 보호자와 지내도 행복한 이유였다.

　나는 아빠를 모르고 태어났다. 아빠를 알려 줄 엄마는 나를 낳다가 죽었다. 하지만 사진 속 엄마는 늘 행복해 보였고, 이모 또한 그러했다고 말해 줘서, 내 수준의 질 나쁜 상상은 하지 않았다. 나는 내 부모를 원망하지 않으려고 꽤 노력했다. 그것이 바로 내가 만든 판타지였다. 한때는 사랑했으나 헤어진 연인. 아빠는 분명 엄마의 임신 사실을 모른 채 헤어졌을 것이다. 그리고 잠시 떠나 있었겠지. 그사이에 엄마가 나를 낳다가 죽었고, 나는 할머니네서 자랐으며, 이모가 그 집을 빼고 다른 곳으로 옮겼다. 훗날 다시 찾아왔어도 우리를 만날 수 없었던 이유였다. 내 판타지 속의 엄마 아빠는 안타까우면서도 근사했다.

그런데 어느 날 그가 나타나 내 판타지를 부숴 버렸다. 아니, 너희 엄마 그런 사람 아니야. 너희 아빠? 보시다시피. 엄마에 관한 이야기를 처음으로 한 외부인이었다. 아빠라는 미지의 인물이 실제로 나타난 거였다. 우리는 우왕좌왕 당황했다. 우리의 무지가 그의 무기였다. 너무 몰랐으므로 속수무책 두들겨 맞았다. 그리고 결국 남은 건 엄마에 대한 미안함뿐이었다. 우리는 그 누구도 그 옛날의 보육사님처럼 펄쩍펄쩍 뛰지를 못했다. 그것이 못내 너무 미안한 것이었다. 그리고 아마도, 이모가 가장 그러했던 것 같다.

"고소할 거야…… 이제라도 펄쩍펄쩍 뛸 거라고. 그 사람한테는 전과 하나 더 느는 걸 테지만, 언니한테는 고리를 끊는 일이야. 전처럼 말로만 안 지나가. 두 번이나 같은 소문이 나면 이제는 그게 사실인 줄 알게 돼. 뭔가 있기는 있나 보다. 그러면 또 소문을 악용할 인간이 나타날지도 몰라. 걔가 옛날에 그랬다더라. 무슨 수를 써서라도 법으로 명시해 둘 거야. 자기들이 산 언니와 죽은 언니를 어떻게 괴롭혔는지. 그 동기도 같이 고소할 거야. 거짓말로 처벌은 못 받을지라도 법정에는 세울 거라고. 제 썩은 주둥이로 이 사달이 난 걸 알면, 미안하기는커녕 재밌다고 미친 듯이 웃어 댈걸. 그런 사람이야. 그러니까 법정에서

서기가 다 기록하게 해야 해. 쓰레기는 쓰레기로."

"내가 형사로서 조언하자면, 이런 인간은 무시하고 한시라도 빨리 돌아서는 게 상책이야. 그런 경우가 있어. 당한 걸 알고 따지러 갔다가 2차 3차 연달아 당하는. 한 번 속인 사람은 두 번 속이기도 쉬워. 속는 지점이 간파됐거든. 이렇게 당하다가 폐인된 사람도 부지기수야. 말하는 중에 자기 입으로 이실직고했잖아. 선의를 턴다고. 사기꾼의 혀는 독이야. 그러니까 상대하지 않는 게 맞는데, 나는 형사이기 전에 가족이거든. 죽여 놔야지. 더 이상 선처는 없어. 이제 내가 이 자식 죄를 다 털 차례야."

이모와 이모부의 반격이 시작됐다. 이모는 변호사를 찾아가 법적으로 취할 수 있는 모든 수단을 동원했고, 이모부는 그의 가중처벌을 위한 여죄들을 쓸어모았다. 이미 특수 절도죄로 실형을 피하기는 어려웠지만, 이모부는 그것으로 만족하지 않았다. 남의 상처를 이용하고 짓밟은 죄였다.

그동안 나도 조금 바빴다. 나는 무너진 내 판타지를 다시 세워야 했다. 새로운 판타지 속의 엄마는 조금 더 강해졌다. 내게 접근하는 암흑의 존재들을 가차 없이 날려 버리는 전사가 되었다. 그러므로 나는 언제 어디에서든지 안전했다. 아쉽게도 아빠는 아직 완성하지 못했다. 엄마가 너무 강력해서 도무지 어울리는 캐릭터를 찾지 못했다. 그리고 그가 쓴 뉴욕 양키즈 모자에는 돌아볼 때마다 뒤통수를 때리는 탱탱볼을 달아 놨다. 지금껏 남의 뒤통수를 치고 살았으니, 이제는 당신이 평생 뒤통수 맞으며 살라고, 내가 내리는 천벌이었다.

에필로그

우리 공원 & 슈퍼의 여름방학은 요란한 사건들로 인해 너무 빠르게 지나갔다. 차민이와 나는 악질 사기꾼들을 처치하느라 정신없었고, 시영이는 할머니의 임플란트와 틀니를 위해 부모님과 내내 씨름했으며, 우상이는 이른 사춘기로 오빠를 잡아먹으려는 쌍둥이들과 현재까지 사투 중이었다. 그 때문에 우리는 우상이를 가장 안타까워했다.

우상 이것들이 나를 아주 우습게 안다니까!

시영 세상이 다 같잖게 보일 때다. 오빠? 우습지. 고생해라.

연수 헬게이트가 열렸구나. 이제 시작이면 한참 남았네.

차민 중2 아들에, 사춘기 딸들이라니. 부모님 안녕하시냐?

우상 나한테만 참으래. 오빠로 태어나고 싶어서 태어났냐고!

차민 불쌍한 친구를 위해 내가 오늘 쏜다. 방학 마지막 주말을 그냥 보낼 순 없잖아. 아빠가 너희 밥 사 주라고 용돈도 두둑이 주심. 늘 친하게 지내라고 꼭 전해 달라신다.

연수 밥은 슈퍼에서 먹고, 차민이 너는 노래방 쏴. 전에 너만 못 갔잖아. 라면 든든하게 먹고 지칠 때까지 불러 보자. 나 마침 이모 심부름으로 명도단 가야 해. 한 시간 뒤 주차장 사거리, 어때?

우상 ㅇㅋ!

시영 콜!

차민 좋아.

나는 약속 시간에 맞춰 이모가 맡기고 간 서류 봉투를 들고 집을 나왔다. 만화방 이모가 임신으로 힘들어서 이 집 첫째 유진이를 어린이집 연장반으로 보내야 했다. 그런데 연장반을 지원받으려면 필요한 절차가 있는 것 같았다. 그래서 이모가 신청 방법과 필요한 서류 등을 정리해서 만화방 이모에게 보내 주는 거였다. 나는 우리 집 골목 바로 앞의 건널목을 건너 곧장 명도단으로 들어갔다. 이발소 앞 국밥집과 복권방을 지나, 노래방과

DVD방 사이로 난 좁은 골목으로 들어갔다. 이 골목은 한 사람 겨우 지날 만큼 좁지만, 만화방으로 가는 지름길이었다. 나는 명도단의 지름길들을 훤히 꿰뚫고 있다. 명도단이 괜히 내 손바닥 안에 있는 게 아니었다. 나는 지름길을 통해 제법 큰 골목으로 나왔다. 바로 앞이 태평한 만화방이었다. 나는 곧장 계단을 올라가 만화방으로 들어갔다. 계산대에 삼촌이 있었다.

"삼촌 혼자 있어요? 이모는?"

"유진이 데리고 집에 갔어. 너 올 거라고 하더라."

"이거 이모가 가져다주래요. 연장반 신청 서류 같아요."

나는 서류 봉투를 삼촌에게 건넸다. 삼촌이 속에 든 안내장을 잠시 살폈다.

"어디 보자, 우리 태평이가 엄마 좀 도와주려나."

태평이는 만화방 이름을 딴 배 속 아기의 태명이었다.

"이모가 보다가 잘 모르는 거 있으면 전화하래요."

"형수님도 명도단 애들 신경 쓰느라 고생이다. 고맙다고 전해 줘."

"네. 저는 심부름 마쳤으니 이만 갑니다. 안녕히 계세요."

"그래. 거기 오다리 몇 봉지 가져가."

"그럼 네 개만 가져갈게요. 친구들 만나기로 했거든요."

"친구들? 몇 명인데?"

"나까지 넷."

"그럼 네 개로 안 되지. 기다려 봐."

삼촌이 비닐봉지를 들고 계산대에서 나와 오다리 진열대로 갔다. 그러고는 대충 쓸어 잡았는데 딱 여덟 개였다. 그리고 나란히 진열된 아폴로도 네 개나 함께 비닐봉지에 담아 주었다. 심부름값치고는 너무 후한 간식이었다. 노래방에 가져가서 먹어야지.

"친구들하고 나눠 먹어. 슈퍼에는 이런 거 없잖아."

"고맙습니다!"

만화방 오다리는 왜 그렇게 맛있는지 몰랐다. 그런데 아폴로는 너무 달아서 한 봉지를 한꺼번에 다 먹은 적은 없다. 하지만 첫 번째 아폴로의 불량스러운 달콤한 맛은 정말 최고였다. 나는 이쑤시개만 한 아폴로 스틱 하나를 꺼내 앞니로 물고 쭉 잡아당겼다. 뭉개진 달콤한 설탕 반죽이 앞니 안쪽으로 몰렸다. 소다맛이군. 나는 혀로 앞니에 달라붙은 반죽을 떼어 먹으며 만화방 골목을 그대로 지나갔다. 이대로 오른쪽으로 쭉 가면 노상 주차장 옆구리였다. 그런데 그때, 하필이면 두 번째 골목 세 번째 가게 삼촌 동생이 가게 문을 열고 나왔다.

"뭘 그렇게 먹고 다녀? 고구마 종아리 더 굵어지게."

"아저씨! 그거 미성년자 성희롱인 거 몰라요? 왜 자꾸 그래요! 보자 보자 하니까 진짜…… 내가 아저씨 희롱하라고 명도단에 있는 줄 알아요! 미쳤어요!"

내가 고래고래 버럭버럭 소리를 질렀다.

그러자 곧 두 번째 골목 세 번째 가게 삼촌이 밖으로 나왔다.

"어라, 우리 연수 맞네. 누구야? 어떤 미친놈이 희롱을 해?"

"삼촌, 저 아저씨가 나만 보면 종아리가 어쩌니 저쩌니, 맨날 뭐라고 해요."

"명수가?"

두 번째 골목 세 번째 가게 삼촌이 동생을 쓱 보았다.

"……형, 나는 연수가 귀여워서 장난으로……."

"뭐라는 거야, 이 자식이."

"잘못했습니다."

"사과해."

"연수야, 아저씨가 잘못했다. 이제 안 그럴게. 미안해."

"……."

"들어가, 사과했으면."

"네……."

두 번째 골목 세 번째 가게 삼촌 동생이 기가 죽어서 들어갔다. 껄렁껄렁해서 형한테도 마구 대들 줄 알았다. 그런데 풀이 팍 죽어서 들어간 바람에 내가 다 무안했다.

"연수야, 미안하다. 삼촌이 들어가서 한 번 더 말할게. 막내라고 오냐오냐했더니 여태 정신을 못 차린다."

"……네. 좀 귀찮긴 했는데 되게 괴롭히지는 않았어요."

"괴롭혔네. 또 그러면 말해. 삼촌이 반 접어 줄게."

명도단은 이렇게 골목마다 반을 죽여 버리는 살롱 삼촌이나, 반을 접어 버리는 두 번째 골목 세 번째 가게 삼촌 같은 수문장들이 있었다. 내가 고맙습니다, 하고 가려는 순간, 두 번째 골목 세 번째 가게 삼촌 동생이 문을 열고 다시 나왔다.

"형, 어제 장 형사님하고 같이 오신 일행분, 뭐 두고 가셨어요? 저녁때 찾으러 오신다고, 형한테 물어보면 안다고……."

"명수야, 너 잠깐 이 층에 가 있어."

"왜……."

"올라가랬다."

두 번째 골목 세 번째 가게 삼촌 동생이 이번에는 잔뜩 얼어서 들어갔다.

"연수 어디 가는 길이었지? 얼른 가."

"……장 형사, 혹시 내가 아는 장 형사 맞아요?"

"마, 여기에 오면 다 장 형사야. 김 사장 박 사장 그런 거야."

"이모부 어젯밤에 잠복근무했다고 했는데……."

"나쁜 놈들 때문에 우리 동생만 바쁘네. 제수씨 힘들겠다. 그건 뭐야?"

"오다리요."

"오다리 맛있지. 먹으면서 얼른 가. 삼촌 들어간다."

두 번째 골목 세 번째 가게 삼촌이 가게로 들어갔다. 나는 아폴로 한 개를 더 꺼내 찍 짜 먹으며 삼촌이 들어간 시꺼멓게 코팅된 유리문을 보았다. 이 가게의 상호는 저 문에 쓰여 있다. 성인 게임랜드. 잠복근무? 흥. 같이 온 일행분이라. 혹시 그 박 사장? 학부모들이 명도단에서 뭐 하는 거야! 나는 아폴로를 쭉쭉 짜 먹으면서 주차장으로 갔다.

두 번째 골목 세 번째 가게 삼촌 동생 때문에, 내가 주차장 사거리에는 가장 늦게 도착했다. 우상이와 시영이, 그리고 어젯밤에 두 번째 골목 세 번째 가게에서 밤새워 놀았을 게 분명한 박 사장의 아들 박차민이 먼저 와서 나를 기다리고 있었다.

"심부름 있대서 제일 먼저 올 줄 알았더니 왜 이제 오냐?"

"오다가 잠깐 일이 있었어. 아, 혹시 너희 아빠 어제 집에 오셨어?"

"어제 급한 출장이 생겨서 못 왔어. 어쩌면 오늘도 늦을 것 같던데, 왜?"

"아니, 용돈을 두둑이 주셨다길래 그냥 물어봤어."

"계좌로 쏘셨지. 근데 그거 뭐야?"

"심부름 간 데서 챙겨 줬어. 오다리하고 아폴로."

"오다리! 우리 하나씩 먹자."

우상이가 봉지를 살피며 말했다.

"이건 이따가 노래방에서 먹고, 빨리 가서 라면 먹자."

"그럼 한 개만 나눠 먹자. 배고파 죽겠어. 줘 봐."

우상이가 비닐봉지를 빼앗아 들었다. 그러고는 오다리 한 개를 뜯어 우리에게도 나눠 줬다. 우리는 그렇게 오다리를 질겅질겅 씹으며 슈퍼로 간 것이었다. 내가 제일 앞장서서 당당하게 슈퍼 문을 딱! 열었다. 그리고 그대로 굳어 버렸다.

"왜 안 들어가? 어!"

우리는 그 자리에서 꼼짝도 할 수 없었다. 담임이 탁자에서 라면을 먹고 있었다. 잘하면 살며시 도망칠 수도 있었다. 하지만 우리가 방향을 틀기도 전에 담임이 먼저 고개를 들었다. 그 바람에 슈퍼 문지방을 가운데 두고 우리와 담임이 대치 중인 모양새가 되었다.

"선생님 보고 인사도 안 하냐?"

"안녕하세요."

나는 입 속의 오다리를 볼 쪽으로 밀어 넣고 인사했다.

"뒤에 다른 손님 방해하지 말고 얼른 들어와."

돌아보니 마침 슈퍼에 온 살롱 삼촌이 우리 뒤에 함께 서 있었다. 시영이가 급히 오다리를 뱉어 손에 꼭 쥐었고, 우상이는 그 와중에 서둘러 씹어 삼켰고, 차민이는 반만 먹은 오다리를 손에 얌전히 들었고, 맨 앞에 있던 나는 담임이 보고 있어서 계속 볼 옆에 붙여 둔 채로 슈퍼로 들어갔다. 뒤따라 들어온 살롱 삼촌이 음료수 냉장고 앞으로 갔다. 우리는 담임 앞에 쪼르륵 섰다. 슈퍼가 교무실이 된 순간이었다.

"내가 방학 동안 명도단 돌아다니지 말라고 했어, 안 했어?"

"……했습니다."

차민이가 팀장답게 대표로 대답했다.

"근데 왜 시커먼 봉다리 들고 몰려다녀? 어?"

할아버지가 계산대에서 리모컨으로 TV 소리를 죽였고, 할머니는 주방에서 행주로 개수대를 가만히 닦았고, 살롱 삼촌은 캔 맥주를 들고 성분표를 유심히 보았다. 우상이가 고개 숙인 채 문제의 시커먼 봉다리 손잡이를 손가락에 돌돌 말았다. 우리도 별다를 게 없이 고개를 푹 숙이고 있었는데, 어쨌든 방학 동안의 행동 주의사항을 어겼기 때문이었다.

"박차민, 이시영, 임연수, 정우상. 바다 전망대 해양 공원의 허와 실. 4조 30점 만점의 30점. 조별 과제 일 등. 명도단에서 오랫동안 주류업을 해온 조 모 씨는, 해양 공원은 만든 놈들만 뿌듯해할 공원이라고 평가했다. 조장 박차민, 조 모 씨 어디 계시나?"

"……"

"지어낸 거면 그럴싸하게 지어냈고, 조사한 거면 제법 공들여서 잘했어. 그런데 나는 적어도 어디서 주워듣기는 했다고 봤다. 그게 이렇게 몰려다니면서 주워들은 거였냐?"

"……"

"……자식들, 쫄기는. 어쨌든 평가자인 내가 설득됐으니까 성공한 거야. 잘했어. 손님 불편하다, 거기들 앉아."

우리는 주섬주섬 자리에 앉았다. 담임 옆은 피하려고 순간적으로 자리싸움이 치열했다. 그러는 동안 담임이 남은 라면을 혼자 후루룩후루룩 먹으면서 말했다.

"과제도 없는데 명도단 몰려다니면 행동 점수 깎인다."

"……저희는 그럼 몇 점씩 깎이는 거예요?"

역시 팀장 차민이가 질문도 대표로 했다.

"너희? 지도 보니까 요쪽은 무슨 공원로던데. 영감님, 여기도 명도단입니까?"

"……그러니까 그게, 여기는 주소가 해양공원로 11이 되겠습니다만……."

"들었지? 이렇게 골목 하나 차이로 점수가 왔다 갔다 하는 거야. 나는 이제 다 먹었으니 간다. 저기 유명한 비빔밥집 골목으로 쭉 올라갈 테니까, 알아서들 노셔. 간다."

담임이 자리에서 일어나 계산대로 갔다. 우리도 벌떡 일어나서 인사했다.

"안녕히 가세요."

"오냐. 영감님, 우리 애들 라면 한 그릇씩 주십시오."

"예에. 애들 선생님이신가 보죠?"

"예. 저 위에 중학교로 올해 전임 왔습니다."

"……고생하십니다."

"고생은요, 뭘. 얼맙니까?"

"그냥 가셔요. 이리로 부임 오신 분들 첫 끼는 서비습니다."

"그렇습니까? 고맙습니다. 그래도 우리 애들 건 내야죠."

"……제가 잘 먹이겠습니다. 살펴 가셔요."

"감사합니다. 잘 먹었습니다. 어머님, 잘 먹었습니다!"

담임의 인사에 할머니가 두 손을 가지런히 모으고 인사했다. 음료수 냉장고 앞에 서 있던 살롱 삼촌도 괜히 고개 숙여 인사했다. 그 바람에 담임도 삼촌에게 어색하게 고개 숙여 인사했다. 담임이 중얼중얼 대며 슈퍼를 나갔다.

"에이, 귀찮아. 시대가 어느 땐데 시찰이야, 시찰이. 명도단 좋네!"

우리는 그제야 자리에 앉아 안도했다. 할머니가 탁자로 와서 담임이 먹은 라면 대접을 치웠다. 대접을 치우자 내가 심심할 때마다 긁는 내 이름이 보였다. 연수 꺼. 할머니가 대접을 설거지통에 넣고 팔팔 끓는 물에 라면을 넣었다. 할머니한테 혹시 담임인 줄 알았었냐고 물어보려다가 말았다. 설마. 할머니가 도마에 파를 송송송 썰었다. 나는 잽싸게 일어나 김치를 챙겼다. 차민이가 대접과 수저를 챙겼고, 시영이가 컵과 물을 챙겼고, 우상이는 계속 시커먼 봉다리를 챙겼다. 우리가 먹을 준비를 끝냈을 때, 할머니가 커다란 냄비를 들고 와 탁자 가운데에 내려놓았다.

"먹어라."

"잘 먹겠습니다!"

우리 학교가 도내 모범 학교로 뽑혀 암행 시찰이 부활했다는 소문이 있었다. 하지만 우리는 모범 학교면 혜택을 받아야지 시찰이 무슨 말이냐고 콧방귀만 뀌었었다. 그런데 그것이 사실이었다. 잘한다, 잘한다, 하니까 안 해도 될 짓까지 하면서 오버였다. 지나가기만 해도 벌점 딱지를 붙이면, 나는 이제 우리 슈퍼에도 올 수 없는 거였다.

"난 이제 우리 가게에만 와도 벌점 받는 거냐?"

"우린 뭐 친구네 놀러 와도 벌점이냐고."

"웃겨 정말. 근데 연수야, 오랫동안 주류업을 하신 조 모 씨는 진짜 누구냐? 정말로 네가 지어낸 사람이야?"

"나도 만든 놈들이 막 그래서 발표하다가 웃겨 죽을 뻔했다니까. 나도 보고 싶다, 조 모 씨. 내 스타일이야, 하하하!"

그때, 살롱 삼촌이 캔 맥주 꼭지를 빡! 하고 따서 쭉 마셨다. 나는 분위기가 심상치 않아 얼른 말을 돌렸다.

"야, 다 끝난 과제가 뭐가 중요해. 우리는 망할 놈의 학교 규칙이나 신경 쓸 때라고."

그러자 시영이가 맞장구쳤다.

"하긴. 쓸데없는 규칙 때문에 전교생이 벌점 딱지 받게 생겼다. 모범 학교가 순식간에 불량 학교 되는 거야. 이런 멍청한 규칙은 누구 좋아하라고 만든 거야?"

살롱 삼촌이 다 마신 맥주 캔을 싱크대 선반에 내려놓고, 냉장고에서 캔 사이다 네 개를 꺼냈다. 그러고는 탁자에 탁! 내려놓았다.

"학생들, 날도 더운데 마시면서 토론하세요. 서비습니다. 그리고 참고로 말하자면, 보통 그런 멍청한 규칙은 만든 놈들만 뿌듯해하지요."

그러고는 살롱 삼촌이 계산대를 지나가며 말했다.

"형님, 우리 학생들 사이다값 내 앞으로 달아 주세요."

"그냥 가? 라면 하나 먹고 가."

"주류 마셨잖아요, 주류!"

살롱 삼촌이 슈퍼를 나가면서 중얼중얼 댔다.

"이제는 명도단 말이 학교까지 가서 날뛰나 보네……."

우상이가 탁자에 놓인 사이다를 하나씩 나누어 주었다.

"내가 여기는 마법이라고 했지. 마셔라, 조 모 씨께서 주신 서비스다."

우상이가 사이다를 마시다 말고 웃음을 터뜨렸다. 흐흐흐. 웃음이 우리에게 순식간에 전염됐다. 흐흐흐. 흐흐흐흐. 하하하. 웃지 마, 패스들아. 슈퍼에서 처음으로 이렇게 함께 라면을 먹었던 날, 그때 우리는 그냥 4번 조였다. 누가 물으면 같이 과제하는 애들이라고 소개했었다. 이제 우리는 공원 & 슈퍼라는 우스꽝스러운 이름을 짓고 함께 다닌다. 그리고 이제는 내 친구들이라고 말한다. 점수를 깎아 먹어도 끝내 같이 놀고야 마는 사이니까. 담임 비빔밥집 골목으로 간다고 했지? 걱정하지 마, 지름길 있어. 오케이. 저기, 마법 누나는 잘 계시냐? 안타깝게도 너의 마법 누나는 떠나셨다. 아아, 그럼 혹시 다른 마법……. 할머니가 폭포수 같은 수도를 틀고 설거지했다. 슈퍼에 전화벨이 울렸다. 여보시오, 어, 있지, 그럼. 밥 말아 먹을 사람. 나. 나! 또 내 말 안 듣지…… 엄마? 조 모 씨 실물 봤냐고? 근데 연수 너 이제 돈 다 모았냐? 나 그거……. 손님이 오셨다. 어서 오세요!

작가의 말

　어떤 일은 차마 예측도 힘든 먼 과거에서 출발해 오늘에 영향을 미칩니다. 행복했던 과거를 반갑게 다시 만나면 좋은데, 너무 아파서 기억의 저편에 묻어 둔 사연을 누가 헤집듯이 끄집어내면, 그때의 상처가 오늘 더 아파집니다. 아주 보통의 우리는 남의 상처를 건드리지 않는 것을 상식으로 여깁니다. 그런데 누군가는 남의 상처를 즐기거나 이득을 얻는 수단으로 사용하기도 합니다. 너무 아파서 짐짓 허술한 사기에도 속수무책 당하기도 하지요. 이들이 바보인 걸까요? 아닙니다. 견디며 오늘을 버티는 이들을 건드린 그들이 악질인 겁니다.

이 소설은 아직 아물지 않은, 혹은 영원히 아물지 않을 상처를 지닌 분들에게 보내는 깊은 위로와 응원입니다. 그러함에도 불구하고 오늘을 함께 사는 당신들에게 건네는 인사이기도 합니다. 안녕하세요, 반갑습니다. 또 만납시다.

무척 오랜만에 청소년 장편 소설로 인사드립니다. 그만큼 오래 품고 있던 아이들을 이제 세상으로 내보냅니다. 반갑게 맞아주셨으면 좋겠습니다. 더불어 고마운 동반자 장은혜 편집자와 늘 곁에 있는 것만 같은 박지은 주간님께도 감사드립니다. 고맙습니다. 사랑합니다.

2023. 봄.
김려령

블루픽션 83

모두의 연수

1판 1쇄 펴냄 2023년 5월 31일
1판 3쇄 펴냄 2024년 4월 12일

지은이 김려령
펴낸이 박상희
편집주간 박지은
편집 장은혜
디자인 어나더페이퍼, 이희영

펴낸곳 (주)비룡소
출판등록 1994년 3월 17일 제16-849호
주소 06027 서울시 강남구 도산대로1길 62 강남출판문화센터 4층
전화 02)515-2000 팩스 02)515-2007
홈페이지 www.bir.co.kr
제품명 어린이용 반양장 도서 제조자명 (주)비룡소 제조국명 대한민국 사용연령 3세 이상

ISBN 978-89-491-2352-3 44800
        978-89-491-2053-9 (세트)

26. 하이킹 걸즈 김혜정 글

블루픽션상, 한국문화예술위원회 우수문학도서, 책따세 추천 도서, 학도넷 추천 도서

27. 지구 아이 최현주 글

제11회 블루픽션상 수상작

28. 나는 브라질로 간다 한정기 글

황금도깨비상 수상 작가, 소년조선일보 추천 도서, 중앙일보 추천 도서

29. 키싱 마이 라이프 이옥수 글

한국문화예술위원회 우수문학도서, 어린이도서연구회 권장 도서, 교보문고 추천 도서,
전국독서새물결모임 추천 도서, 학교도서관저널 추천 도서

30. 꼴찌들이 떴다! 양호문 글

블루픽션상, 행복한 아침독서 추천 도서, 교보문고 추천 도서, 책따세 추천 도서,
경기도학교도서관사서협의회 추천 도서, 중앙일보 북클럽 추천 도서

31. 우연한 빵집 김혜연 글

문학나눔 선정 도서, 학교도서관저널 추천 도서, 책따세 추천 도서, 아침독서 추천 도서,
어린이도서연구회 추천 도서

32. 생쥐와 인간 존 스타인벡 글/ 정영목 옮김

미국 도서관 협회 선정 도서, 국립어린이청소년도서관 추천 도서

33. 두 개의 달 위를 걷다 샤론 크리치 글/ 김영진 옮김

뉴베리 상, 미국 어린이 도서상, 스마티즈 북 상, 영국독서협회 상 수상작,
경기도학교도서관사서협의회 추천 도서, 학도넷 추천 도서

36. 서쪽 마녀가 죽었다 나시키 가오 글/ 김민란 옮김

소학관 문학상, 일본 아동문학가협회 신인상, 한국간행물윤리위원회 청소년 권장 도서,
어린이도서연구회 권장 도서, 아침독서 추천 도서, 책따세 추천 도서

37. 닌자걸스 김혜정 글

전국학교도서관담당교사모임 추천 도서, 아침독서 추천 도서

38. 첫사랑의 이름 아모스 오즈 글/ 정회성 옮김

안데르센 상, 제브 상

39. 하니와 코코 최상희 글

블루픽션상, 사계절문학상 수상 작가, 학교도서관저널 추천 도서

40. 파랑 치타가 달려간다 박선희 글

제3회 블루픽션상 수상작, 학교도서관저널 추천 도서, 아침독서 추천 도서,
어린이도서연구회 권장 도서, 책따세 추천 도서, 문화체육관광부 우수교양도서

41. 나는, K다 이옥수 글

학교도서관저널 추천 도서

42. 어쩌자고 우린 열일곱 이옥수 글

한국도서관협회 우수문학도서, 학교도서관저널 추천 도서

43. 앉아 있는 악마 김민경 글

44. 최후의 Z 로버트 C. 오브라이언 글/ 이진 옮김

뉴베리 상 수상 작가

46. 줄리엣 클럽 박선희 글

제3회 블루픽션상 수상 작가, 대한출판문화협회 선정 올해의 청소년 도서,
한국도서관협회 선정 우수문학도서

47. 번데기 프로젝트 이제미 글

제4회 블루픽션상 수상작

49. 파랑 피 메리 E. 피어슨 글/ 황소연 옮김

미국학교도서관저널, 미국도서관협회 선정 청소년 분야 '최고의 책',
학교도서관저널 추천 도서, 책따세 추천 도서

50. 판타스틱 걸 김혜정 글

제1회 블루픽션상 수상 작가, 대한출판문화협회 선정 올해의 청소년 도서,
고래가 숨쉬는 도서관 선정 도서, 한국도서관협회 선정 우수문학도서,
경기도학교도서관사서협의회 추천 도서

51. 어쨌거나 스무 살은 되고 싶지 않아 조우리 글

제12회 블루픽션상 수상작

52. 우리들의 짭조름한 여름날 오채 글

마해송 문학상 수상 작가, 한국도서관협회 선정 우수문학도서,
국립어린이청소년도서관 추천 도서, 경기도학교도서관사서협의회 추천 도서,
2017 순천시 One City One Book 선정 도서

53. 웰컴, 마이 퓨처 양호문 글

제2회 블루픽션상 수상 작가, 대한출판문화협회 선정 올해의 청소년 도서,
경기도학교도서관사서협의회 추천 도서

56. 메신저 로이스 로리 글/ 조영학 옮김

뉴베리 상, 보스턴 글로브 혼 북 명예상 수상 작가, 경기도학교도서관사서협의회 추천 도서

61. 개 같은 날은 없다 이옥수 글

2013 서울 관악의 책 , 목포시립도서관 추천 도서 , 울산남부도서관 올해의 책,
책따세 추천 도서, 한국간행물윤리위원회 청소년 권장 도서, 한국도서관협회 우수문학도서,
국립어린이청소년도서관 추천 도서

63. 명탐정의 아들 최상희 글

제5회 블루픽션상 수상 작가, 문화체육관광부 우수교양도서

68. 반드시 다시 돌아온다 박하령 글

제10회 블루픽션상 수상작, 학교도서관저널 추천 도서, 세종도서 문학나눔 선정 도서

69. 원더랜드 대모험 이진 글

제6회 블루픽션상 수상작, 국립어린이청소년도서관 추천 도서, 아침독서 추천 도서

71. 칸트의 집 최상희 글

제5회 블루픽션상 수상 작가, 아침독서 추천 도서, 세종도서 문학나눔 선정 도서

72. 태양의 아들 로이스 로리 글/ 조영학 옮김

뉴베리 상, 보스턴 글로브 혼 북 명예상 수상 작가

⊙ 계속 출간됩니다.